CATHERINE MANN

Le lien du désir

éditions Harlequin

Titre original : HIS EXPECTANT EX

Traduction française de FRANÇOISE HENRY

HARLEQUIN®
est une marque déposée par le Groupe Harlequin

PASSIONS®
est une marque déposée par Harlequin S.A.

Photos de couverture

Paysage : © GETTY IMAGES / RADIUS IMAGES
Couple : © ROYALTY FREE / A. POWLALOWSKA / OREDIA
Bateau : © PHOTODISC / ROYALTY FREE / GETTY IMAGES

83-85, boulevard Vincent-Auriol 75646 PARIS CEDEX 13.

Service Lectrices — Tél. : 01 45 82 47 47
www.harlequin.fr

ISBN 978-2-2802-2325-6 — ISSN 1950-2761

- 1 -

Hilton Head Island, Caroline du Sud
Deux mois plus tôt

Sebastian Landis était l'avocat le plus demandé de la Caroline du Sud et fréquentait donc les palais de justice plus assidûment qu'aucun criminel endurci. Mais aujourd'hui c'était la première fois qu'il se retrouvait dans une situation où des hommes de loi détenaient un pouvoir sur sa propre vie. Et il n'appréciait pas du tout.

Il fallait dire qu'obtenir le divorce n'était jamais une partie de plaisir, et n'avait jamais fait partie de ses souhaits ni de ses priorités. Maintenant, il voulait juste que cela soit prononcé une bonne fois pour toutes, afin d'en finir avec la paperasse et les contentieux.

Tout en rassemblant ses dossiers épars sur la table de la salle du palais de justice où avait eu lieu l'entrevue de conciliation, il salua son avocat puis serra poliment la main de celui de son épouse, en essayant de ne penser à rien d'autre qu'au fait que tout cela serait bientôt terminé.

Il évita soigneusement de regarder Marianna, la seule femme capable de lui faire perdre la maîtrise de lui-même. Cette légendaire maîtrise qui l'avait rendu si célèbre dans les milieux juridiques.

Seul point positif de cette triste journée où le soleil refusait de se montrer : ils avaient réglé tous les détails avec leurs avocats, et il ne resterait qu'une dernière entrevue au tribunal pour que l'affaire soit réglée.

Malgré l'importance des enjeux financiers — il y avait d'un côté la fortune des Landis, de l'autre la brillante carrière de décoratrice d'intérieur de Marianna —, les accords auxquels ils étaient parvenus satisfaisaient les deux parties. Ils ne s'étaient même pas querellés à propos de la répartition de leurs biens, pourtant estimés à plusieurs millions, et c'était bien la première fois qu'ils ne se disputaient pas sur un quelconque sujet. Un seul moment difficile s'était présenté : quand ils avaient dû décider ce qu'ils feraient des chiens.

Ni Marianna ni lui ne voulaient se séparer de Buddy et Holly, ni séparer les deux chiens qui avaient été élevés ensemble. En fin de compte, malgré leurs réticences, chacun avait pris un des deux terriers adoptés dans un refuge.

Que se serait-il passé si Marianna et lui avaient eu des enfants ?

Mais il était inutile de s'appesantir sur ce point. La blessure était encore béante, et laisser ses pensées s'égarer dans cette direction risquait de le priver du sang-froid dont il avait tant besoin en cette maudite journée.

Marianna se leva à son tour, et, en dépit de sa détermination à l'éviter, il se mit à l'observer.

Elle était beaucoup trop belle pour son bien.

Il en avait toujours été ainsi. Il se souvenait comme si c'était hier de leur rencontre, à bord d'un bateau sur lequel ils effectuaient une croisière de fin d'études dans les Caraïbes. Avec ses yeux noirs et ses longs cheveux très bruns, Marianna personnifiait les fantasmes érotiques de tout homme qui l'approchait…

Mais, une fois encore, il refusa de laisser ses pensées s'aventurer sur cette pente dangereuse. Repenser à cet été de passion lui ferait perdre une concentration par ailleurs déjà bien entamée.

Il ramassa sa serviette d'un geste brusque, se demandant comment il allait pouvoir travailler efficacement au cabinet avec toutes ces interrogations qui tourbillonnaient dans son esprit.

Naturellement, il pourrait aussi travailler ce soir. Rien ne l'attendait chez lui, maintenant qu'il avait repris ses quartiers de célibataire dans la demeure familiale.

Il atteignit la sortie en même temps que Marianna.

Alors qu'il lui tenait galamment la porte ouverte, son parfum l'enveloppa, plein de séduction. Chanel…

Oui, il connaissait beaucoup de choses à propos de sa future ex-femme. Ses parfums fétiches, sa marque de lingerie favorite, ce qu'elle aimait manger le matin après l'amour… Il savait tout sur elle, sauf comment la rendre heureuse.

La jupe de son tailleur d'été l'effleura alors qu'elle passait devant lui.

— Merci, marmonna-t-elle, évitant son regard.

C'était donc ça ? Il n'obtiendrait d'elle que ce vague remerciement ?

Il fallait croire qu'il ressentait encore pour elle davantage qu'une simple attirance physique, parce que son attitude l'agaçait énormément.

Il ne s'attendait évidemment pas à fêter leur divorce avec un dîner au champagne, mais enfin, ils auraient au moins pu se saluer décemment ! Evidemment, il fallait tenir compte du fait que la politesse n'était pas le fort de Marianna ; celle-ci avait toujours eu un tempérament de feu. Elle n'avait jamais été du genre à fuir un éventuel conflit.

Alors, pourquoi se hâtait-elle ainsi vers l'ascenseur, ses chaussures de marque cliquetant au rythme de ses pas ?

Seigneur, comme ces talons vertigineux convenaient bien à ses jambes interminables !

Elle éprouvait un goût immodéré pour les chaussures, passion contre laquelle il ne trouvait rien à redire, puisqu'elle lui présentait en général ses achats en exclusivité, nue...

Combien de temps s'écoulerait avant que les souvenirs éblouissants de leur vie passée cessent de revenir le hanter ?

Il voulait juste un au revoir poli. Il avait besoin d'en finir sur une note civilisée. Il avait besoin d'en finir avec ce mariage. Tout simplement.

Il arriva à l'ascenseur au moment où les portes se refermaient. Il tambourina dessus des deux poings et elles se rouvrirent. Il surprit le regard de Marianna qui s'écarquillait tandis qu'il s'introduisait dans la cabine.

Cette fois, elle allait réagir, lui jeter à la figure quelques paroles bien senties, et peut-être même le portfolio qu'elle serrait contre sa poitrine…

Mais Marianna baissa vivement les yeux et détourna la tête. Elle fixait son regard sur tout sauf sur lui.

A présent, ils étaient tous deux enfermés dans l'ascenseur qui filait vers le rez-de-chaussée.

— Comment va Buddy ? s'enquit-il.

— Bien.

La brève réponse émergea de l'arrière-fond musical.

— Hier, reprit-il, Holly a mâchouillé l'attache du fer neuf de Matthew.

Son frère avait insisté pour qu'il fasse une partie de golf afin de se détendre. Il avait fini par accepter, et il avait gagné — il gagnait toujours. Mais il ne s'était pas du tout détendu.

— Heureusement, continua-t-il, Matthew est d'une humeur excellente en ce moment, occupé qu'il est par ses amours et sa campagne électorale. Ainsi, Holly peut dormir un bon moment sur ses deux oreilles.

Marianna ne semblait même pas prendre la peine de l'écouter.

Etrange. Parce que, si elle avait cessé de l'aimer, son amour pour leurs chiens était toujours bien vivace.

En règle générale, il n'était pas du genre à chercher l'affrontement en dehors des tribunaux. Cependant, il avait traité assez d'affaires de divorce pour savoir que s'ils n'abordaient pas le sujet tout de suite, le problème resurgirait tôt ou tard plus violemment.

— Qu'est-ce que tu t'imagines ? demanda-t-il. Que tu vas pouvoir passer le restant de tes jours sans m'adresser la parole ? Sans compter qu'il reste un rendez-vous avec le juge avant que notre divorce ne soit prononcé, Hilton Head est une communauté relativement restreinte, et il arrivera forcément un moment où nous tomberons l'un sur l'autre !

Marianna mâchonna sa lèvre inférieure.

Une jolie lèvre, parfaitement ourlée…

Ce spectacle suffit à raviver les souvenirs de cette bouche explorant son corps, et l'évocation fut si précise qu'il en éprouva une étrange impression de chaleur.

Son irritation s'accrut.

— Nous aurions dû spécifier dans nos accords que nous communiquerions un minimum, dit-il sèchement. Parce que, si je comprends bien, à part bonjour et bonsoir, tu ne comptes plus me parler, c'est bien ça ? Mais si nous nous retrouvons tous les deux sur la plage en train de promener les chiens, pourrai-je me permettre un signe de tête ? A moins que tu n'envisages que nous établissions des itinéraires pour être sûrs de ne pas nous croiser ?

Il vit les doigts de Marianna se crisper sur son portfolio.

— Ne me cherche pas querelle, Sebastian, dit-elle, le regard rivé au boîtier de commandes de l'ascenseur. Pas aujourd'hui.

Cette remarque eut pour effet de lui faire reprendre un peu ces esprits. Qu'est-ce qu'il lui prenait ? Contrairement à elle, il ne cherchait jamais querelle à personne. Dans leur couple, c'était lui l'élément calme, du moins en apparence. Alors, qu'est-ce qui n'allait pas chez elle ? Ou chez lui, après tout ?

— Quelque chose t'a contrariée dans le déroulement de l'audience ?

Tout en éclatant d'un rire amer, triste écho du rire libre et joyeux qui coulait si facilement de ses lèvres en temps normal, elle s'appuya à la rampe de cuivre.

— Personne ne sort gagnant d'un divorce, Sebastian. N'est-ce pas ce que tu m'as toujours répété ?

Difficile de répliquer à ça.

Il posa une main sur la paroi, près de la tête de Marianna.

D'accord, il envahissait son espace intime, mais c'était le seul moyen à sa disposition pour obtenir des réponses.

— Que veux-tu, Marianna ?

Elle finit par lever les yeux sur lui, et ce qu'il lut dans son regard le démonta.

C'était bien la dernière chose qu'il s'attendait à y voir, d'autant qu'ils n'avaient pas partagé le même lit depuis six mois ! C'était aussi la seule chose à laquelle il ne pouvait pas résister, venant d'elle.

Les yeux de Marianna brillaient de désir. D'un furieux désir.

Il était donc écrit que son mariage commencerait et se terminerait sur la banquette arrière d'une voiture.

A l'âge de dix-huit ans, Marianna s'était enfuie

pour se marier secrètement avec Sebastian Landis. Après la brève cérémonie, ils avaient pensé louer une chambre d'hôtel, mais, emportés par la passion, ils n'étaient pas arrivés jusque-là. Sebastian avait engagé la voiture sur une voie secondaire, et ils s'étaient arrêtés dans un coin tranquille. Et ne voilà-t-il pas que, neuf ans plus tard, une fois de plus, elle se laissait de nouveau emporter par son attirance physique pour Sebastian !

Tout ça à cause de l'expression désolée qu'elle avait lu dans ses yeux quand ils avaient mis par écrit leur décision de prendre chacun un de leurs chiens, et donc de séparer Buddy et Holly.

Cette manifestation de vulnérabilité chez lui qui, d'ordinaire, était si stoïque, l'avait proprement bouleversée. Et cela avait remué en elle quelque chose de beaucoup plus prosaïque. Se sentant perdre tout empire sur elle-même, elle avait tenté de sortir précipitamment de la salle d'audience avant de commettre un acte déplacé, comme de sauter au cou de son futur ex-époux. Mais elle n'avait pas pu fuir. Et s'ils avaient quitté l'ascenseur encore munis de tous leurs vêtements, ils avaient couru sous la pluie vers la voiture de Sebastian, de crainte de ne pas résister à l'envie de se les arracher. Il avait démarré sur les chapeaux de roue et avait emprunté la première route de moindre importance qui s'était présentée.

Et, à présent, ils se trouvaient tous deux enfermés dans la voiture arrêtée dans un coin de forêt, à l'écart de tout. Les vitres teintées leur offraient une intimité supplémentaire dans cette clairière isolée au milieu des bois, et la mousse espagnole retombant des arbres du marécage formait autant de voiles nuptiaux, à la fois superbes et infiniment tristes. Les gouttes de pluie tambourinaient sur le toit de la voiture au rythme du sang qui battait dans ses veines.

Anxieuse d'apaiser le feu qui brûlait au plus profond d'elle-même, si elle ne pouvait rien contre le chagrin qui lui rongeait le cœur, elle referma les bras sur les larges épaules de Sebastian tandis qu'il la faisait basculer à l'arrière par-dessus le dossier du siège incliné. Ses lèvres scellées aux siennes, elle se contorsionna jusqu'à ce qu'ils se retrouvent allongés sur la banquette arrière.

Une chose était sûre : la Beemer de Sebastian était plus spacieuse que sa Mustang décapotable d'autrefois. Et aujourd'hui, ils n'avaient pas à se soucier d'éviter une grossesse non désirée.

Comme Sebastian lui passait sa cravate autour du cou afin de l'attirer à lui, elle inspira avec délice l'odeur épicée de son après-rasage Armani, rappel de tous ces matins où elle respirait ce même parfum quand Sebastian sortait de sa douche matinale.

Tout alanguie de baigner de nouveau dans la chaude familiarité de son corps, éperdue de désir après tous ces longs mois où elle avait été privée de ses caresses et avide de prendre tout ce qu'elle pourrait pour cette dernière fois, elle explora avec délice la bouche de Sebastian, tandis que ses mains caressaient avec la même frénésie ses épaules, son dos, ses fesses dures sous son pantalon.

— Marianna, si tu veux arrêter, dis-le tout de suite !

Il y avait une note légèrement rauque dans la voix de Sebastian, seul reflet des émotions qui agitaient cet homme réputé être le plus féroce avocat de l'Etat de Caroline du Sud.

— Tais-toi, je t'en prie ! dit-elle dans un souffle.

S'ils se mettaient à parler, ils se disputeraient à coup sûr.

Au sujet des interminables heures que Sebastian passait à son cabinet, au point qu'elle l'accusait d'être marié à son métier. Au sujet de son caractère à elle, aussi flamboyant que certains des intérieurs qu'elle décorait. Au sujet du fait qu'ils n'avaient strictement rien en commun, mis à part une exceptionnelle attirance physique et le souvenir poignant des enfants qu'ils avaient perdus.

Un coup de tonnerre résonna au-dessus de leurs têtes, accompagné d'un gigantesque éclair.

Sebastian lui prit le visage entre ses mains, puis il plongea son regard dans le sien, et le feu qu'alluma en elle le bleu électrique de ses yeux fit écho au déchaînement de la nature.

— J'ai besoin de t'entendre me dire que tu me veux en toi aussi fort que je veux être en toi, dit-il d'une voix assourdie par la tension. Nous cultivons assez de regrets sans en rajouter.

— Ne crois-tu pas que nous pourrions faire un meilleur usage de nos langues ? Je sais seulement que c'est un jour bien sinistre et que j'ai besoin de ça.

Elle n'arrivait pas à se décider à admettre qu'elle

le voulait, pas même après toutes ces soirées de solitude sur leur terrasse, avec le bruit des vagues, un verre de bon vin et ses yeux pour pleurer.

Sebastian continua de la sonder du regard tout en caressant du pouce la rondeur d'un de ses seins.

— Tu ne m'empêcheras pas de te dire combien je te trouve sexy…

Ses paupières voilèrent son regard brûlant de passion alors qu'il plongeait la tête pour mordiller le creux si sensible de son cou, tandis que sa forte main glissait sous sa jupe et remontait le long de la cuisse, traçant un chemin brûlant jusqu'au bord de la culotte.

Il connaissait son corps par cœur et savait où la titiller pour qu'elle se cambre contre lui, pleine de désir, exigeant davantage, tout de suite.

— Ou comme tu m'excites quand tu portes ces chaussures à talons qui donnent une allure folle à tes jambes. Des chaussures jaunes. Bon sang ! Qui porte des chaussures jaunes ?

Elle sentit sa tête partir en arrière comme elle s'abandonnait, les sens et l'esprit enivrés par ses paroles.

— Moi, j'en porte. Et elles sont citron. Pas jaunes.

— Elles sont très émoustillantes…

Si seulement entente physique parfaite et compte en banque bien garni suffisaient au bonheur, ils fêteraient leurs noces d'or sans problème.

Mais elle s'efforça de refouler ces tristes pensées qui risquaient de venir gâcher le plaisir procuré par les doigts habiles de Sebastian. Sans plus réfléchir, elle déboutonna fébrilement sa chemise, tirant, ouvrant, écartant les pans pour poser enfin les paumes sur sa peau tiède.

La sensation des pectoraux de Sebastian frémissant à ce contact acheva de lui faire perdre la raison. Plus rien n'existait au-delà de cette cachette perdue au milieu des bois. Elle embrassa, mordilla, lécha tout ce qui se trouvait à sa portée tandis qu'il glissait les doigts dans ses cheveux et les libérait, laissant leurs vagues soyeuses s'étaler sur la banquette.

Alors même qu'elle laissait échapper un gémissement de plaisir, le BlackBerry de Sebastian émit un bourdonnement mal venu.

Elle frissonna d'appréhension, terrifiée soudain à l'idée que tout cela s'arrête. Mais, à sa grande surprise, Sebastian jeta d'un geste rageur le téléphone sur le sol de la voiture.

Il était donc capable d'agir ainsi, lui, qui dormait même avec son téléphone pour ne pas manquer un précieux appel professionnel !

Dans un regain de passion, elle lui agrippa les épaules et enfonça les ongles dans sa chair, tout en se cambrant pour mieux se coller à son corps, souhaitant désespérément se fondre en lui. Puis, elle attira son visage vers le sien et le dévora, comme pour rattraper tous ces mois où elle avait été privée de ses baisers.

Comme si c'était le signal qu'il attendait, Sebastian fit glisser sa veste sur ses épaules et lui empoigna un sein à travers le chemisier de soie. Du pouce, il traça des cercles autour de la pointe érigée, faisant exploser en elle une myriade d'étincelles de désir.

Quand ses lèvres remplacèrent sa main, elle ondula des hanches contre lui en gémissant.

— Assez…

Sous la moite chaleur de la bouche qui froissait la soie et la dentelle contre son mamelon durci, elle sentit une vague de délice la parcourir.

— Encore…

Dieu merci, Sebastian comprenait l'incohérence de ses propos, reflet des pulsions contradictoires qui avaient largement empoisonné leur vie commune.

La soulevant, il l'assit à califourchon sur lui, sa jupe retroussée sur ses hanches.

Ivre de désir, elle dégrafa la ceinture de Sebastian en tâtonnant. Avec un soupir de contentement, elle s'empara de son sexe long et dur. Enfin…

Avec un petit rire taquin, Sebastian glissa la main sous le satin de son string et commença à la caresser avec une habilité qui lui coupa le souffle. C'était comme cela qu'ils fonctionnaient, au lit comme dans la vie : ils rendaient coups pour coups…

Elle se laissa faire et aida même Sebastian à lui retirer son string. Peu importait qui commandait, elle voulait seulement se perdre dans le plaisir, dans les sensations incroyables que lui seul était capable d'éveiller en elle, et dont elle avait été privée depuis bien trop longtemps.

Elle voulut se débarrasser de ses escarpins afin de se sentir plus à l'aise, mais il l'arrêta d'un geste.

— Garde-les, dit-il d'une voix étranglée. La couleur citron m'excite.

Et puis, enfin, il la pénétra. Avec urgence. Et

précision aussi. Il n'y eut ni tâtonnement ni maladresse, seulement un profond accord.

Après neuf années de pratique, si Sebastian n'avait pas su établir l'harmonie de leurs cœurs, il connaissait parfaitement le fonctionnement de son corps.

Pendant qu'il allait et venait en elle avec une force comparable à celle de l'orage qui se déchaînait au-dehors, elle lui saisit les poignets et garda les doigts enlacés aux siens, ondulant des hanches afin de savourer la moindre sensation de cette ultime et explosive rencontre.

Car elle le savait, c'étaient leurs derniers instants ensemble. Un souvenir de plus à emmagasiner, un souvenir de plus qui viendrait la torturer quand elle contemplerait seule l'océan, le soir sur sa terrasse.

Si seulement ils pouvaient communiquer moitié aussi parfaitement sur tout le reste que quand ils faisaient l'amour ! Cependant, la magie de cette magnifique fusion avait un goût amer, car elle savait que le moment se rapprochait où il ne subsisterait plus rien entre eux.

La sueur mouillait leurs corps, et leurs baisers prenaient un goût salé. Le plaisir montait, plantait ses griffes en elle, et le besoin d'en finir devenait presque douloureux. Les doigts de Sebastian se crispaient autour des siens, sa mâchoire se contractait. Elle connaissait ce signe, c'était comme chaque fois qu'il l'attendait. Il se retenait au bord du plaisir au point que ses bras en tremblaient.

Plus vite. Plus fort !

Elle mêla ses gémissements à ceux de Sebastian,

et ils jouirent ensemble dans une explosion qui combla son corps tout en anéantissant son âme déjà tourmentée.

Les vagues de plaisir passèrent sur elle et sur son chagrin dans un adieu plein de délice et d'amertume mêlés. Elles la submergèrent, se succédant jusqu'à ce qu'elle se laisse aller contre Sebastian qui la tenait toujours, le corps tout frémissant des retombées de la jouissance.

L'espace étroit de la Beemer ne résonnait plus maintenant que de leurs respirations oppressées et du tambourinement de la pluie sur le toit.

Elle savait qu'il n'y avait rien à ajouter. Tout était fini entre eux, l'avenir était scellé : une dernière audience avec le juge d'ici à quelques semaines, et leur divorce serait consommé. Ils n'avaient même pas besoin de discuter de leur absence de précautions contraceptives, puisque sa fausse couche, neuf ans plus tôt, l'avait laissée stérile.

Cela ne les avait pas empêchés de continuer d'essayer d'avoir un enfant. En vain. L'espoir avait refleuri quand ils avaient envisagé l'adoption. Durant quatre mois merveilleux, elle avait été mère d'une merveilleuse petite Sophie dont le visage demeurait gravé dans son cœur. A l'entrée de la fillette dans leurs vies, Sebastian et elle avaient mis de côté les problèmes de couple qui commençaient d'affleurer pour s'immerger dans les joies de la condition de parents. Cependant, alors que la mère de Sophie l'avait abandonnée à la naissance et qu'on leur avait confié le bébé en attendant que les papiers d'adoption soient définitivement signés, la jeune femme s'était ravisée au dernier moment.

Allongée pour la dernière fois contre Sebastian, Marianna retint une envie de pleurer. Sur la fillette qu'on avait arrachée six mois plus tôt à leur tendresse, sur Sebastian, sur elle-même.

Elle en avait eu le cœur brisé. Pour sa part, Sebastian s'était plongé dans le travail…

Leur mariage n'avait pas survécu à l'épreuve.

- 2 -

Hilton Head, Caroline du Sud
Aujourd'hui

Marianna grimaça quand le juge leva son marteau et, d'un coup d'un seul, scella les accords passés entre Sebastian et elle avec l'aide de leurs avocats au cours de la procédure de divorce. Elle dut agripper le bord de son siège pour se retenir de porter ses mains à son ventre.

En l'espace d'une journée, elle était devenue à la fois femme divorcée et future mère célibataire.

Elle attendait un bébé.

Après tant de tentatives infructueuses pour concevoir, une dernière étreinte au goût d'adieu avait réussi à opérer une sorte de petit miracle. Elle venait de le découvrir ce matin en faisant un test de grossesse. Cela avait été un moment intense, qui la laissait encore toute bouleversée.

Un minuscule frémissement d'espoir l'agita, un avant-goût de la vie qu'elle attendait avec impatience de sentir bouger en elle.

Peut-être que cette fois…

L'espace d'un instant, elle avait envisagé d'en

parler à Sebastian avant l'entrevue, mais elle s'était ravisée.

Cette grossesse ne changeait rien à leur situation. Les histoires de garde représenteraient un point à traiter à part, indépendamment du divorce. De plus, elle voulait être absolument certaine d'être enceinte, ce qui impliquait une visite chez le gynécologue. Après neuf ans de déceptions, elle n'allait pas laisser son imagination s'enflammer à la simple vue d'un signe positif.

Comment Sebastian, dont elle sentait la présence imposante à quelques pas, réagirait-il à l'annonce d'une pareille nouvelle, si nouvelle il y avait ?

Comment cet homme pouvait-il lui paraître si dangereusement dominateur alors même qu'il était assis et se contentait d'actionner la fermeture de son attaché-case d'un air sombre ?

Mais aujourd'hui, cette morosité la rassurait presque. Quelque chose était au moins normal dans cette journée où tout semblait sens dessus dessous.

Elle rassembla tout son courage pour s'approcher de lui.

— J'aimerais que nous prenions rendez-vous, dit-elle d'une voix posée. J'ai à te parler. La semaine prochaine, peut-être ?

Après son rendez-vous avec le gynécologue.

Elle n'avait pas prêté attention aux premiers signes de grossesse parce qu'elle avait eu beaucoup de travail à cette époque, avec la décoration de deux maisons de maître. Et puis, il y avait le stress du divorce. Elle avait mis sur le compte de celui-ci le dérèglement de son cycle menstruel, jusqu'à ce que ses règles ne reviennent pas pour la deuxième fois. Or, deux mois s'étaient écoulés depuis qu'elle avait fait l'amour avec Sebastian sur le siège arrière de sa voiture…

Il se leva, aplatit sa cravate de soie et reboutonna méticuleusement sa veste.

— Nous pouvons parler tout de suite, qu'on en finisse une bonne fois pour toutes.

— Impossible aujourd'hui.

— Je vois. Tu as plus urgent à faire.

— Ça te va bien de parler ainsi, toi qui es marié avec ton BlackBerry ! riposta-t-elle aigrement. Je tenais juste à te prévenir que tu devras caler trois minutes avec moi entre tes rendez-vous, tes apparitions au tribunal et ta boîte e-mail.

— Charmant, dit-il d'un air pincé.

Mais ce résumé de son emploi du temps était tristement exact.

— Désolée. Je n'avais pas l'intention de réveiller les vieilles querelles, dit-elle en passant une main sur son front dans l'espoir d'apaiser la bouffée de chaleur qui l'assaillait. De toute façon, ce n'est pas le moment de discuter de quoi que ce soit. C'est pourquoi je voudrais te voir la semaine prochaine. J'appellerai ta secrétaire pour prendre rendez-vous.

Sur ces mots, elle tourna les talons dans l'intention de s'éclipser le plus vite possible.

Mais alors qu'elle se dirigeait vers la porte, le sol vacilla sous ses pieds, et elle n'eut que le temps d'agripper le dossier d'un siège pour ne pas perdre l'équilibre.

Sebastian lui glissa un bras autour de la taille.

— Respire calmement, profondément. C'est normal que tu sois un peu troublée, étant donné les circonstances.

« Un peu troublée » ?

A la fois outrée et désabusée, elle le regarda par-dessus son épaule, réprimant un rire hystérique.

Elle avait envie de hurler à l'injustice. Cela aurait dû être le plus beau jour de sa vie, et tout était gâché par cette histoire de divorce et la mauvaise humeur de Sebastian.

— Je constate que tu n'as pas perdu ton sens de l'euphémisme, déclara-t-elle d'un ton sec.

Sebastian se pinça l'arête du nez avant de la regarder, son expression un peu trop proche de la pitié.

— Si je comprends bien, tu voudrais que nous nous disions poliment au revoir devant une tasse de café ?

Malgré elle, son corps réagit à la familière chaleur de celui de Sebastian, au parfum de son après-rasage, à la force de son étreinte.

Combien de temps s'écoulerait avant que ne s'efface de sa mémoire sensorielle l'effet qu'il produisait sur elle ?

La colère souleva son estomac déjà fragilisé, et elle s'écarta de lui.

— Nous nous sommes dit au revoir l'autre jour sur le siège de ta voiture ! s'exclama-t-elle d'une voix où se mêlaient colère, chagrin et crainte. Et tes droits conjugaux ont pris fin il y a exactement cinq minutes !

Elle ne s'apitoyait pas sur le sort de Sebastian.

Il aurait maintes occasions de se consoler avec les étudiantes en droit fascinées par sa prestance, qui lui tournaient autour sous prétexte de quêter des conseils. Elle avait pu apprécier sa cour d'admiratrices certains soirs où elle était passée le chercher à la bibliothèque juridique !

Il la poussa vers un coin à l'écart et lui fit un écran de son corps afin de la protéger du regard des curieux qui les observaient avec un intérêt non dissimulé.

— D'accord, d'accord. Calme-toi, lui murmura-t-il à l'oreille. J'ai bien compris que je n'aurais plus droit à tes présentations de chaussures d'un style si particulier.

Tout en crispant les orteils dans ses Jimmy Choo gris argenté à brides, elle chassa des souvenirs qui ne feraient que la blesser.

Quand elle était blessée, elle se laissait facilement déborder par la colère. Or, il aurait été plutôt mal venu de provoquer une scène en plein palais de justice. C'était déjà assez pénible de vivre ces instants, torturée qu'elle était par les images de ce qui aurait pu être.

Si seulement elle avait le cran de surprendre Sebastian au bureau avec une tasse portant l'inscription : « Les vrais hommes changent les couches », ou quelque autre sympathique déclaration codée ! Mais, bien sûr, elle aurait peu de chance de le trouver dans son cabinet. Il serait sûrement avec un client, en rendez-vous, ou en audience.

Cette idée ranima sa colère, et elle s'efforça de respirer calmement.

Oui, il lui fallait respirer lentement, profondément.

— Je n'ai aucune envie de boire poliment un café avec toi, dit-elle d'une voix contenue. C'est juste que… Euh, nous aurons quelques détails à régler quand nous aurons l'esprit plus libre. Je t'expliquerai ça la semaine prochaine, dans un lieu public.

Sebastian était toujours appuyé au mur, la dominant de toute sa taille, et il la jaugeait du regard comme il le faisait avec les témoins venus déposer à la barre. Son BlackBerry bourdonna, mais, contre toute attente, il l'ignora.

— Pourquoi n'en as-tu pas parlé à l'audience ? demanda-t-il avec ironie.

Décidément, il avait le don de lui faire perdre son calme !

— Je crois préférable que nous ne nous adressions plus la parole aujourd'hui.

— Comme tu voudras.

Ce n'était pas du tout ce qu'elle voulait, mais elle n'avait pas le choix.

— Au revoir, Sebastian.

Ce n'était pas réellement un adieu, et elle le savait. Désormais, il n'y aurait pas de rupture définitive, puisque le bébé représenterait toujours un lien entre eux. Et elle disposait d'une semaine pour consolider ses résolutions et décider des dispositions à prendre.

Se faufilant sous son bras, elle se dirigea vers la sortie, traversant le hall au pas de course, et elle remarqua de justesse les membres de la sympathique famille de Sebastian qui attendaient, assis sur des bancs.

C'était exactement le genre de tribu démesurée dont, unique enfant de parents vieillissants, elle avait rêvé durant son enfance. Certes, elle avait été entourée d'amour, mais il lui avait manqué la gaieté des grandes réunions familiales, et à présent ils n'étaient plus de ce monde.

Elle posa une main sur son ventre, priant pour la minuscule vie qui croissait en elle. Mais soudain elle entendit un bruit de pas précipités derrière elle.

Sebastian, bien sûr. Il ne la laisserait pas partir aussi facilement. C'était vraiment injuste : alors qu'il ne bataillait jamais, il gagnait à tous les coups !

Il la rejoignit à la porte de l'ascenseur et l'étudia de son regard perçant d'homme de loi tout en appuyant sur le bouton d'appel.

Un élan de panique s'empara d'elle. Elle n'allait certainement pas monter seule dans l'ascenseur avec lui. Pas après ce qui s'était passé lors de leur dernière entrevue !

— Euh… Merci, Sebastian, mais je préfère prendre l'escalier.

Elle se détourna précipitamment — trop précipitamment, car soudain l'univers parut rétrécir autour d'elle.

Ses genoux cédèrent, et sa dernière vision avant de s'effondrer par terre fut pour les mocassins Ferragano qu'elle avait offerts à Sebastian à Noël dernier.

Assise au bord de la banquette, le Dr Cohen, une jeune femme munie de lunettes à monture rouge, fixait posément sa montre tout en prenant le pouls de Marianna.

— Il faut appeler une ambulance, déclara pour la troisième fois le beau-père de Sebastian, sa voix tonitruante résonnant de toute l'autorité qu'on pouvait attendre d'un général à la retraite.

Sebastian était bien d'accord, même si le médecin attaché au tribunal, justement présent pour témoigner dans une audience, ne semblait pas penser que sept minutes et quarante et une secondes d'inconscience constituaient une raison de s'inquiéter.

Lorsque Marianna s'était mollement affaissée à ses pieds, il l'avait soulevée dans ses bras et emportée dans la salle de conférence la plus proche, le cœur rempli d'angoisse. Là, il l'avait étendue sur une banquette, lui avait ôté ses chaussures et avait déboutonné sa veste pendant que sa mère s'agitait autour deux en se tordant les mains et que le général allait chercher de l'aide. A présent, deux de ses frères, Matthew et Jonah, attendaient dans un coin avec leur mère et le général, à qui le médecin avait demandé de se tenir tranquille.

Il avait bien recommandé aux siens de ne pas venir à l'audience, mais évidemment ils n'en avaient fait qu'à leur tête. Enfin, étant donné le tour qu'avaient pris les événements, il devait avouer que leur présence le rassurait.

Comme son beau-père, il haïssait l'inaction. C'était même en grande partie pourquoi il aimait tant son métier : quand on était avocat, il y avait toujours quelque chose à faire. Il fallait aller de l'avant, prendre des responsabilités…

Pourquoi Marianna ne reprenait-elle pas connaissance ? Et pendant combien de temps ce médecin allait-il compter ses pulsations au lieu d'agir ?

Dire qu'elle sortait d'une prestigieuse école de médecine ! Car il n'avait pas perdu la tête au point d'oublier de lui demander ses références quand elle s'était présentée. Et si son ex-femme ne se réveillait pas dans les dix prochaines secondes, le Dr Cohen devrait répondre de son incompétence le restant de ses jours.

Il s'agenouilla et prit la main de Marianna, si froide et molle dans la sienne.

Mais que pouvait-elle bien avoir ?

— Je vais l'emmener aux urgences, déclara-t-il. Si elle reprend connaissance en chemin, tant mieux. Sinon, elle sera en mesure de recevoir des soins au plus vite.

Le médecin se releva et ôta ses lunettes qu'elle laissa pendre à la chaînette passée à son cou.

— En tant qu'époux, c'est vous qui décidez, bien sûr.

En tant qu'époux ?

Pour une fois, il ferait une entorse à la loi et ne rectifierait pas l'erreur du médecin, au risque de perdre le peu d'influence qu'il possédait sur le choix des soins médicaux à donner à Marianna.

D'un regard par-dessus son épaule, il intima le silence à ceux qui observaient la scène, quand soudain un faible gémissement ramena son attention sur Marianna.

Voyant ses paupières papilloter, il lui serra la main.

— Marianna, reviens à toi, je t'en supplie ! Tu nous fais une peur bleue.

— Sebastian ?

Elle se souleva sur un coude et regarda autour d'elle tout en se massant les tempes d'un doigt. Clignant des yeux, elle examina la petite pièce meublée d'une table, de chaises pivotantes et de la banquette sur laquelle elle se trouvait allongée, et son regard tomba sur les membres de sa famille qui arboraient des mines consternées.

— Que s'est-il passé ?

— Tu t'es évanouie dans le hall. Tu ne te souviens pas ?

Evidemment, si un jour valait la peine d'être oublié, c'était bien celui-ci.

Elle se laissa retomber en arrière, la jupe de son ensemble bois de rose remontant sur ses jambes.

— Ah, oui. Le palais de justice, tes mocassins Ferragamo…

Il ne voyait pas ce que ses chaussures venaient faire dans l'histoire, mais au moins reprenait-elle peu à peu ses esprits.

Sa mère s'approcha et posa un mouchoir humide sur le front de Marianna.

— Tenez, chère petite. Restez allongée en attendant de vous remettre.

Marianna lui adressa un sourire reconnaissant.

— Merci, Ginger.

— Comment te sens-tu ? demanda-t-il, s'en voulant de n'y avoir pas songé lui-même.

Il nota que Marianna regardait obstinément

ailleurs, apparemment plus intéressée par les stores de la fenêtre que par lui.

— J'ai sauté le petit déjeuner. Je suppose que je suis en hypoglycémie.

— Et le déjeuner ?

Il désigna la grosse pendule du couloir.

— Il est 3 heures de l'après-midi, précisa-t-il.

— Déjà ?

Elle prit le mouchoir posé sur son front et s'en tapota le cou.

— J'étais tellement énervée que je n'aurais pas pu avaler une bouchée.

Marianna ? Perdre l'appétit ?

Si c'était le cas, l'heure était grave ! Elle adorait manger, c'était un des aspects de sa personnalité qu'il appréciait chez elle. Le seul spectacle du plaisir qu'elle prenait à déguster une huître sur sa demi-coquille les avait plus d'une fois expédiés au lit.

— Est-ce que tu te sens malade ?

Elle s'assit et posa les pieds à terre, près de ses affriolants escarpins argentés.

— Merci de t'inquiéter pour moi, mais je suis seule responsable de ma santé maintenant que nous sommes divorcés.

Les sourcils du Dr Cohen se haussèrent.

— Vous êtes divorcés ?

Marianna hocha la tête tout en consultant la pendule.

— Depuis une demi-heure.

Le médecin porta une branche de ses lunettes à monture rouge à sa bouche et en mordilla distraitement l'extrémité.

— Si l'on prend en considération le stress du divorce auquel se rajoute le fait d'être à jeun, votre malaise n'a rien d'étonnant, dit-elle.

Elle tapota la main de Marianna.

— Et moi qui suspectais une grossesse ! Je dois être obnubilée par ma spécialité.

Avec une légère grimace, Marianna détourna la tête, comme elle le faisait chaque fois qu'on évoquait de près ou de loin la maternité devant elle. Malgré les soins apportés à son maquillage, les cernes mauves de ses yeux trahissaient l'état de tension dans lequel elle avait dû se trouver ces derniers temps.

Animé par l'envie de la protéger, et aussi, il devait le reconnaître, dans un élan de possessivité, Sebastian se plaça entre le médecin et elle.

Se débarrasser de cette appellation d'époux et de tout ce qui l'accompagnait se révélait finalement plus facile à dire qu'à faire.

— Elle n'est pas enceinte, dit-il fermement. Mais nous trouverons les causes de cet évanouissement.

Combien de fois par le passé avait-il dû interrompre une litanie de commentaires parfois bien intentionnés, parfois franchement indiscrets ?

« Quand vas-tu me rendre grand-mère ? », « Ne croyez-vous pas qu'il serait temps de démarrer une famille ? », « Marianna et toi traitez vos chiens comme des enfants ! », « Il faut croire que certaines personnes n'ont pas envie d'avoir de descendants »...

Le Dr Cohen recula et prit sa sacoche sur la table.

— Si vous voulez bien m'excuser, je vais vous

laisser. Je dois être appelée à la barre d'un instant à l'autre.

Le jeune médecin marqua une pause à la porte.

— Toutes mes excuses pour avoir tiré ces conclusions un peu hâtives. Naturellement, un évanouissement peut avoir différentes causes, pour la plupart bénignes. Cependant, si le problème persiste, je vous conseille d'aller voir votre médecin traitant.

Le général accompagna la jeune femme dans le couloir. Matthew et Jonah suivirent le mouvement. Seule Ginger s'attardait encore dans la pièce.

— Nous sommes soulagés de vous voir rétablie, ma chère petite, dit-elle d'une voix affectueuse. Et rappelez-vous que vous pouvez nous appeler à tout moment si vous avez besoin de quelque chose.

Sebastian soupira discrètement.

Sa mère devait rêver ! Comment imaginer que Marianna, si fière, avec son caractère si bien trempé, manifesterait un quelconque signe de faiblesse ? D'ailleurs, il se demandait bien pour quelle raison elle souhaitait le rencontrer la semaine suivante.

Sur des adieux chuchotés, il se retrouva seul avec Marianna pour la première fois depuis qu'ils s'étaient sauvagement arraché leurs vêtements sur la banquette arrière de sa voiture, deux mois plus tôt.

Un silence pesant s'installa entre eux.

Il s'assit au bord de la table, bras croisés sur la poitrine pour ne pas être tenté de la prendre dans ses bras.

— Tu n'es pas en état de conduire, déclara-t-il.

Elle glissa les pieds dans ses escarpins, geste

qui attira son attention sur ses longues jambes nerveuses.

— Et moi, j'estime que ce ne serait vraiment pas raisonnable de nous retrouver ensemble dans ta voiture, riposta-t-elle.

— Tu as donc toujours tellement envie de moi ? ne put-il se retenir de demander.

Les yeux de Marianna brillèrent d'une colère contenue et d'une autre émotion qu'il n'arriva pas à définir.

— Ne fais pas l'idiot ! Tout ce que je veux, c'est me reposer.

Il se serait giflé.

Il ne devait songer qu'à la santé de Marianna, pas à ses jambes qui se refermaient si parfaitement autour de sa taille quand ils faisaient l'amour.

— Il faut que tu voies ton médecin, ou que tu ailles aux urgences s'il est occupé.

— J'ai déjà pris rendez-vous pour la fin de la semaine.

Il plongea un regard aiguisé dans le sien.

— Etant donné ce qu'il s'est passé, pourquoi attendre la fin de la semaine ?

Elle le considéra en silence.

Il nota ses paupières qui battaient nerveusement, sa poitrine qui se levait et s'abaissait sur un rythme rapide.

Il avait passé suffisamment de temps à interroger des témoins pour pouvoir affirmer sans se vanter avoir le chic pour percer à jour les gens qui lui cachaient quelque chose. Sans avoir à poser de question, il savait que Marianna dissimulait un secret sous son joli petit crâne. Et ce secret, il avait bien l'intention de le découvrir avant qu'ils ne quittent le palais de justice.

- 3 -

— Allons, Marianna, pourquoi attendre quatre jours pour voir le médecin alors que tu as perdu l'appétit et que tu t'évanouis ?

Marianna soutint comme elle put le regard soupçonneux de Sebastian, en totale empathie avec les papillons que son collectionneur de père épinglait sur une planche dans son enfance.

Le barreau équipait-il ses avocats de détecteurs internes de mensonges en leur délivrant le droit d'exercer ? C'était à se le demander. D'une manière ou d'une autre, Sebastian avait deviné qu'elle lui cachait quelque chose, et il ne la laisserait pas tranquille tant qu'il n'aurait pas découvert de quoi il retournait.

Bon, en analysant rapidement la situation, elle ne voyait que deux possibilités : avouer ou bien quitter la pièce en courant et attendre le verdict du médecin, solution qui lui épargnerait une pénible conversation avec Sebastian au cas où elle ne serait pas enceinte.

Sauf qu'elle savait avec une absolue certitude au fond de son cœur qu'elle portait un enfant. Ce qui ne lui laissait guère de choix : elle devait tout avouer à Sebastian dès à présent, parce que, si elle s'en abstenait, il serait furieux contre elle quand il découvrirait le fin mot de l'histoire. Et il aurait bien raison.

— A propos de ces moments que nous avons passés dans ta voiture il y a deux mois…

Le regard de Sebastian s'enflamma.

— Je me les rappelle parfaitement.

Naturellement qu'il se rappelait ces instants, mais le lui entendre dire d'une voix assourdie par la passion ralluma la flamme de leurs adieux. Elle croyait presque entendre tomber la pluie et sentir la chaleur de leurs ébats dans l'espace clos de la voiture.

— Nous n'avions pas pris de précautions.

Il fronça les sourcils.

— Bien sûr que non ! Tu ne crains rien de ce côté, et je ne porte pas de préservatifs sur moi parce que…

Sa voix ralentit.

— Parce que nous n'en avons pas besoin, termina-t-il.

Elle demeura silencieuse.

Il secoua la tête, la dévisagea, ouvrit la bouche, secoua de nouveau la tête.

— Tu es enceinte ? demanda-t-il enfin d'une voix incrédule.

Elle se contenta d'acquiescer d'un signe de tête, encore incapable de prononcer les mots, après tant d'années passées à se persuader qu'elle n'aurait jamais d'enfant.

Sebastian se laissa tomber sur un siège. Seul signe de son tumulte intérieur : une extrême pâleur.

— Tu es enceinte…

— De deux mois. J'en suis presque certaine.

Il se frotta la joue.

— J'ai déjà compris l'histoire des deux mois.

— Merci de ne pas avoir demandé qui est le père.

Elle n'aurait pas supporté de le voir supposer qu'elle avait couché avec un autre alors que ses émotions étaient déjà tellement à vif.

— Il faut croire que je ne suis pas le total salaud que tu te plais à imaginer, riposta-t-il, amer.

— Je n'ai pourtant pas rêvé tous tes interrogatoires serrés sur mon emploi du temps !

C'était exact, il l'avait plus d'une fois questionnée sur ses horaires parce qu'il jugeait qu'elle passait trop de temps avec son patron. Bien sûr, Ross Ward avait la réputation d'être un coureur de jupons, mais enfin, il aurait dû savoir qu'il pouvait faire confiance à sa femme. Et ses soupçons non fondés l'avaient blessée. Pour quelqu'un qui se vantait de lire la vérité dans les yeux des gens, il s'était sérieusement trompé à son sujet, il fallait le reconnaître.

Il croisa les bras sur sa poitrine.

— Cherches-tu la bagarre en évoquant Ross Ward ? s'enquit-il.

Marianna haussa les épaules.

— Bien sûr que non, dit-elle sèchement. De toute façon, je ne vois pas pourquoi j'agirais ainsi. A notre époque, avec les tests ADN, il est facile d'établir une paternité.

Sebastian se leva et alla à la fenêtre. Il posa

ses mains sur le rebord, et dans cette position ses épaules lui parurent encore plus larges.

— Nous allons avoir un enfant, dit-il d'une voix sourde.

Le fait lui semblait irréel à elle aussi.

— Si tout va bien.

Il se retourna brusquement.

— Quelque chose cloche ?

— Je ne crois pas. Seulement, tu comprends, je viens juste de faire le test de grossesse ce matin…

Il se rapprocha vivement.

— Tu es enceinte de deux mois, et tu viens juste de t'en apercevoir ? Tu n'as pas encore consulté ?

Elle caressa l'envie de se lever et de lui donner un bon coup dans les côtes. Mais elle se serait probablement encore effondrée à ses pieds, évanouie.

— N'élève pas la voix, s'il te plaît ! se contenta-t-elle de dire.

Sebastian eut un rire amer.

— Pour un retournement de situation, c'en est un ! D'habitude, c'est toi qui t'énerves.

— Assieds-toi et écoute, répliqua-t-elle.

Il prit place à son côté et la proximité de son corps, si proche du sien, la troubla aussitôt.

Ravalant péniblement sa salive, elle se jeta à l'eau.

— Je sais que ça peut paraître étrange, mais au début je n'arrivais pas à croire que je puisse être enceinte après tant d'années de stérilité.

— C'est de ça que tu voulais me parler la semaine prochaine ?

— Oui. Une fois que mon médecin aurait confirmé le diagnostic.

Elle attendit qu'il digère l'information.

En fin de compte, la conversation ne se passait pas aussi mal qu'elle l'avait craint. Après tout, peut-être que malgré les paroles blessantes qu'ils s'étaient jetées à la figure au cours des années, s'agissant des enfants, ils étaient capables de se montrer courtois.

Le bras de Sebastian glissa sur le dossier de la banquette, lui frôlant les épaules.

— Il y a une chose que je ne comprends toujours pas, dit-il.

Elle s'agita, essayant ignorer la chaleur que son corps irradiait.

Elle ne pouvait pas, elle ne laisserait pas ses hormones jeter le trouble entre eux. Paix et sérénité étaient indispensables au bonheur de leur enfant.

— Quoi donc ?

— Si tu as fait un test de grossesse ce matin, pourquoi ne m'en as-tu pas parlé avant que le divorce soit prononcé ?

Un grand silence tomba sur la pièce. Elle eut la sensation que tout autour d'elle se figeait, tandis que, par contraste, son pouls tambourinait dans ses veines.

Bon, tout n'allait peut-être pas se passer aussi bien que ça.

Elle aurait dû se douter qu'il n'accepterait pas sans broncher la situation. C'était même à cause de son caractère entier et obstiné qu'elle ne lui avait tout d'abord rien dit. Il aurait été capable d'arrêter la procédure, elle en était certaine. Mais, franchement, il l'avait assez fait souffrir. Elle n'aurait pas supporté de l'entendre dire qu'il voulait rester marié avec elle à cause du bébé — et ce d'autant moins que, au départ, il l'avait épousée à cause d'une grossesse non planifiée.

— Ça ne change rien, Sebastian.

— Ça change tout, au contraire !

A bout de nerfs, elle se leva, éprouvant le besoin de mettre de la distance entre eux.

— Je t'appellerai dès que j'aurais consulté.

Sur ces mots, elle ramassa son portfolio sur la table et se dirigea vers la porte.

— Nous avons sept mois devant nous pour nous mettre d'accord sur les droits de visite et la pension alimentaire, ajouta-t-elle.

En un éclair, il fut derrière elle. Elle pouvait presque sentir son souffle sur sa peau.

— Il n'est pas question de ça ! scanda-t-il. Est-ce que tu t'imagines vraiment que j'aurais été au bout de la procédure de divorce si tu m'avais prévenu ?

Et, en totale opposition avec la dureté de son ton, il lui prit doucement la nuque.

— A moins que tu n'aies eu l'intention depuis le début de garder cette histoire secrète ? Tu voulais me tenir à l'écart, c'est ça ?

— Tu es injuste !

En réalité, elle ne pouvait nier que les propos de Sebastian contenaient une part de vérité, sans pour cela remettre sa décision en cause.

Elle se retourna pour lui faire face et repoussa sa main, toujours posée sur sa nuque.

— Rappelle-toi, Sebastian. Nous étions déjà prêts à prendre rendez-vous avec des avocats pour intenter une procédure de divorce quand on nous a parlé d'un bébé à adopter. Nous sommes restés ensemble pour Sophie, tu le sais, et ça n'a rien modifié à notre relation. Je dirais même que le fossé s'est creusé davantage entre nous. Je ne veux à aucun prix revivre ça.

Le visage de Sebastian s'était creusé. Il leva la main.

— Ne prononce pas ce nom juste pour changer de conversation.

Huit mois plus tôt, elle aurait tout donné pour trouver un peu de réconfort auprès de lui lorsqu'ils pleuraient le départ de la petite fille qui leur avait été si brutalement enlevée. Mais il s'était replié sur lui-même, il l'avait exclue de son univers, la laissant affreusement seule pour affronter l'événement le plus dramatique de sa vie. Elle avait appris à affronter seule les aléas de la vie et ne voulait pas renoncer à un acquis si chèrement gagné.

— Oh ! Mais oui, j'oubliais…

Malgré la fêlure de sa voix, elle poursuivit courageusement.

— Il ne faut surtout pas prononcer son nom. Nous devons nous efforcer de croire que l'enfant que nous avons tous deux chérie pendant quatre mois n'a pas existé.

— Se quereller à propos du passé ne change rien au présent ! riposta Sebastian.

Encore une fois, il avait soigneusement évité de prononcer le nom de l'enfant.

Elle se mordit la lèvre au sang, et sa poitrine se souleva sous le coup de l'émotion.

Elle avait encore envie de pleurer. Le puits de ses larmes était donc sans fond ?

— Très bien, marmonna-t-elle, tu as gagné. Je ne supporterai pas plus de stress aujourd'hui.

— Je suis d'accord, tu as besoin de calme, s'empressa-t-il de répondre. De toute façon, nous avons mieux à faire aujourd'hui que de nous disputer.

Elle soupira, se sentant incapable de tenir tête plus longtemps à un homme aussi redoutablement habile.

— De quoi veux-tu encore parler ?

Il se leva et lui tendit la main pour l'aider à faire de même.

— Viens, allons voir le Dr Cohen.

Elle s'apprêtait à protester, à lui rappeler qu'elle était assez grande pour consulter toute seule, quand l'écho d'une phrase qu'il avait prononcée revint la titiller.

Elle se repassa rapidement leur conversation.

De quoi s'agissait-il donc ?

Il avait dit… Voyons… Il avait dit qu'il n'avait pas de préservatifs sur lui « parce qu'ils n'en avaient pas besoin ». Ce qui amenait à une conclusion plutôt troublante.

Sebastian n'avait pas de préservatifs sur lui parce que, même en pleine procédure de divorce, il ne fréquentait pas d'autre femme !

— Voilà votre bébé, déclara le Dr Cohen en désignant l'écran de l'appareil à ultrasons. Les battements de son cœur sont tout à fait normaux.

Sebastian fixa l'écran, incapable de détourner son regard de la minuscule forme qui remuait.

Son enfant.

Comment aurait-il pu se figurer que la journée se terminerait ainsi ?

Au mieux, il s'attendait à passer la soirée avec ses frères, qui lui auraient généreusement rempli son verre de bourbon jusqu'à ce qu'il s'écroule, mûr pour sa première nuit de retrouvailles avec le célibat. Jamais il n'aurait imaginé courir après une gynécologue dans les couloirs du palais de justice pour lui demander de s'occuper d'une patiente imprévue.

Et à l'époque où il s'était laissé aller à envisager la possibilité que Marianna soit enceinte, il n'avait pas non plus imaginé que le jour où ils apprendraient sa grossesse, ils s'efforceraient de ne pas se regarder ni se toucher.

Le Dr Cohen manipula des touches, et l'écran s'éteignit. Elle rabattit le drap sur Marianna.

— Ce sera tout pour aujourd'hui, dit-elle en lui tapotant le bras. Quand vous serez rhabillée, arrêtez-vous à mon bureau avant de partir.

Les doigts de Marianna se crispèrent sur le papier qui recouvrait la table d'examen.

— Il y a un problème ?

— En tout cas, rien que j'aie pu déceler.

Le médecin jucha ses lunettes rouges sur son nez et jeta quelques notes sur un bloc avant de le refermer.

— Je dois juste vous prescrire des vitamines prénatales. Et si vous souhaitez que je suive votre grossesse, nous prendrons rendez-vous pour une prochaine consultation.

La gynécologue se dirigea vers le moniteur et en revint avec deux clichés en noir et blanc.

— Voici une photo du bébé pour chacun de vous. Toutes mes félicitations, heureux parents !

Marianna saisit la main du médecin.

— Merci pour votre patience, cet après-midi. Vous avez été vraiment formidable.

— J'imagine que vous avez vécu les montagnes russes toute la journée ! Je suis heureuse d'avoir pu vous aider.

Le médecin tira le rideau de la cabine pour donner de l'intimité à sa patiente puis quitta la pièce.

Marianna et lui regardèrent la porte se refermer, puis Marianna se redressa, le drap serré contre sa poitrine.

— Tu peux sortir, Sebastian ?

Il s'arracha à la photo de l'embryon pour la considérer.

La blouse d'hôpital et le drap la dissimulaient. Cependant, à présent qu'elle y avait fait allusion, il ne pouvait s'empêcher de penser qu'elle était nue sous ce dérisoire rempart. Ses seins semblaient plus pleins.

A cause de la grossesse ?

Il eut envie d'en tester le poids dans sa paume, d'explorer le renflement du ventre où se nichait son enfant.

Ils pourraient rester séparés une éternité, jamais il n'oublierait les formes de Marianna ni la sensation que lui procurait son corps sous ses caresses. Ils étaient amants depuis qu'elle avait dix-huit ans, et il était devenu son époux quand ils s'étaient aperçus qu'elle était enceinte. Intéressant de constater à quel point la vie pouvait se répéter.

— Sebastian !

La voix indignée de Marianna le ramena brusquement à la stérile réalité de la salle d'examen.

— Du calme, Marianna. Je t'ai déjà vue nue des milliers de fois, et je te verrai sans aucun doute encore nue au moment des visites chez le médecin. Et puis, il y aura l'accouchement.

D'une main rageuse, elle repoussa une mèche de cheveux retombée sur son visage.

— Arrête ! Tu as peut-être des droits sur ton bébé, mais nous ne sommes plus mari et femme.

— Quel dommage…

Il ramassa les escarpins à brides de Marianna et les posa sur la table d'examen d'un air entendu.

— C'est une paire de chaussures très excitantes.

Comme elle ouvrait la bouche, il leva les mains en l'air en un geste d'humilité, se rendant compte qu'il avait poussé la balle un peu trop loin.

— Je sors, je sors !

Il sortait… Pour le moment. Mais elle ne perdait rien pour attendre.

— Je t'attends dans le bureau du Dr Cohen.

S'il n'espérait pas qu'ils puissent revenir au point de départ, il n'appréciait pas du tout d'être rejeté de cette façon.

En réalité, il n'avait pas l'intention de se laisser écarter si peu que ce soit de la vie de son enfant. Il n'avait pas fui ses responsabilités à dix-huit ans, il ne les fuirait certainement pas à vingt-sept. Marianna l'ignorait peut-être encore, mais leur divorce remporterait la palme de la brièveté dans le livre des records.

Marianna ne s'était pas attendue à terminer la journée dans la voiture de Sebastian, et elle supportait mal de se retrouver dans cette situation. En un rien de temps, son ex-mari avait repris les rênes de sa vie. Il y avait eu la visite chez le médecin, le sandwich à demi grignoté sur ses genoux. Enfin, pour couronner le tout, Sebastian s'était arrangé pour que Jonah, son plus jeune frère, reconduise sa voiture chez elle — c'est-à-dire à leur ancien domicile commun — pendant qu'ils étaient en consultation. Il avait tranquillement affirmé qu'il craignait qu'elle ne soit prise de malaise au volant.

Si l'on songeait au nombre de femmes enceintes qui conduisaient tous les jours, c'était tout simplement ridicule. Mais, elle devait l'admettre, cette journée ne ressemblait à aucune autre. Et elle était si fatiguée qu'elle remettait déjà au lendemain matin la perspective de prendre un moment de calme pour contempler la photo de leur enfant.

L'enfant de Sebastian.

Dans le soir tombant, elle examina le profil sévère de son ex-mari qui conduisait.

En direction du quartier de bord de mer où ils avaient fait construire la maison de style colonial de leurs rêves, des rangées de palmiers nains bordaient la route, et un peu plus loin des graminées ondulaient sur la dune, surplombant l'océan que l'obscurité envahissait peu à peu.

La fortune de la famille de Sebastian ainsi que l'héritage qu'elle avait reçu de ses parents avaient facilité leurs premières années, quand ils faisaient tous deux leurs études. Ce qui ne les avait pas empêchés de se hâter d'obtenir leurs diplômes afin de commencer à gagner leur vie.

Qui sait ? Peut-être se seraient-ils séparés plus tôt s'ils avaient dû se débattre dans des problèmes financiers ?

Elle observa les maisons du voisinage.

Au début, elle avait envisagé de déménager dans un appartement, loin des souvenirs attachés à l'endroit. A présent, elle ne savait plus. Tous ses plans étaient à revoir.

Elle ravala ses larmes.

Pour la première fois depuis qu'elle s'était levée le matin, nauséeuse et un peu triste, elle se sentait *heureuse*.

— Nous allons avoir un bébé, murmura-t-elle.

Sebastian lui jeta un bref regard.

— A ce qu'il paraît.

— J'ai besoin d'un peu de temps pour m'habituer à l'idée. A ce moment-là, nous pourrons prendre les décisions qui s'imposent.

Par exemple, par quel moyen de locomotion elle se rendrait aux consultations et jusqu'où il la verrait dénudée.

— Mon emploi du temps professionnel est plus souple que le tien, reprit-elle. Fais-moi savoir quand tu es libre, et je viendrai.

— Merci. De mon côté, je demanderai à mon comptable de déposer de l'argent sur ton compte dès demain. Comme ça, tu pourras donner tes deux semaines de préavis.

Elle se redressa en sursaut.

— Il n'en est pas question !

Sebastian s'arrêta posément à un panneau « Cédez le passage ».

— Tu as déjà fait une fausse couche, Marianna. Tu dois te ménager.

A en juger par son flegme effrayant, on n'aurait guère pu se douter qu'il venait de lui demander de quitter son emploi.

Surtout, rester calme. Essayer de ne pas penser à la jalousie dont il avait toujours fait preuve vis-à-vis de son employeur. Il ne restait que quelques mètres à franchir avant qu'elle retrouve enfin la sécurité de son intérieur.

— C'est au médecin de décider, pas à toi, décréta-t-elle. Et j'ai perdu le premier bébé à cause d'une grossesse extra-utérine. Grâce à l'échographie, nous savons que le problème ne se pose pas cette fois.

— J'ai plus qu'assez d'argent pour que tu n'aies pas besoin de travailler !

Elle retint un soupir. Si elle n'avait pas répliqué, ç'aurait été la même chose.

— Pourquoi prendre des risques ? continuait Sebastian, imperturbable.

D'effrayants souvenirs de sa fausse couche traversèrent l'esprit de Marianna. Elle se revit avec Sebastian s'installant pour leur lune de miel dans un refuge de montagne, tous deux conscients que l'aventure commençait mal et espérant cimenter leurs sentiments grâce à cette escapade.

Malheureusement, quatre jours plus tard, elle s'était mise à saigner et à ressentir de violentes douleurs. Alors, il y avait eu l'interminable descente sur la route à lacets pour rejoindre l'hôpital. Le chirurgien avait dit que si elle était arrivée une heure plus tard, elle aurait pu mourir d'hémorragie.

Elle était désormais avertie pour savoir avec quelle rapidité une situation pouvait dégénérer.

Elle ramassa son portfolio à ses pieds.

— Tu vois, c'est exactement pour cette raison que je voulais attendre la semaine prochaine pour discuter avec toi.

— Tu aurais disposé de sept jours pour peaufiner tes arguments ?

— Sept jours pour briquer mes défenses de manière à ne pas me faire laminer, tu veux dire !

Sebastian la regarda avec un petit hochement de tête.

— Je suis désolé, marmonna-t-il. Tu ne dois pas subir de stress.

— Je prends ça pour une excuse.

Il ne répondit pas, ce qui la surprit.

Sebastian ne s'excusait jamais. Après leurs querelles, il lui arrivait d'accepter de discuter de leurs différends, il lui offrait d'extravagants cadeaux, des journées dans des centres de remise en forme, mais jamais il n'avait prononcé les mots magiques : « Je suis désolé. »

Comme il ralentissait pour tourner dans sa rue,

elle cligna des paupières à cause des larmes qui revenaient lui piquer les yeux.

Sebastian gara la voiture devant leur maison à colonnade blanche et se tourna vers elle.

Quand il l'attira à lui, elle se laissa brièvement aller contre sa poitrine. Tout en reniflant, elle s'essuya les yeux d'un revers du poignet.

— C'est juste une histoire d'hormones, vu ?

— Vu.

Il lui étreignit rapidement les épaules avant de descendre de la voiture.

Un peu ragaillardie, elle sortit de la voiture avec la ferme intention de ne pas le laisser entrer. De la hanche, elle referma la portière. Cependant, comme elle se retournait, elle se heurta à Sebastian, immobile telle une statue de marbre, les yeux sombres.

Son visage ne portait plus aucune trace de tendresse tandis qu'il fixait le porche sous lequel Ross Ward attendait, installé dans un rocking-chair.

- 4 -

Le sang de Sebastian ne fit qu'un tour, et il eut bien du mal à résister à l'envie de grimper l'escalier quatre à quatre pour attraper l'importun par le col de sa veste et l'expédier au bas des marches.

Apparemment, le triste individu n'avait pas perdu de temps pour courtiser Marianna à présent qu'elle était libre. Eh bien, il lui réservait quelques surprises !

Mais pas aujourd'hui.

Jugeant que Marianna avait subi assez de stress pour la journée, Sebastian se contrôla tant bien que mal. D'ailleurs, un divorce, une grossesse inopinée et sa décision de la reconquérir, ça faisait beaucoup pour lui aussi.

Il se retourna pour faire face à Marianna, cherchant à dominer du mieux possible sa colère, car les relations de Marianna et de Ross Ward avaient toujours été un sujet douloureux entre eux.

— Que fait-il ici ?

— Aucune idée, répondit Marianna en haussant les épaules.

Glissant le portfolio sous son bras, elle passa à côté de lui pour emprunter l'allée qui serpentait vers la maison entre des massifs de fleurs.

Comme elle s'approchait du porche, Ward se leva et rajusta sa veste et sa cravate.

— Que fait-il ici ? demanda à son tour ce dernier d'un ton âpre à Marianna.

Jusqu'à présent, Sebastian avait fait de son mieux pour se montrer poli avec l'employeur de sa femme. Après tout, Ward dirigeait l'entreprise de décoration d'intérieur dans laquelle elle travaillait. Il s'était fait un nom dans tout le Sud-Est comme décorateur pour stars du sport. Quant à Marianna, elle s'était spécialisée dans l'aménagement de demeures dont les propriétaires restaient attachés au style de vie sudiste, plus féminin.

Au début, Sebastian avait trouvé le patron de Marianna sympathique. Cependant, les années passant, il n'arrivait pas à se débarrasser de l'idée que Ward entretenait des sentiments pour Marianna. Il avait l'impression qu'une lutte sournoise se déroulait entre eux, il le soupçonnait même de programmer les voyages d'achat de sa femme pendant ses congés, pour leur ôter toute possibilité de partir ensemble. Et son instinct s'était révélé suffisamment souvent digne de confiance dans le cadre professionnel pour qu'il prenne au sérieux ses doutes au sujet de Ross Ward.

Comme Marianna gagnait le porche, il la rejoignit rapidement et lui posa une main sur l'épaule. Ce fut lui qui répondit à Ward.

— Ce que je fais ici ? Je suis le mari de Marianna.

Ward s'adossa à la colonnade du porche avec un air de propriétaire qui mit Sebastian hors de lui.

— Son *ex*-mari, plutôt, dit-il en caressant sa

courte barbe blonde. J'ai pensé que Marianna pourrait avoir besoin de réconfort après l'épreuve du tribunal.

Il se tourna vers elle.

— J'ai réservé au restaurant. Si nous partons tout de suite, nous serons encore dans les temps.

— Oh, murmura-t-elle, paraissant surprise pour la première fois depuis leur arrivée. Merci.

Un sourd aboiement éclata à l'intérieur de la maison et se fit de plus en plus sonore. Puis on entendit gratter de l'autre côté de la porte.

Buddy.

Marianna se hâta d'aller ouvrir. Quant à Sebastian, il n'avait qu'une idée : se débarrasser du salaud qui chassait sur ses terres et renouer avec une vie normale. Par exemple, aller marcher sur la plage avec Marianna en parlant du bébé pendant que leurs chiens bondiraient dans les vagues.

Evidemment, ce ne serait pas très raisonnable, s'il songeait aux dossiers à étudier qui pesaient dans sa serviette. Déjà qu'il avait dû prendre une demi-journée de congé pour s'occuper du gâchis qu'était devenue sa vie privée…

Il s'arrêta en haut des marches de la terrasse et défia du regard Ward, qu'il dominait de cinq bons centimètres.

— Marianna a déjà dîné.

Les suspensions remplies de fougères bruissèrent dans la brise du soir tandis que Ward jetait un regard chargé d'un mépris non dissimulé au sandwich à demi grignoté dans la main de Marianna.

— C'est ce que je vois.

Elle posa le sandwich sur la table et ouvrit la porte. Comme Buddy bondissait au-dehors en agitant frénétiquement la queue, elle jeta son portfolio à terre et s'agenouilla pour le caresser.

— Salut, mon vieux. Est-ce que je t'ai manqué ? Toi, tu m'as manqué, c'est sûr !

Marianna adorait ce chien, et à vrai dire lui aussi l'adorait.

L'image d'une petite fille habillant un jour Buddy d'un tutu l'assaillit avec une telle netteté qu'il eut la sensation de recevoir un coup de poing en pleine poitrine.

Il allait être père, et cette fois pour de bon !

Il prenait pleinement conscience de cette réalité seulement maintenant, les événements s'étaient bousculés trop vite au cours de la journée pour lui laisser le temps de réfléchir. Et tout son instinct de père de famille resurgit.

Il avait un plan à mener à bien, une femme à reconquérir. Et il n'était pas question d'échouer.

— J'ai l'impression que Marianna a envie de se retrouver un peu chez elle, dit-il en dévisageant Ward, un sourcil levé. Vous feriez mieux d'éplucher votre carnet d'adresses pour trouver quelqu'un d'autre avec qui partager votre mérou grillé.

Marianna se releva et s'empara de la laisse de Buddy accrochée à côté de la porte.

— Hou hou ! s'exclama-t-elle tout en agitant une main entre les deux hommes. Je suis là ! Et je peux donner mon avis !

Comme Buddy s'élançait à présent vers Sebastian,

Ward se mit précipitamment hors de portée des quinze kilos d'énergie bondissante de l'animal.

— Bien sûr, dit-il à Marianna. Tu es une femme libre, maintenant.

Sans chercher à dissimuler l'amour qu'il partageait avec Marianna pour le chien, Sebastian s'accroupit pour gratter Buddy sous le cou.

Si ce lien était déjà fort, combien ce serait plus merveilleux encore quand ils verraient leur enfant pour la première fois ! Ce serait un lien que rien ne saurait briser.

Il regarda le ventre de Marianna, puis il toisa Ward occupé à essuyer la bave de Buddy sur ses mocassins Prada.

Qu'est-ce que ce type penserait de la grossesse de Marianna ?

Soudain, celle-ci lui jeta un regard menaçant.

— N'y songe même pas !

— Ton employeur n'a-t-il pas le droit de savoir ? murmura-t-il, faisant mine de se pencher sur Buddy.

— Quand je serai prête. Et tu serais bien avisé de te rappeler que tu as tout intérêt à rester dans mes bonnes grâces !

Il ne redoutait pas que Marianna l'empêche de voir le bébé, mais il voulait tout : la mère et l'enfant. Ce qui requérait un minimum de diplomatie de sa part.

Ward les regarda à tour de rôle, et sa morgue fondit pour la première fois.

— Il y a eu un accroc dans la procédure ?

Après avoir attaché le chien, Marianna confia la laisse à Sebastian.

— Le divorce est officiel, déclara-t-elle en se tournant vers Ward.

Elle lui sourit, avant de reprendre :

— Merci pour l'invitation à dîner. C'est très gentil de ta part, mais je préfère remettre à plus tard. Je suis vraiment fatiguée.

Malgré son inquiétude quant à la santé de Marianna, Sebastian se réjouit comme un enfant de voir Ward congédié. Tandis qu'elle raccompagnait celui-ci jusqu'à sa Jaguar, il enroula la laisse autour de son poignet tout en se remémorant leurs promenades tardives sur la plage.

Pourtant, en y réfléchissant, pour mémorables elles aient été, elles ne s'étaient pas produites si fréquemment que ça.

Gérer son travail tout en cherchant à reconquérir Marianna, ce ne serait pas aisé… Mais il avait toujours aimé les défis. Et puis, de toute façon, qui avait besoin de sommeil ?

Le vrombissement du moteur de la Jaguar ramena son attention sur Marianna, qui remontait l'allée de dalles décoratives serpentant à travers la pelouse impeccablement tondue.

C'était elle qui les avait choisies. Elle avait sollicité son avis, bien sûr, mais en général il lui laissait le soin de décider de ce genre de détails. Et elle avait très bien choisi.

— Merci de n'avoir rien dit pour le bébé, murmura-t-elle en arrivant à sa hauteur. Je ne suis pas encore prête à annoncer la nouvelle. Il me faut du temps pour m'habituer à l'idée, et je veux être absolument sûre que je pourrai mener ma grossesse à terme.

— Je comprends.

A l'idée qu'elle puisse refaire une fausse couche et mourir d'hémorragie comme elle avait failli le faire des années plus tôt, il eut la sensation qu'une main glacée se refermait sur son cœur. Et il refusait de penser à la petite fille perdue pour eux quelques mois auparavant. Il n'arrivait même pas encore à prononcer son prénom dans sa tête, sachant la douleur que lui infligeraient les deux syllabes.

Avec un soin exagéré, Marianna gratta de l'ongle une tache sur un des piliers du porche.

— Accepterais-tu de garder aussi le secret vis-à-vis de ta famille ?

Il trouvait relativement facile de faire cette concession, d'autant qu'il s'était juré de ne pas la heurter.

— Je pense que nous devrions leur annoncer la nouvelle ensemble. Mais seulement quand tu seras prête.

Marianna parut surprise.

— Je n'arrive pas à croire que tu te montres aussi raisonnable ! Ça signifie beaucoup pour moi, tu sais.

— Je tiens à ta tranquillité d'esprit.

Elle baissa les yeux.

— Bien sûr. Le bien-être du bébé passe avant tout.

Il lui caressa doucement le bras.

— Le tien aussi, Marianna.

Et il était parfaitement sincère. Il voulait qu'elle redevienne sa femme. Et même si elle semblait avoir des idées extravagantes sur ce qu'il était censé être incapable de lui donner, ils avaient tout de même vécu des moments extraordinaires ensemble. Cette fois, il faudrait bien que ces souvenirs et leur enfant suffisent à leur bonheur.

— C'est impossible de ne pas se soucier du bien-être de l'autre après neuf ans de mariage, ajouta-t-il.

Elle trembla sous sa caresse, et ses pupilles s'élargirent sous l'effet du désir tandis qu'elle se laissait aller vers lui.

C'était vraiment un drôle de tour du sort qu'il ait fallu ce divorce pour adoucir Marianna, mais il n'était pas homme à laisser passer une telle occasion !

Il la prit par la nuque…

A ce moment, des phares balayèrent l'allée, et ils virent la Jaguar de Ward se garer derrière la Beemer.

— Marianna ? cria Ward. Avant de partir, je voulais te rappeler que nous avons rendez-vous avec Matthew Landis et sa fiancée demain pour discuter des plans de décoration de leur maison.

Sebastian laissa retomber sa main.

Le lendemain soir, Marianna remontait en voiture l'allée sinueuse qui menait à la propriété des Landis.

La maison apparut soudain au milieu des palmiers et des arbustes fleuris, vaste demeure blanche à deux étages dotée de tourelles victoriennes et surplombant l'océan. Une volée de marches menait à la galerie du premier étage, qui abritait les pièces d'habitation, tandis qu'un spacieux espace de détente occupait le rez-de-chaussée disparaissant sous un treillage.

Elle savait que dans le garage s'alignaient les luxueuses voitures appartenant aux différents membres de la famille, mais comme elle avait rendu quelques mois plus tôt la télécommande de la porte du garage remise pour son usage personnel, elle arrêta sa Mercedes devant un buisson d'azalées roses.

Bien qu'épuisée par un long après-midi de discussions oiseuses avec un fils à papa au goût discutable, elle était heureuse de passer la soirée chez les Landis. Elle appréciait beaucoup le frère de Sebastian et sa fiancée. Etant donné la situation entre Sebastian et elle, elle leur avait proposé à plusieurs reprises de travailler avec un autre décorateur de l'agence de Ross, mais ils avaient toujours refusé.

Tout en grimpant les marches menant à l'entrée principale, elle s'exhorta au calme.

Elle ne devait pas éprouver plus de nervosité que nécessaire à l'idée de revoir tout le monde. Elle était une décoratrice talentueuse, qui avait fait ses preuves en réaménageant de nombreuses demeures, allant de lieux historiques à des habitations de notables, en passant par des maisons dans les arbres. Elle avait été consultante pour un salon de design qui s'était promené dans toute la région, et enfin ses ex-beaux-parents et beaux-frères étaient des gens adorables, qui ne lui en voulaient pas d'avoir été à l'origine du divorce.

Enfin, elle l'espérait.

Faisant passer le portfolio rempli d'échantillons

de couleurs et d'esquisses d'aménagement de pièce sous son bras, elle s'apprêta à saisir la poignée de la porte... Puis elle recula comme si elle s'était brûlée.

Elle n'appartenait plus à cette famille désormais, elle n'avait pas le droit d'entrer comme si elle était chez elle !

Le cœur lourd, elle appuya sur le bouton de la sonnette.

Pourvu seulement qu'elle parvienne au bout de la soirée sans répandre des torrents de larmes ! Déjà en ce moment, celles-ci semblaient sur le point de déborder.

La porte s'ouvrit largement, révélant son ex-belle-mère.

A voir cette belle femme aux cheveux gris-blond vêtue d'un jean et d'un pull rebrodé de perles, nul n'aurait pu se douter que Ginger était un des politiciens les plus puissants du pays.

Le père de Sebastian avait été sénateur des Etats-Unis, et sa femme avait repris son siège après son décès prématuré. Maintenant que Ginger était en bonne voie de devenir la prochaine secrétaire d'Etat, son fils aîné se présentait pour reprendre son siège vacant au Sénat.

Bien qu'ayant été une Landis pendant neuf ans, Marianna s'étonnait toujours que tant d'argent et de pouvoir se trouvent concentrés dans les mains d'une seule famille !

Après l'avoir enveloppée dans une chaleureuse étreinte qui dissipa ses appréhensions, Ginger l'invita à entrer.

— J'ai l'impression que tu vas mieux, ma chère enfant, dit-elle avec un bon sourire. Tu es positivement radieuse.

L'éclat de la grossesse ?

De nouveau, Marianna sentit la gaucherie l'envahir.

— Euh… Merci, Ginger.

Sa voix tremblante résonna sous le plafond cathédrale.

Ginger la fit entrer dans la salle de séjour principale, une vaste pièce dotée d'immenses fenêtres garnissant tout un pan de mur, par lesquelles on apercevait les étoiles qui commençaient à pointer dans le ciel.

Des tapis persans avaient été disposés sur le parquet luisant, autour de deux sofas Queen Ann recouverts d'un tissu bleu pâle souligné de passepoils blancs. Des fauteuils à oreilles couleur coquille d'œuf complétaient l'ensemble, certes conventionnel mais très accueillant.

Marianna considérait ce décor comme une de ses meilleures réalisations, ce qui n'était pas étonnant si l'on songeait qu'elle était familière du lieu et qu'elle avait conçu la décoration avec une parfaite connaissance de la famille.

— Nous prenons le dessert sur la terrasse, dit Ginger. Je t'en ai gardé une part. Je n'ai pas oublié que le cheesecake au chocolat est un de tes gâteaux préférés !

Marianna avait décidé de s'en tenir à une attitude strictement professionnelle. Il était hors de question qu'elle bavarde avec son ex-belle-mère devant un délicieux dessert, mais ses hormones la rendaient incapable de résister à une telle tentation.

Elle aurait marché sur des charbons ardents pour une tranche de ce cheesecake !

— C'est très gentil à vous.

Ginger s'arrêta devant la porte-fenêtre donnant sur la terrasse.

— Tu sais, dit-elle, ce n'est pas parce que Sebastian et toi avez divorcé que nous ne t'aimons plus.

Elle avait déjà assuré Marianna de l'indéfectible affection des Landis, mais le lui entendre répéter maintenant que la séparation était définitive faisait chaud au cœur. D'autant plus peut-être parce que Ginger ignorait l'existence du bébé.

— Tu as été ma fille pendant neuf ans, poursuivait celle-ci. C'est un lien qu'on ne rejette pas d'un haussement d'épaules.

Les larmes, qui lui venaient si facilement depuis qu'elle était enceinte, montèrent aux yeux de Marianna alors qu'elle voyait Ginger sous un nouvel angle.

C'était la future grand-mère de son enfant.

Sebastian et elle avaient si souvent rêvé du jour où ils présenteraient un petit-enfant à Ginger. Quel dommage de ne pouvoir se réjouir en famille de la miraculeuse nouvelle !

Ils avaient fait l'expérience de cet instant inoubliable quand Sophie, âgée de deux jours, était entrée dans le cercle familial, mais malheureusement pour trop peu de temps.

Elle sentit une larme lui glisser le long de la joue.

— Je… Je ne sais que dire à part merci, bredouilla-t-elle. Vous êtes également tous chers à mon cœur.

— Je suis heureuse de te l'entendre dire.

Ginger tira un mouchoir d'une boîte posée sur une table en cerisier et le lui tendit, puis elle fit glisser la porte donnant sur la terrasse, laquelle surplombait l'océan dont les vagues venaient lécher le rivage.

Après s'être séché les yeux, Marianna se prépara à affronter le reste de la famille, espérant que tous se montreraient aussi accueillants. Après son enfance solitaire de fille unique, elle se sentait parfois encore submergée par la vitalité des membres de la tribu de Sebastian, même en nombre restreint.

Avec une certaine circonspection, elle examina la terrasse où les différents membres de la famille étaient confortablement installés dans des fauteuils d'osier.

Kyle, le cadet, était absent. Il servait dans l'Air Force et venait de partir pour l'Afghanistan. Et, bien sûr, Sebastian se trouvait encore au bureau à cette heure-ci. Il restait donc Matthew et Jonah.

Son ex-beau-père vint à sa rencontre en souriant et lui glissa affectueusement un bras autour des épaules.

— Ginger et moi sommes heureux de te voir avant notre départ pour Washington, déclara-t-il.

Ancien pilote de l'Air Force, Hank Renshaw travaillait maintenant dans les services généraux de l'armée. Ginger et lui partageaient leur temps entre la Caroline du Sud et la capitale des Etats-Unis.

Matthew, le frère aîné de Sebastian, était assis à l'écart avec Ashley, sa fiancée. Les deux tourtereaux se glissaient mutuellement des morceaux de cheesecake entre les lèvres, dans une si éclatante démonstration d'amour que Marianna sentit une pointe de jalousie lui transpercer le cœur.

— Salut, Marianna ! s'exclama Jonah, le benjamin de la famille.

Il écarta une mèche de cheveux en broussaille de son front et, jetant un bonbon à la menthe en l'air, le fit rebondir sur sa tête puis dans sa bouche avec la dextérité du champion de football qu'il était à l'université. Sauf qu'il avait obtenu son diplôme de fin d'études et était désormais occupé à « se chercher », comme il disait pompeusement.

Un aboiement attira l'attention de Marianna vers la plage. Stupéfaite, elle découvrit Sebastian qui courait dans le sable avec Holly.

Il avait donc quitté son cabinet plus tôt ? Et il était même rentré suffisamment tôt pour avoir eu le temps de passer un short et un polo ?

Ravalant sa surprise, elle s'autorisa à le regarder une seconde de plus que nécessaire jouer à lancer un Frisbee à leur chien pour qu'il le rapporte. Enfin, à *son* chien, à présent.

Elle réprima une bouffée de désir au spectacle de cet homme qui courait avec une grâce athlétique, ses cheveux bruns tout ébouriffés par le vent.

Comment était-il possible qu'elle ait encore si follement envie de lui, encore plus même qu'avant leur divorce ? S'agissait-il d'un caprice de la nature humaine qui rendait plus désirable ce qu'on ne pouvait avoir ?

A moins que ce soit un effet secondaire des hormones qui bouleversaient son organisme…

Matthew Landis se leva de son fauteuil, sa main restant posée avec tendresse sur l'épaule de sa fiancée.

— Merci d'être venue, Marianna. J'espère que c'est ça t'est égal que nous examinions les plans ici ?

Même si elle avait souhaité se mettre à l'abri du charme qu'exerçait sur elle le cercle familial des Landis, elle aurait été bien ingrate de refuser de profiter de la vue magnifique — elle parlait de l'océan, naturellement. Pas de Sebastian.

Tout en s'efforçant de se concentrer sur la séance de travail qui l'attendait, elle ne put pourtant pas s'empêcher de subir l'attrait magnétique de son ex-époux qui escaladait bruyamment les marches.

— C'est parfait, répondit-elle distraitement à Matthew. Ross nous rejoint bientôt. Il a été retardé par un accident survenu sur un des ponts…

— Hé, beauté !

A la voix de Sebastian, un silence gêné passa comme un nuage d'orage sur la soirée paisible.

Saisissant l'occasion de rompre la tension générale, elle descendit l'escalier à la rencontre d'Holly, qui bondissait devant Sebastian.

Elle les rejoignit à mi-chemin, heureuse de cette occasion de parler avec Sebastian avant de l'affronter à portée d'oreilles de sa famille.

— Tu as fini bien tôt ta journée, fit-elle remarquer.

— Un homme doit parfois songer à manger.

Elle se retint de mentionner le nombre de repas qu'il avait pris dans son cabinet.

Accomplissait-il un sincère effort à cause du

bébé ? Dans ce cas, seul le temps dirait si oui ou non il parviendrait à maintenir le cap.

Elle s'accroupit pour gratter le crâne de Holly.

Avec un bonheur manifeste, la chienne marron et noir roula sur le dos pour lui offrir son ventre à caresser.

Le brave animal manquait beaucoup à Marianna. Mais elle se demandait toujours s'ils avaient bien fait de séparer les deux chiens.

S'était-elle montrée égoïste ? N'aurait-elle pas dû les laisser tous deux à Sebastian ? Après tout, elle les lui avait offerts pour Noël, deux ans plus tôt…

Soudain, des doigts forts et chauds se refermèrent sur sa cheville.

En tressaillant, elle baissa les yeux sur Sebastian.

Avec un sourire démoniaque, celui-ci glissa son pouce entre sa chaussure et son pied et caressa sa voûte plantaire, un endroit qu'il savait très bien être une zone érogène chez elle.

— Jolies chaussures, dit-il en tapotant de l'autre main la bride de ses escarpins à talons rouge vif.

Elle libéra son pied en reculant, mais l'empreinte de ses doigts s'attarda sur sa peau nue.

Elle désirait davantage de lui, elle mourait d'envie de sentir le contact râpeux de sa barbe naissante sous les extrémités sensibles de ses doigts.

Et à en juger par le regard entendu de ses yeux bleus, il savait très bien l'effet qu'il produisait sur elle.

Elle se pencha vers lui.

— Touche-moi encore comme ça, chuchota-t-elle, et je te transperce la main avec mon talon.

— Toujours aussi délicieusement féminine !

Il prit une mèche de ses cheveux, la caressa et finit par la tirer doucement.

Elle pourrait être si facilement séduite par la divine chaleur de ses caresses et l'accueil affectueux des siens. Trop facilement !

Au lieu de se laisser aller, elle redressa la tête pour échapper à ses manières enjôleuses.

— Tu es un grand garçon, tu peux supporter mes manières !

— Et toi, tu peux supporter les miennes ?

Et la main de Sebastian frôla la sienne dans la fourrure de Holly sous prétexte de cajoler la chienne.

— Est-ce que je le souhaite seulement ? murmura-t-elle.

Il fixa sur elle un regard langoureux.

— Tu n'as qu'un mot à dire, la Beemer est devant la porte.

Elle lui donna une tape sur la main, trop consciente de la présence des membres de sa famille qui poursuivaient leur conversation, là-haut sur la terrasse.

— Cesse de flirter, veux-tu !

Le regard de Sebastian s'attarda sur ses seins.

— Excuse-moi, que disais-tu ? J'étais trop occupé à examiner tes nouvelles formes pour t'écouter.

En soupirant, elle leva les yeux au ciel.

Elle n'arrivait pas à décider si elle était agacée ou charmée par les manières enjôleuses de Sebastian. A sa façon, il essayait de détendre l'atmosphère. Néanmoins, elle se demandait combien de temps elle supporterait ce soir son jeu sensuel.

Lui tournant le dos, elle grimpa les marches et

arriva sur la terrasse au moment même où Ross Ward faisait son entrée, vêtu d'un jean et d'une veste de marque.

Sebastian, qui l'avait rejointe, posa une main au creux de ses reins.

Ne venait-elle pas de lui interdire de la toucher ? s'indigna-t-elle, partagée entre l'envie de s'abandonner contre lui et une sourde colère.

Cependant, en le regardant par-dessus son épaule, elle s'aperçut qu'elle n'était pas la cible de son attention.

Paupières plissées, il fixait Ross avec insistance.

Seigneur !

En un instant, son espoir de passer une agréable soirée avec un Sebastian différent et assagit s'anéantit.

Son ex-mari n'avait pas changé le moins du monde, il défendait toujours son territoire.

- 5 -

Sebastian était en disgrâce, et il le savait. Le fait s'était assez souvent produit par le passé pour qu'il reconnaisse les signes de l'agacement chez Marianna : ses paupières qui battaient frénétiquement, ses lèvres pincées…

Point positif : du haut de son expérience, il savait aussi comment la faire revenir à de meilleurs sentiments. Marianna avait du caractère, pas de doute là-dessus, mais elle était aussi prompte à pardonner. Cependant, peu à peu, au cours de leur mariage, il avait cessé de se préoccuper de réconciliation, et elle avait cessé de se préoccuper qu'il ne fasse pas d'efforts.

Ce soir, malgré tout, avec la perspective du bébé à venir, il était temps de tirer profit de ses enseignements.

Une promenade sur la plage arrangerait tout, il en était certain. Il fallait juste qu'il persuade Marianna de se joindre à lui avant qu'elle n'ait eu le temps de prendre ses clés et de grimper dans sa Mercedes.

Même si, bien sûr, personne d'autre que lui ne l'avait remarqué, elle était furieuse après lui depuis l'arrivée de son patron.

Il avait dégusté son dessert avec enjouement, comme il se doit lors d'une plaisante réunion familiale, et avait feint de s'intéresser aux choix de matériaux et de tissus choisis sur échantillons par Matthew et Ashley pour leur demeure.

S'il s'intéressait sincèrement au bonheur de son frère et de l'heureuse fiancée de celui-ci, il ne connaissait absolument rien en matière de décoration. En fait, il avait passé la majeure partie du temps à essayer de définir ce qui, chez Ward, éveillait ses instincts protecteurs vis-à-vis de Marianna. Pourtant, il avait beau scruter gestes et expressions de l'individu, il n'arrivait pas à déceler quoi que ce soit de louche dans son comportement. Celui-ci ne touchait pas Marianna à tout propos, il accueillait avec déférence ses remarques, sollicitait fréquemment son avis…

Environ un an plus tôt, quand Sebastian avait voulu exprimer à Marianna ses inquiétudes au sujet de Ward, celle-ci était entrée dans une rage folle, prétendant que ce n'était pas parce que lui-même refusait de lui parler que tous les hommes devaient en faire autant. Ce qui prouvait une fois de plus qu'il leur était impossible d'aborder raisonnablement le sujet de son employeur.

A présent, tout en raccompagnant son ex-femme à sa voiture alors que Ward s'éloignait le long de l'allée, Sebastian peaufinait une stratégie destinée à distraire Marianna de sa colère avant que celle-ci n'éclate et que cela ne dégénère en dispute.

Il gardait soigneusement les mains dans les poches, persuadé que, dans l'humeur où elle se trouvait, elle ne serait sûrement pas réceptive à ses caresses. Pour passer aux actes, il fallait attendre qu'elle se calme. Et il espérait qu'elle reviendrait rapidement à de meilleurs sentiments dans le cadre romantique de la plage, avec le clair de lune et le murmure de l'océan.

— Promenons Holly quelques minutes, proposa-t-il. Comme ça, nous pourrons parler loin des miens.

Elle qui l'accusait toujours de passer trop de temps au travail et pas assez à se détendre avec elle, elle devrait apprécier la suggestion.

Marianna hésita, joua avec ses clés. Elle ne semblait pas prête à se radoucir…

Pourtant, elle finit par acquiescer d'un signe de tête et jeter clés et portfolio sur le siège de la voiture.

Dans l'enceinte bien gardée de la résidence Landis, personne ne risquait de venir lui dérober son bien.

— Une promenade me fera sûrement du bien, en effet. Il paraît que je dois faire davantage d'exercice. De plus, il y a un point dont j'aimerais discuter avec toi.

Oh ! Il imaginait sans difficultés ce qu'elle avait à lui dire. Mais il comptait sur son habileté oratoire pour lui changer les idées avant qu'elle n'ait pu amener sur le tapis le sujet de Ross Ward.

Elle se mit à marcher près de lui, ses talons s'enfonçant dans l'herbe de la pelouse tandis qu'ils contournaient la maison pour gagner la plage.

Des graminées maritimes bruissaient au moindre souffle de vent, et les vagues battaient la plage avec un bruit sourd. Holly, la plus joueuse de leurs deux chiens, s'élança vers les vagues.

S'il avait insisté pour que Marianna garde Buddy,

c'était par mesure de sécurité. Rien que de penser à Marianna toute seule dans leur grande maison, il frémissait d'angoisse…

Il repoussa cette idée qui le mettait hors de lui. En cet instant, il avait plus que jamais besoin de son sang-froid. C'était déjà bien assez difficile de rester de marbre avec le parfum exotique de Marianna qui lui chatouillait les narines et lui rappelait l'époque où ce même parfum imprégnait leurs draps…

D'un coup de pied, Marianna se débarrassa de ses chaussures, et elle s'élança derrière leur chien.

Il ramassa les chaussures sans cesser de l'observer.

La jupe de son ensemble laissait ses jambes suffisamment dénudées pour qu'elle puisse courir dans les vaguelettes, ses cheveux voletant dans son dos.

Grâce au tempérament joueur de la chienne, elle passa en deux minutes de la colère à une gaieté débridée.

L'exubérance de Marianna le ravissait, mais il se rendait compte que ça n'avait pas toujours été le cas. Après quelques années de mariage, sa légèreté l'avait irrité, il n'avait plus été capable d'apprécier le charme de son esprit fantasque.

Soudain, un coup de vent plaqua son chemisier sur ses seins avec une impudence que ses doigts rêvaient d'imiter.

Comme si elle sentait son regard sur elle, elle lui jeta un coup d'œil et s'immobilisa, le clair de lune miroitant dans ses cheveux, puis ses bras retombèrent le long de son corps tandis que son sourire s'évanouissait.

Il comprit qu'elle entendait l'écho de leurs anciennes disputes. Il lui avait si souvent demandé de rester concentrée, pendant qu'elle-même s'insurgeait contre sa logique de juriste !

Mais il refusa de se laisser entraîner dans de vieilles rancunes. La situation était différente maintenant, et s'il voulait reprendre le contrôle, il lui fallait rester concentré...

— Très bien, dit Marianna en s'approchant de lui. Que veux-tu me dire, maintenant que nous sommes loin des tiens ?

Là, il aurait donné n'importe quoi pour que revienne la joyeuse, la folle, l'écervelée Marianna !

— C'est un crime de passer un peu de temps ensemble ? demanda-t-il, légèrement acerbe.

— Nous sommes divorcés, rappelle-toi, rétorqua-t-elle. Ce n'est plus le moment de nous fixer des rendez-vous amoureux.

Elle s'était remise à marcher. C'était déjà ça, même si elle ne dansait plus.

Alors que la maison se faisait de plus en plus petite derrière eux, il se rapprocha d'elle.

— Nous devons trouver un terrain d'entente avant la naissance de l'enfant. Toute cette tension n'est pas bonne pour lui.

— Je suis d'accord, concéda-t-elle aimablement.

Mais soudain, un regain de colère brilla dans ses yeux, aussi lumineux que les étoiles dans la nuit.

— Seulement, je ne veux pas que tu t'imagines que cet enfant sera la clé magique qui te permettra de restaurer notre mariage !

Etait-il donc aussi transparent ?

— Qu'est-ce qui te fait croire que je voudrais me remarier si vite après avoir subi l'enfer d'un divorce ? demanda-t-il.

Marianna fronça les sourcils, et ses lèvres esquissèrent une moue qui lui donna une envie folle de les mordiller.

— Sebastian, est-ce que tu te rends compte que c'est la première fois que tu exprimes quelque chose qui ressemble à des sentiments concernant notre divorce ?

— Il faudrait être un robot pour traverser une pareille épreuve sans en être affecté. Mais dis donc, est-ce que c'est ce que tu penses de moi ?

Le silence de Marianna était plus éloquent que des mots, et il en fut choqué.

Ainsi donc, il était sur le point de mourir de désir pour une femme qui le considérait comme une sorte de machine dépourvue de sensibilité !

D'accord, il ne vitupérait pas et ne brisait pas de vaisselle, mais ça ne l'empêchait pas d'avoir des sentiments. Simplement, il ne perdait pas son énergie à dramatiser.

— Aucune importance, reprit-il. Revenons à ce que tu disais.

Puis il jura intérieurement, se rendant compte qu'il venait de retomber dans sa vieille habitude de se montrer directif.

Trop tard, cependant, pour rectifier le tir.

— Pourquoi te figures-tu que j'ai déjà en poche une alliance qui n'attendrait que ton doigt ? insista-t-il.

— Parce que, la dernière fois que j'ai été enceinte, tu as absolument tenu à agir « correctement », comme tu disais. Et je veux être sûre que tu comprennes bien que c'est différent cette fois-ci.

— Tu exagères. Nous étions amoureux comme des fous !

Il était sûr que, à cette époque, Marianna ne le traitait pas de robot.

Elle trébucha, et il la rattrapa de justesse par le coude avant qu'elle ne tombe.

— Je… Euh, je ne m'attendais pas à ce que tu établisses des différences aussi fouillées entre alors et maintenant, dit-elle tandis qu'il l'aidait à regagner le sable plus sec.

— Tu voudrais que je me batte pour te conquérir ?

Bien sûr, c'était le cas. Simplement, elle l'ignorait encore.

— Non, non ! Bien sûr que non !

Comme elle repoussait ses cheveux que le vent rabattait sur son visage, il vit son trouble.

— Je pensais juste que, avec le bébé en route… Oh ! Je ne sais plus ce que je pensais. Sauf que je ne comprends pas pourquoi tu as recommencé à faire les gros yeux à Ross. C'est juste un ami ! Et, d'ailleurs, même s'il y avait davantage entre nous, ça ne te regarderait pas. Je te signale que nous sommes divorcés.

Ross, un ami ? Aucun doute, ce type attendait bien plus de Marianna qu'une simple amitié.

Mais qu'attendait Marianna de son côté ?

— Envisages-tu de sortir avec lui ? demanda Sebastian.

Puis, voyant qu'elle s'apprêtait à monter sur ses

grands chevaux, il leva les mains en signe d'apaisement.

— Simple curiosité de ma part, j'avoue.

Marianna serra ses bras autour de sa poitrine, rendant par ce geste plus évidente encore la nouvelle plénitude de ses seins.

— J'envisage d'avoir un bébé, déclara-t-elle.

— Les femmes enceintes ont une vie amoureuse, je te rappelle, et je suis absolument certain que tu seras la femme enceinte la plus sexy que la terre aura jamais portée.

Elle le regarda les yeux plissés.

— Voilà que tu recommences à flirter.

— Je ne fais que souligner l'évidence.

Et il avait probablement poussé le bouchon assez loin pour la soirée. Il était temps d'opérer une retraite stratégique s'il voulait rester en mesure d'atteindre son objectif premier, c'est-à-dire remettre une bague au doigt de Marianna.

Il n'avait pas encore acheté la bague, il n'était pas organisé à ce point, mais il n'avait pas pour autant l'intention de prendre racine en attendant.

— J'ai compris que notre mariage était fini, décréta-t-il

Un mensonge, mais n'était-il pas avocat, après tout ?

— Malgré tout, poursuivit-il, j'espère que nous saurons mettre à profit les prochains mois pour reconstruire notre relation. Pour le bien du bébé, naturellement.

Marianna s'arrêta, plaqua contre elle son chemisier que le vent gonflait.

— Tu ne me harcèleras plus au sujet de Ross ?

A tout autre moment, il se serait dérobé, mais il devait rentrer dans les bonnes grâces de son ex-femme s'il voulait faire de nouveau partie de sa vie.

— Je te promets de faire de mon mieux pour réprimer mes instincts d'homme des cavernes.

Marianna rit légèrement et rebroussa chemin vers la maison en s'élançant dans les vaguelettes.

Il en demeura tout éberlué.

Sa mauvaise humeur pouvait donc se dissiper aussi aisément ? Ou bien il avait raté quelque chose, ou bien les hormones de grossesse avaient adouci les aspérités de son caractère.

Il la rattrapa, et ils marchèrent dans le flux et le reflux de la marée dans un silence à peu près confortable.

Il mourait d'envie de l'embrasser, de l'allonger sur le sable derrière une dune et de fêter à leur façon l'annonce de la future venue de leur enfant. Mais il se doutait bien que le moindre geste en ce sens abrégerait leur tête-à-tête. Pour le moment, il devait se contenter de ces quelques instants au goût de jours anciens.

Trop vite, ils arrivèrent en vue de la maison.

Marianna offrit son visage au vent.

— Je ne m'attendais pas à ce que les choses se passent ainsi après notre divorce. Quand crois-tu que nous recommencerons à nous disputer ?

— Pas avant longtemps, j'espère. Mais je suis assez optimiste.

— Moi aussi, j'ai bon espoir. Sauf si tu continues de me parler de quitter mon emploi.

Il ramassa un morceau de bois échoué sur la plage et le jeta au loin pour qu'Holly le rapporte.

— Un homme prévenu en vaut deux.

Elle s'arrêta, les vagues lui léchant les chevilles.

— Merci d'avoir suggéré cette promenade. Tu avais raison, c'est une bonne façon de se détendre après le travail.

— Je regrette seulement de n'avoir pas pris le temps de le faire plus souvent.

Et, cette fois, il était parfaitement sincère.

Les yeux de Marianna s'écarquillèrent sous l'effet de la surprise. Elle ouvrit la bouche à deux reprises, comme si elle cherchait ses mots, avant de dire finalement :

— Il faut que je rentre.

Le moment était venu de poser des bases solides avant qu'elle ne rentre dans sa coquille.

— Tu ne me raccompagnes pas à ma porte ? demanda-t-il.

— J'espère que tu plaisantes ?

— Je me sens si triste.

— Sebastian…, dit-elle sévèrement.

La sécheresse du ton se trouvait toutefois adoucie par une pointe de gaieté.

Il lui tendit ses chaussures.

— Là, c'est vrai, je flirtais, avoua-t-il.

En souriant, elle lui prit ses chaussures des mains.

— Tu sais y faire.

— Merci.

Il lui aurait bien offert de la raccompagner à sa voiture, mais le quartier était si sûr que ç'aurait été ridicule. Et puis, il commençait à trouver difficile d'être si proche d'elle et de ne pas pouvoir la toucher comme il en avait envie. La frustration le rendait nerveux.

— Va devant, dit-il. Je rentrerai plus tard. Holly a encore besoin de prendre un peu d'exercice.

— Bonne nuit, Sebastian.

Marianna se pencha pour ébouriffer affectueusement les oreilles de leur chienne, ce qui offrit à Sebastian une vue un peu trop précise et torturante sur son décolleté. Enfin, elle se redressa puis, agitant la main, reprit le chemin de la maison.

Observer l'adorable balancement de ses hanches éveilla en lui des sentiments contradictoires. La vue le ravissait, mais il devrait courir au moins trois kilomètres s'il voulait dormir cette nuit.

Il ramassa un bout de bois et se tourna vers Holly.

— Alors, ma vieille, prête à courir ?

La chienne bondit pour essayer de lui arracher le morceau de bois, mais il recula la main afin de le projeter le plus loin possible.

A ce moment, un cri déchira l'air, et son sang se glaça dans ses veines.

Ce n'était pas simplement un cri. C'était celui de Marianna.

Marianna eut à peine le temps de reprendre son souffle que Sebastian la rejoignit. Le front mouillé de sueur, mais pas du tout essoufflé malgré la course, il la souleva dans ses bras.

— Que se passe-t-il ? C'est le bébé ?

Il s'inquiétait pour le bébé. Pas étonnant qu'il ait des sueurs froides.

Elle lui serra l'épaule d'une manière qui se voulait rassurante et essaya de résister à la tentation de s'abandonner dans ses bras musclés.

— Non. C'est juste que j'ai été piquée par une méduse.

Elle souffrait terriblement, mais le jeu des muscles de Sebastian qui fléchissaient sous ses doigts lui procurait une agréable diversion.

Il parut légèrement se détendre, mais son visage restait crispé tandis qu'il escaladait la dune et franchissait la barrière blanche de la propriété. Enfin, il la déposa au bord de la piscine et lui plongea le pied dans l'eau fraîche.

Elle en éprouva un soulagement immédiat, mais déjà il reprenait son pied afin de l'examiner.

Il le tournait et le retournait délicatement, observant, sourcils froncés, la rougeur qui gagnait la cheville.

— Rentrons, dit-il. Nous trouverons à l'intérieur de quoi apaiser la douleur.

Elle n'avait aucune envie de réintégrer l'intérieur si chaleureux des Landis. Encore moins ce soir où elle se sentait fragilisée par le souvenir des bons moments que Sebastian et elle avaient passés ensemble. C'était d'ailleurs étrange, car ces moments, elle les avait peu à peu oubliés au cours des deux dernières années, tandis que le malaise s'insinuait de plus en plus nettement au sein de leur couple.

— Inutile, dit-elle. La douleur de la piqûre se calme, et l'eau me fait du bien.

Elle replongea le pied dans la piscine.

— Je suis sûre que si je prolonge mon bain de pied quelques instants, je serai de nouveau en mesure de conduire.

Le regard de Sebastian passa alternativement d'elle à la maison. De toute évidence, son esprit logique était en pleine action. Finalement, il parut se détendre et plongea ses propres pieds dans l'eau.

Elle le contempla, abasourdie.

Qui était cet homme, et qu'avait-il fait de son ex-époux au tempérament si morose ?

La jambe de Sebastian frôla la sienne, et ses interrogations s'envolèrent au premier souffle de vent, la laissant libre de se concentrer uniquement sur la sensation que lui procurait le contact de sa peau contre la sienne.

C'était si excitant ! La brûlure qu'elle ressentait dans le ventre n'avait rien à voir avec la piqûre de la méduse et tout avec l'homme assis près d'elle.

Cet homme dont les épaules se découpant sur le fond obscur de l'océan semblaient avoir encore gagné en envergure. Cet homme pour lequel elle éprouvait une véritable passion depuis ses dix-huit ans…

Il n'avait pas le droit de lui rappeler ce qu'elle avait tant aimé chez lui à l'époque heureuse. Et en même temps elle ne pouvait l'en blâmer, puisqu'elle restait assise là, tout contre lui, le frôlant à chaque balancement de ses pieds.

Transpercée par un désir plus intense qu'elle ne l'aurait souhaité, elle attendit.

Sebastian lui effleura doucement la tête, et ses doigts s'emmêlèrent à ses cheveux.

Elle ferma les yeux tandis qu'il l'attirait à lui.

Tout en la maintenant fermement contre lui, il entortilla ses cheveux autour de son poignet et tira doucement pour lui renverser la tête en arrière.

Le picotement de ses seins pressés contre le torse de Sebastian fit écho à la piqûre qu'elle ressentait au pied, et elle poussa un petit cri.

Il posa un baiser dans son cou. Après quoi, il lui mordilla le lobe de l'oreille et effleura sa joue avant de prendre ses lèvres. Il s'apprêtait à la dévorer de baisers quand un drôle de bruit les fit tous deux sursauter.

— Qu'est-ce que…

C'était Holly qui, sans doute un peu jalouse, s'était glissée entre eux.

Sebastian la saisit par le collier pour l'écarter.

Marianna se laissa aller contre lui, inspirant l'air moite de la nuit sans pouvoir décider si elle éprouvait soulagement ou regret.

— Holly nous a empêchés de commettre une grosse bêtise, dit-elle enfin.

Sebastian ne répondit rien. Il se contenta de la regarder, d'une manière intense, comme il le faisait pendant l'amour.

Certaine de le regretter amèrement, elle fit la seule chose à faire : elle s'écarta de lui et s'empara de ses chaussures.

Si elle le laissait l'embrasser un instant de plus, elle le suivrait… Au bout du monde. En réalité, avec le désir qui battait dans ses veines, elle ne courrait jamais assez vite se mettre à l'abri.

Haletant, Sebastian se redressa d'un bond du canapé de cuir de son bureau. D'un revers du bras, il essuya son visage trempé de sueur.

Une fois de plus il s'était endormi dans son bureau.

Le bon côté des choses, c'était qu'il n'avait pas à s'inquiéter de subir les réprimandes de Marianna lui faisant aigrement remarquer une fois de plus qu'il passait plus de temps dans son bureau qu'avec elle.

Il se pencha pour gratter Holly derrière les oreilles.

Il ne savait pas très bien pourquoi il l'avait emmenée à son cabinet après la promenade sur la plage avec Marianna. Il ne le faisait jamais, mais ça lui avait paru juste d'agir ainsi quand la chienne s'était mise à aboyer derrière la porte alors qu'il avait gagné sa voiture à 10 heures du soir.

— Ça va, ma vieille ?

Il fut surpris de trouver sa voix terriblement rauque.

Il consulta la vieille horloge placée dans un coin.

3 heures du matin.

Il n'avait dormi qu'une heure, mais ç'avait été suffisant pour qu'il revive cette nuit de cauchemar, neuf ans plus tôt, quand il avait emmené Marianna à l'hôpital, rempli d'épouvante à l'idée qu'elle meure avant d'être secourue.

La vivacité de l'air alpin mêlé au parfum de Marianna et à l'odeur du sang restait gravée dans sa mémoire. Durant l'interminable trajet sur cette petite route de montagne pleine de lacets, il s'était amèrement reproché d'avoir choisi un endroit aussi isolé pour passer une lune de miel avec sa jeune épouse enceinte…

Combien de temps encore serait-il condamné à revivre ce drame dans son sommeil ?

Marianna avait peut-être raison, ils n'étaient sans doute pas faits l'un pour l'autre.

Il se leva, tourna la tête dans tous les sens pour tenter de chasser la crispation de sa nuque et se dirigea vers la petite cuisine sans prendre la peine de tourner le commutateur.

A quoi bon ? Il ne risquait pas de se heurter à quelqu'un à cette heure de la nuit. Et il passait assez de temps dans ces locaux pour connaître par cœur leur agencement.

Il ouvrit le réfrigérateur, et la lumière intérieure balaya la pénombre. Il en sortit un reste de côtelettes d'agneau qui provenaient de son restaurant favori, découvert après sa séparation d'avec Marianna, et qui lui livrait régulièrement des repas.

Après avoir mangé la viande, il donna l'os à Holly.

Il mangeait plus par habitude que par faim, pensant à la photographie de l'échographie bien rangée dans sa serviette.

Il jeta un autre os à Holly.

— Un peu différent des soirées d'autrefois, hein, ma vieille ?

Ils avaient pourtant connu de bons moments, Marianna et lui.

Il fouilla sa mémoire à la recherche d'un souvenir qui chasserait son cauchemar.

A un Noël, presque deux ans plus tôt, Marianna l'avait agréablement surpris en lui offrant deux chiots. Comment pourrait-il jamais oublier son rire communicatif, quand elle avait libéré les deux turbulents animaux affublés d'un nœud rouge autour du cou et qu'elle lui avait remis les papiers d'adoption établis par le refuge ?

Il baissa les yeux sur sa chienne à présent adulte, au nez épaté et au corps de terrier. Holly grognait en rongeant son os, et il crut entendre les reproches de Marianna, mécontente qu'il la nourrisse de restes.

Elle avait raison, ce soir, en disant que ce divorce ne se passait pas comme prévu. Par ailleurs, leur mariage non plus n'avait pas répondu à leurs attentes. Il y avait eu d'abord la fausse couche, ensuite la perte de Sophie…

Il secoua la tête.

Inutile de remuer ces souvenirs, ni les doutes qui l'avaient mené au tribunal. Il devait rester concentré sur son objectif. Sa vie avait changé de direction, il fallait l'accepter et s'en accommoder. La réalité était qu'un enfant grandissait dans le ventre de Marianna, et qu'il refusait de devenir un père occasionnel.

Par-dessus tout, pour rien au monde il ne laisserait un individu comme Ross Ward élever son enfant !

Courtiser Marianna était un bon début. Mais si ça ne marchait pas, il recourrait à n'importe quel moyen. Et au diable les cauchemars ! Les enjeux étaient bien trop importants pour qu'il perde son temps à se morfondre sur le passé.

- 6 -

Après s'être tournée et retournée toute la nuit, rêvant qu'elle et Sebastian faisaient l'amour sur la plage, Marianna s'était réveillée brisée de fatigue et en retard pour aller travailler. Et, évidemment, ses nausées matinales lui avaient fait perdre encore un peu plus de temps.

Finalement, elle prit son portfolio, un sac contenant un petit déjeuner improvisé, et elle partit pour l'agence.

Elle espérait être capable de grignoter quelque chose quand son estomac serait calmé.

Elle ouvrit la porte de son bureau et se figea sur place.

Sebastian était étendu sur son canapé Queen Ann, dormant à poings fermés.

Comment expliquer sa présence si son employeur ou la réceptionniste entraient ? Et pourquoi Sebastian n'arrivait-il pas à comprendre que les règles avaient changé depuis qu'ils n'étaient plus mariés ?

Se ressaisissant, elle s'approcha avec l'intention de le faire déguerpir.

Il n'avait plus le droit d'aller et venir dans sa vie à son gré. Quand il voulait la voir, il devait lui téléphoner pour prendre rendez-vous, bon sang !

Elle laissa tomber son portfolio et le sac contenant son petit déjeuner sur un fauteuil et s'arrêta à quelques centimètres des mocassins de cuir de Sebastian.

En étaient-ils vraiment arrivés à une période de leurs vies où ils devaient prendre rendez-vous pour se parler ?

A cette idée, une infinie tristesse l'envahit.

Instinctivement, son regard remonta le long des longues jambes musclées prisonnières d'un pantalon légèrement froissé.

C'était vraiment injuste que son corps bouillonne de désir à ce moment où Sebastian Landis lui était devenu officiellement territoire interdit !

Elle l'observa un moment, laissant courir son regard le long de son corps. Son torse musclé dissimulé par la veste de son costume, ses hanches étroites mais si viriles, ses longues et élégantes jambes… Puis, elle s'arrêta sur son visage.

Des rides, au coin de ses yeux, trahissaient sa fatigue.

Il travaillait sans doute trop. Continuerait-il à s'exténuer au même rythme quand leur enfant serait né ?

De vieux instincts se réveillèrent en elle : inquiétude à l'idée qu'il se surmenait, étroitement mêlée à l'agacement que lui procurait son obstination. Elle essaya de se dire qu'elle ne se préoccupait de Sebastian que parce qu'il était le père de son enfant, mais il lui était difficile de s'abuser sur le pincement qu'elle ressentait au cœur. Ses sentiments pour cet homme n'étaient pas aussi aisés à écarter qu'elle l'avait cru quand, terrassée par le chagrin, elle avait entamé la procédure de divorce.

Elle avait pensé réveiller Sebastian, mais finalement elle y renonça.

Autant le laisser dormir. Elle avait suffisamment de travail pour se tenir occupée. En outre, peut-être tentait-elle de se prouver quelque chose en restant dans la pièce avec lui sans céder à l'envie d'effacer sous ses caresses les rides de son front…

Elle s'assit dans le fauteuil, avec sur ses genoux un catalogue de vente aux enchères d'objets anciens.

Un quart d'heure plus tard, l'horloge ancienne sonna 11 heures.

Sebastian s'éveilla en sursaut et manqua de tomber du canapé.

— Salut, beauté !

Sa voix légèrement enrouée raviva en elle le souvenir de tous ces matins partagés au fil des années.

Il se frotta le visage.

— Comment te sens-tu ? demanda-t-il.

Elle sourit et posa le catalogue à terre.

— Nous allons bien. J'étais en train de lire un catalogue de décoration tout en prenant un semblant de petit déjeuner.

Sebastian s'assit à l'extrémité du sofa, se saisit de ses pieds et les posa sur ses genoux.

Elle allait protester, quand il se mit à lui masser délicatement les pieds.

Elle dut faire appel à toute sa volonté pour ne pas pousser un gémissement d'extase.

— J'ai lu dans un livre sur la grossesse que tu devais te reposer beaucoup.

Elle essaya de ne pas s'agacer devant l'évidence d'une telle révélation. Il allait devoir se rendre compte qu'elle n'était plus la jeune écervelée de dix-huit ans qu'il avait épousée voici neuf ans !

— Je ne suis pas près d'oublier, avec le nombre de textos pleins de recommandations que tu m'envoies depuis hier.

Sebastian se pencha pour murmurer, tout près de son ventre :

— Ta maman est d'humeur bagarreuse. C'est signe qu'elle va bien.

— Je suis surtout affamée.

Après tout, son irritabilité était peut-être à mettre au compte de sa faim. Manger sain, c'était triste et ça ne rassasiait pas. Son corps aspirait à d'autres délices, aussi bien comestibles que sensuels.

— Explique-t-on dans tes bouquins la force d'une envie provoquée par les hormones ?

— Il faut croire. Je t'ai apporté du dessert.

— Merci, mais j'ai déjà mangé, et je tiens à suivre un régime sain, prétendit-elle, alors qu'elle mourait d'envie de découvrir ce qu'il lui avait apporté.

— Madame, je vous connais depuis neuf ans, vous et vos goûts alimentaires. Pour tout dire, la façon dont tu apprécies certains mets relève purement et simplement de l'érotisme.

Un frémissement intime la parcourut. Les images érotiques qui avaient peuplé ses rêves cette nuit-là étaient encore bien trop vivaces, ce qui expliquait sans doute son trouble.

— Ainsi, tu aimes me voir manger ?

— Repose tes pieds sur le tabouret, et je vais te surprendre avec un petit en-cas que tu n'oublieras pas de sitôt.

Sebastian attrapa un sac qui se trouvait à côté du canapé. Il en sortit tout un assortiment de récipients, l'un contenant des fraises, l'autre des kiwis, et un troisième des poires en tranches.

Elle serra les lèvres en une moue de déception. Les fruits étaient superbes, certes, mais elle rêvait de déguster une glace avec des morceaux de caramel, couronnée de crème Chantilly. Bref, elle rêvait de manger tout ce qui lui était interdit.

Comme Sebastian avait visiblement essayé de lui faire plaisir tout en restant fidèle à la diététique, elle se força à lui sourire.

D'ailleurs, ne lui restait-il pas quelques pralines cachées au fond d'un tiroir de son bureau ? Après tout, amandes et noisettes étaient source de protéines, non ?

— C'est vraiment très gentil de ta part, reconnut-elle.

Et elle le pensait sincèrement. Elle avait la certitude maintenant qu'il serait un bon père, qu'il se soucierait toujours du bien-être de leur enfant. Enfin, du moins quand il en trouverait le temps…

— Et enfin, le meilleur pour la fin…

Sebastian sortit un pot du sac.

— Du beurre de cacahuètes ? s'étonna-t-elle, déçue.

Il aurait pu au moins lui apporter des truffes !

— Ma chère, c'est du beurre de cacahuètes, certes, mais au chocolat blanc.

L'eau lui vint aussitôt à la bouche, tandis que son cœur s'attendrissait de façon un peu inquiétante devant le mal qu'il s'était donné pour lui plaire.

— Tu ne plaisantes pas ?

Il tira un autre pot du sac.

— Et voici du beurre de cacahuètes arôme café. Et enfin, du beurre de cacahuètes parfum noix de coco, banane.

Il lui adressa un clin d'œil.

— Reste en bons termes avec moi, et je te couvrirai de produits du rayon gourmet de l'épicerie fine ouverte vingt-quatre heures sur vingt-quatre où j'ai trouvé toutes ces douceurs à étaler sur tes fruits !

Trouvant soudain aux fraises un aspect beaucoup plus alléchant, elle s'empara du récipient.

— Passe-moi ça en vitesse !

Mais il tint le pot de beurre de cacahuètes hors de sa portée et ouvrit le couvercle d'un souple mouvement du poignet.

C'était peu de chose, pourtant le geste la toucha. Un geste si banal, un service qu'on s'échange entre gens mariés, un gage de tendresse…

De son sac, Sebastian sortit cette fois un couteau à beurre en argent, et il se mit en devoir d'étaler de la pâte au chocolat blanc sur une fraise bien juteuse.

Un instant, elle crut qu'il allait lui glisser le fruit entre les lèvres, et elle s'attrista à l'idée de devoir le rappeler à l'ordre alors qu'elle souhaitait seulement profiter du moment.

Mais il transperça la fraise avec une petite pique et la lui tendit.

Elle mordit dans le tout, et le goût du fruit se mêla sur sa langue à celui du chocolat blanc, alliance si divine qu'elle frémit d'un plaisir quasi charnel.

Elle baissa langoureusement les paupières afin de mieux se concentrer sur ses sensations.

A dire vrai, elle ne songeait plus du tout aux truffes.

Elle approchait le reste de fraise de ses lèvres, quand celui-ci se détacha de la pique.

Sebastian tendit la main en même temps qu'elle pour le rattraper, et leurs doigts se rencontrèrent.

Le regard d'un bleu étincelant de son ex-mari plongea dans le sien.

Elle se mit à respirer plus vite. Comme animés d'une volonté propre, ses doigts cherchèrent ceux de Sebastian. Pourtant, se ressaisissant, elle lui reprit sa main.

Alors, Sebastian la surprit en se laissant aller contre le dossier du sofa.

Comment ? Il n'insistait pas ? La veille, ils s'étaient presque embrassés, et pourtant il semblait vouloir respecter les limites qu'elle avait établies ?

Elle aurait dû en être satisfaite, pourtant elle en éprouvait de la déception, et même un brin de tristesse.

Avec son aisance habituelle, il posa un bras sur le dossier du sofa.

— Assisteras-tu à la fête de campagne de mon frère, dimanche soir ?

En réalité, elle était sûre que Sebastian n'avait pas l'intention d'abandonner la partie. Mais, en bon stratège qu'il était, il attendait son heure.

Elle hésita, ne sachant comment réagir face à ce mélange troublant de séduction et de calcul.

Affronter sa famille la veille avait été relativement pénible, et il ne s'agissait que de travail. Que penseraient-ils si elle se mêlait à eux pour un événement mondain ?

— Je n'y comptais pas.

— Ce serait pourtant une excellente occasion de te faire connaître, professionnellement parlant, et c'est aussi la chance pour nous de montrer aux gens que nous savons nous conduire en êtres civilisés avant de dévoiler notre secret.

Sebastian était à moitié étendu sur le canapé, son grand corps abandonné dans une attitude décontractée, en tout cas pas du tout menaçant. Sa nonchalance était même un peu trop parfaite, comme s'il avait étudié le langage corporel le plus susceptible de lui prouver qu'elle n'avait rien à craindre de lui.

— Tu es un bon avocat, dit-elle.

— J'essaie, en tout cas.

Pour sa part, elle choisit l'honnêteté.

— Que diront les tiens ?

— Absolument rien. Ils sont très diplomates, à cause de leur penchant pour la politique.

— Très vrai.

Mais, avec la venue du bébé, elle aurait beaucoup plus de contacts avec eux que prévu.

— Durant la procédure de divorce, jamais ta mère n'a eu une parole désagréable pour moi, admit-elle.

— Tu as bien de la chance ! Elle ne manque

jamais une occasion de me demander pourquoi j'ai tout fait de travers.

— C'est vrai ? s'exclama Marianna en riant.

Elle était surprise, mais en même temps il n'y avait pas lieu de s'en étonner. Bien qu'adorant ses fils, Ginger ne leur donnait pas aveuglément raison. Les Landis étaient des gens motivés et foncièrement honnêtes.

— Je suis désolée que tu sois la cible des critiques de ta mère. J'espère qu'elle comprend que je suis autant responsable que toi de l'échec de notre union.

Sebastian se raidit légèrement, et son apparente nonchalance s'évapora comme par magie.

— Tu ne me l'as jamais dit.

— De cela aussi je suis désolée.

Son regard s'attarda sur le sac contenant les délices qu'il lui avait apportés.

— Je suppose que, en dépit de la vive attirance que nous éprouvons l'un pour l'autre, nous sommes tout simplement incapables de vivre ensemble. Nos caractères diffèrent trop.

Il se pencha en avant, les coudes sur les genoux.

— J'ai parfois du mal à me rappeler quelles sont ces différences, Marianna.

Eh bien, il y avait au moins une différence énorme entre eux : Sebastian était un obsédé du travail. Naturellement, il n'avait jamais voulu en discuter, prétendant que ses tendances obsessionnelles n'existaient pas ou qu'elles s'atténueraient avec le temps. Tout comme il refusait énergiquement de parler de Sophie tant que la blessure resterait à vif.

Il lui reprochait d'aimer les discussions interminables et d'aimer « gratter là où ça faisait mal », comme il disait…

Elle baissa les yeux sur le pot de beurre de cacahuètes qu'elle tenait entre ses doigts crispés.

Huit mois plus tôt, elle l'aurait jeté à terre dans un mouvement de rage. Aujourd'hui, elle avait juste envie de pleurer sur tout ce qu'ils avaient perdu.

Mais même si elle le trouvait toujours infiniment désirable, elle devait s'endurcir pour ne pas se laisser séduire et entraîner dans son lit.

Elle glissa sa main dans la sienne, posée sur son genou.

— Ne gâchons pas cet instant, Sebastian.

Soudain, la porte s'ouvrit, les faisant tous deux sursauter, et la silhouette de Ross s'encadra sur le seuil.

Pour une fois, sa présence indisposa Marianna. Jetant un regard circonspect à Sebastian, elle le découvrit, aussi calme qu'il pouvait l'être, occupé à ressembler les restes de nourriture.

Ross s'attarda sur le seuil, les mains dans les poches de son jean.

— Je voulais juste m'assurer que tu étais bien arrivée.

— J'étais en retard, je sais.

Elle ramassa le catalogue de vente aux enchères d'antiquités.

— C'est peut-être à cause de la réunion tardive avec Matthew et Ashley, mais je n'ai pas réussi à me réveiller à l'heure.

Ross Ward pénétra dans le bureau.

— Pas de problème, assura-t-il. Travailler sur la maison du futur sénateur est une priorité.

Sebastian se leva.

— Merci pour votre confiance dans l'éligibilité de mon frère.

— Vous, les Landis, vous avez la réputation d'obtenir tout ce que vous voulez, riposta Ward.

Elle se crispa, mais Sebastian ne répliqua pas, et elle eut bien envie de fusiller son patron du regard. Toutefois, le sourire aimable de Ross réapparut bientôt.

— J'apprécie les heures supplémentaires que Marianna fait ces derniers temps. Il faut dire que nous sommes surexcités par la perspective de développement de l'agence.

Elle remarqua que Sebastian serrait les points.

— De quel développement parlez-vous ?

Elle frémit intérieurement.

Elle avait omis d'en parler à Sebastian. Bien sûr, ça n'avait pas été nécessaire durant la procédure de divorce, puisqu'ils travaillaient justement à séparer leurs deux existences.

— Southern Designs ouvre une succursale à Washington. Et je souhaite que Marianna en prenne la direction, ainsi que le poste de chef-décorateur, s'empressa de répondre Ross.

Allongé dans un fauteuil au bord de la piscine, Sebastian regardait évoluer la foule des gens invités à la fête de campagne de son frère Matthew tout en buvant de l'eau de Seltz.

Il aurait préféré boire quelque chose de plus fort, mais il devait garder les idées claires en présence de Marianna, si belle, si séduisante…

Dire que, alors qu'il craignait que Ross Ward n'ait des vues sur Marianna, ce type méditait de l'expédier à l'autre bout du monde !

Enfin, le district de Colombia n'était peut-être pas l'autre bout du monde, mais les trois heures de trajet séparant Washington de Hilton Head modifiaient sensiblement son projet d'être présent quotidiennement dans la vie de Marianna et de leur enfant. Réussirait-il seulement ce soir à arracher à Marianna une réponse rassurante concernant ce problème ?

Un orchestre installé dans le belvédère illuminé jouait de la musique de chambre, et la brise océane faisait frissonner l'eau de la piscine, sur laquelle flottaient des fleurs de magnolia et des bougies.

Sa mère et Ashley avaient conjugué leurs efforts pour faire de cette soirée une réussite.

Les invitations chez les Landis étaient rares et convoitées, car Ginger appréciait son intimité. Pour l'occasion, elle s'était dit que rassembler des hommes politiques influents ne pourrait qu'être bénéfique à la carrière de Matthew. A celle du général et à la sienne aussi, d'ailleurs, puisqu'ils participaient de plus en plus activement aux affaires de l'Etat.

Pour sa part, Sebastian préférait gérer la fortune familiale en coulisses et s'occuper d'affaires en accord avec ses convictions intimes. Autrefois, Marianna disait qu'elle admirait ce trait de caractère…

Soudain, il sentit au plus profond de lui-même

qu'elle était là, toute proche. Le brouhaha des conversations et des rires s'estompa jusqu'à devenir inaudible, tandis que cette sensation de picotement qu'il avait souvent expérimentée pendant leur mariage revenait le surprendre.

Se redressant sur son fauteuil, il la découvrit qui s'entretenait avec Ginger, près d'une fontaine à champagne et d'une coupe de cristal remplie de crevettes sur un lit de glace.

Sa présence lui mettait du baume au cœur, même s'il se réjouissait sincèrement du bonheur de son frère. Ecouter des gens heureux faire des projets de mariage, ce n'était jamais plaisant quand on se débattait dans les affres d'un divorce !

Marianna portait un fourreau couleur rubis qui moulait son corps avec une tranquille élégance, du col montant à la jupe qui lui arrivait à mi-mollet. Des mèches brunes échappées de son chignon souple venaient encadrer gracieusement son visage.

Il la trouva ravissante. Cependant, quand elle se tourna pour prendre un canapé sur le plateau d'argent d'un serveur, il faillit s'étrangler avec le contenu de son verre.

Cette maudite robe était incroyablement décolletée et laissait voir presque tout son dos !

Une longue mèche de ses cheveux glissa, tache sombre sur sa peau claire, alors qu'elle penchait la tête pour écouter Ginger. Sa peau semblait comme éclairée de l'intérieur, d'une opalescence qui rappelait les magnolias et les bougies flottant sur l'eau de la piscine.

N'en pouvant plus de rester simple spectateur, il décida de les rejoindre.

— Bravo, maman, superbe fête ! s'écria-t-il en s'approchant des deux femmes. Bonsoir, Marianna.

En y regardant de plus près, il vit que la peau de cette dernière était saupoudrée de paillettes.

Il posa son verre d'eau de Seltz sur une table située derrière Marianna et en profita pour passer la main dans son dos avec une tranquille impudence, sculptant chaque vertèbre de ses doigts un peu rêches contre sa peau de velours.

Elle s'écarta légèrement et croisa les bras sur sa poitrine, sans doute pour dissimuler la réaction de son corps à cette caresse.

— Bonsoir, Sebastian. Je demandais à ta mère le nom de son traiteur, dit-elle.

— Et je disais à Marianna combien nous étions heureux de l'avoir parmi nous, expliqua Ginger en haussant les sourcils.

Sous le regard maternel qui les examinait avec une curiosité mal déguisée, il comprit qu'il n'éviterait plus très longtemps un interrogatoire musclé. Sa mère pouvait se montrer terriblement opiniâtre, l'archétype de la femme dont la volonté d'acier se dissimulait sous une apparence de douceur.

A propos de femmes au caractère bien trempé, quand donc Marianna jugerait-elle opportun de mettre le monde au courant de sa grossesse ? Quant à lui, il aurait aimé que l'annonce de la future venue du bébé coïncide avec celle de leur intention de revivre ensemble. Il ne tenait pas à ce qu'elle s'installe trop longtemps dans son rôle de mère-célibataire.

Et il ne voulait surtout pas entendre parler d'un départ pour Washington.

Un parfait sourire d'hôtesse aux lèvres, Ginger désigna le patio.

— J'aperçois le juge Johnson avec sa nouvelle épouse. Je dois aller les saluer. Amusez-vous bien tous les deux !

Sur un signe de la main, elle rejoignit son mari, et le général et elle entreprirent de faire le tour de leurs invités.

Marianna se tourna vers Sebastian, et, sous le rayon de la lune, son visage parut presque irréel tant il était beau.

— Tu sais, dit-elle, j'apprécie que tu n'aies pas encore parlé du bébé à ta famille. Je me doute bien que ce n'est pas facile.

— Ils vont bientôt se mettre à me harceler. Mais je suis un grand garçon, je ne parlerai que quand je serai décidé.

— Je suis bien placée pour connaître ta détermination.

Le terrain était glissant.

Marianna s'était souvent plainte de ses, disons, réticences, mais elle usait de mots plus colorés pour décrire son refus de discuter d'un sujet avant d'y avoir bien réfléchi. Ayant grandi avec des frères doués pour la parole, il avait jugé préférable de rester sur son quant-à-soi et de suivre tranquillement son bonhomme de chemin.

— Je vais te confier un secret, murmura-t-elle

soudain. A condition que tu me jures de ne pas en parler.

Il posa une main sur le sein gauche de Marianna.

— Je te le jure, la main sur le cœur ! déclara-t-il avec emphase.

Sans douceur, elle lui prit le poignet et écarta sa main.

— Ce n'est plus à toi !

Comme s'il avait besoin qu'elle lui rappelle tout ce qu'il avait perdu et tout ce qui lui restait à reconquérir.

— Quel est ton secret ? demanda-t-il.

— Je suis accro aux confiseries que tu m'as apportées. Je ne te remercierai jamais assez.

— Heureux de t'avoir fait plaisir.

Il se renversa légèrement en arrière et l'observa.

Il n'avait pas besoin de la toucher, la seule vue de son dos scintillant, le seul fait d'imaginer son corps nu sous la robe le comblait d'aise.

— Tu peux décroiser les bras, maintenant que ma mère est partie, fit-il remarquer.

— Et toi, tu peux arrêter de me faire du charme.

— A condition que tu ne fasses pas tes bagages pour Washington.

Marianna secoua la tête, outrée.

— Je me demandais combien de temps il te faudrait pour amener la question sur le tapis !

Heureusement l'irruption de Matthew et Ashley vint mettre un terme à la tension qui, dangereusement, naissait entre eux.

Sebastian prit son verre d'eau de Seltz et en avala une gorgée tandis qu'Ashley s'approchait.

C'était une jeune femme calme et douée d'un étonnant sens de l'humour, que Marianna s'était réjouie ouvertement de considérer comme sa belle-sœur.

Cette dernière se servit une coupe de champagne tandis que Matthew passait un bras sur les épaules de Marianna.

— Est-ce que mon frère se tient bien ?

— Le comportement de Sebastian est limite acceptable, répondit celle-ci, avec un sourire qui démentait ses paroles.

En représailles, Sebastian lui tapota le bras avec son verre.

— Seulement limite ?

Le froid contact contre sa peau nue la fit frissonner.

— Je ne t'ai pas encore poussé dans la piscine, mais ça ne saurait tarder si tu continues comme ça, déclara-t-elle.

Il déposa un petit baiser sur son épaule.

— J'ai bien une idée sur l'utilisation de la piscine…, murmura-t-il.

Puis il se tourna vers son frère qui les observait avec de grands yeux.

— Tu ferais bien de garder tes arrières, Matthew, parce que je ne crois pas m'être vengé du plongeon que tu m'as fait piquer dans la piscine à la fête organisée par maman le jour où Marianna et moi sommes revenus la bague au doigt !

Ashley glissa son bras sous celui de Matthew.

— Les photographes seraient ravis de l'aubaine de vendre ces photos aux tabloïds, intervint-elle d'un air suave.

— Empêcheuse de tourner en rond, marmonna Sebastian.

Sa future belle-sœur à la voix si douce avait une façon élégante d'obtenir ce qu'elle voulait qu'il serait peut-être bien avisé d'imiter. Par exemple, peut-être ferait-il mieux d'arrêter de toucher Marianna dès qu'il en avait l'envie et l'occasion. Du moins, pour le reste de la soirée…

— Alors, Matthew, te reste-t-il un peu de temps malgré ton emploi du temps chargé pour une partie de golf le week-end prochain ?

Avec un peu de chance, Marianna remarquerait que le nouveau Sebastian prenait le temps de se distraire, ce qu'elle lui avait si souvent demandé par le passé.

Matthew se tourna vers Ashley.

— Est-ce que j'ai le temps ?

— Ne me regarde pas comme ça. Je ne suis pas ton patron !

Matthew renifla, et Ashley leva les yeux au ciel.

— Oui, Sebastian, dit-elle enfin. Matthew peut venir jouer au golf samedi prochain.

En observant Matthew et Ashley, Marianna ne pouvait s'empêcher d'envier leur aisance l'un envers l'autre, leur éclatant amour et leur parfaite entente. Elle était heureuse pour eux, mais tout ce bonheur lui faisait un peu mal.

Mais elle refusa de s'apitoyer sur son sort plus longtemps. Elle en avait par-dessus la tête de s'apitoyer sur elle-même, et elle était lasse de porter le deuil de ses espoirs. D'accord, sa vie n'était pas parfaite, mais elle avait tout de même de quoi se réjouir. Elle attendait la naissance d'un enfant. De leur enfant, à elle et Sebastian. Et puis il y avait cette étrange complicité qui semblait renaître entre eux deux.

Oserait-elle approcher de nouveau cette flamme ? Ils avaient tous deux été si gravement brûlés…

Mais depuis quand était-elle donc devenue si timorée ?

Après la perte de Sophie, oui, bien sûr. Cet événement semblait avoir anéanti sa joie de vivre. Quel triste legs à faire porter à une petite fille très aimée qui leur avait apporté tant de joie…

Elle se redressa tout en se demandant depuis combien de temps elle se tenait voûtée.

Depuis trop longtemps, certainement.

Où la mènerait le nouveau tour pris par sa relation avec Sebastian, elle l'ignorait. Probablement nulle part. Elle redoutait trop qu'il n'ait l'idée chevaleresque d'un remariage pour le bien de l'enfant.

Elle n'était pas d'accord. Ils avaient ôté leurs alliances, tourné la page, et qu'il lui fasse une cour effrénée n'y changeait rien.

Cependant, il fallait bien le reconnaître, malgré le jugement de divorce, tout n'était pas terminé entre eux. Il restait des plages d'ombre qu'ils feraient bien d'explorer avant la naissance du bébé.

Et puis, elle finissait par être fatiguée de ses caresses flirteuses suivies aussitôt de moments d'indifférences voire même de froideur. Elle était sexuellement frustrée, et il le savait très bien. Il était temps, soit que Sebastian cesse son petit manège, soit qu'il assume l'attirance que, de toute évidence, il éprouvait encore pour elle.

- 7 -

Sebastian était demeuré la majeure partie de la soirée étendu sur une chaise longue au bord de la piscine, bavardant à bâtons rompus avec les gens qui passaient.

En réalité, il avait choisi cet endroit parce qu'il lui offrait un point de vue idéal sur Marianna qui aidait Ginger à régler quelques détails de dernière minute.

Et qui inaugura ensuite la piste de danse sous les étoiles.

La fièvre s'empara de lui quand il la vit se balancer avec Jonah au rythme de la musique, et les éclats de son rire résonnant à travers le patio ajoutèrent à son trouble.

Sa décision d'arrêter momentanément de la toucher commençait à jouer sur sa santé mentale. Ce soir, il lui semblait que le sourire de Marianna tranchait comme une lame aiguisée dans la distance instaurée ces derniers mois. Il ne l'avait pas vue aussi lumineuse depuis longtemps.

Sans doute le fameux éclat des femmes enceintes…

Comme l'orchestre attaquait un autre air, le général s'approcha d'elle. Au moment de la prendre dans ses bras, il suspendit un instant son geste, cherchant visiblement un endroit couvert de tissu où poser ses mains.

Sebastian réprima un sourire.

Une autre heure s'écoula avant qu'il n'aperçoive Marianna seule pour la première fois de la soirée, se délassant sur une chaise de repos. Alors, sa décision de ne pas la toucher flancha.

Il méritait bien une danse, tout de même !

Des accords retentissants annonçant le morceau final, il se dirigea vers elle.

— Je crois être le seul homme de la soirée qui n'ait pas dansé avec toi, fit-il remarquer.

Elle lui sourit.

— Tu ne m'as pas invitée.

Elle avait donc remarqué qu'il s'en était abstenu ?

Bon, peut-être aurait-il du moins la satisfaction de voir sa retenue porter ses fruits. Encore qu'il se demande combien de temps il résisterait encore.

Il lui tendit les mains.

— M'accorderez-vous cette danse, madame ? Pour sceller notre amitié.

Marianna tressaillit, victime sans défense du terrible pouvoir de séduction de Sebastian.

Gentleman du Sud jusqu'au bout, il portait un costume, et malgré la chaleur une cravate était nouée à son cou.

Elle le trouvait magnifique ainsi vêtu.

Chose étrange, la plupart des hommes présents ce soir portaient aussi un costume, la plupart étaient aussi séduisants et appartenaient également à la haute société sudiste, et pourtant aucun ne retenait le moins du monde son attention.

Elle mit ses mains dans celles de Sebastian et quitta sa chaise pour entrer dans le cercle de ses bras.

Quand il plaqua une main au creux de ses reins, le contact la fit frissonner. En l'espace d'un instant, elle s'abandonna à la chaleur de son étreinte, la joue de Sebastian lui effleurant les cheveux.

Ils évoluaient au rythme lent de la musique, leurs souffles se mêlant. Et il fredonnait tout en traçant de ses doigts des dessins hypnotiques dans son dos.

Bientôt, elle laissa leur parfaite entente physique la submerger, enveloppante et sensuelle comme la chaleur de la Caroline du Sud. Elle écrasa ses seins lourds contre son torse, et leurs jambes se frôlèrent tandis que leurs corps imitaient une danse plus primitive qui ravivait en elle des souvenirs d'une époque bénie.

Quand elle leva les yeux vers lui, elle reçut un choc en voyant la passion qui brûlait dans son regard, et cette vue la rendit douloureusement consciente de la moindre parcelle de son corps.

Elle ne connaissait que trop bien ce regard, elle savait que s'ils s'étaient trouvés ailleurs qu'en public, Sebastian l'aurait déshabillée en un clin d'œil. Mais les circonstances étant ce qu'elles étaient, elle pouvait seulement onduler contre lui, hypnotisée par sa sauvage expression de convoitise, chaque fibre de son corps implorant ses caresses.

— Marianna, flirt mis à part, il faut que tu saches que tu es une belle femme, très séduisante, chuchota-t-il tout en continuant à laisser courir ses doigts le long de son dos en d'affolantes caresses.

L'envie de céder au désir qui brûlait au fond d'elle-même était irrésistible. Ne pouvait-elle pas en profiter une dernière fois, avant la naissance de son bébé ?

Même si Sebastian jouait les indifférents, elle était certaine qu'il ne refuserait pas ce genre de proposition. Il avait réagi beaucoup plus calmement qu'elle n'aurait pu le supposer à l'évocation d'un éventuel déménagement… Cependant, elle le savait habile à dissimuler son obstination.

Peut-être devrait-elle apprendre à faire confiance à ses propres forces, à affirmer calmement ses positions ?

Ça semblait raisonnable, surtout de la part d'une femme brûlante de désir…

Elle resserra un peu leur étreinte et leva vers lui des yeux embrumés de désir.

— Que dirais-tu d'un arrangement à court terme ? Nous pourrions partager le même lit, sans autres engagements que le plaisir ?

Stupéfait, Sebastian contempla Marianna qui dansait dans ses bras sur la piste éclairée par les étoiles.

Elle avait envie de faire l'amour avec lui ! Tout de suite !

En un éclair, le reste du monde disparut.

Elle avait parlé d'un arrangement à court terme, ce qui, de son point de vue, était une totale stupidité, mais il verrait ça plus tard. Il n'était pas idiot au point de laisser passer une telle occasion.

— Ce soir, c'est un peu encombré chez moi, fit-il remarquer. Que dirais-tu d'aller à la maison ?

Elle le contempla avec une flamme non dissimulée dans le regard.

— Je dirais oui.

Réprimant l'envie de pousser un cri de victoire, il la prit par la main tout en cherchant des yeux la sortie la plus proche.

Pas question de faire des politesses, ils allaient se sauver comme des voleurs. D'ailleurs, Marianna semblait aussi pressée que lui de quitter la fête. Parviendraient-ils seulement à tenir jusqu'à la maison ?

Cinq interminables minutes plus tard, le voiturier leur tendait les clés de la voiture de Marianna.

Tout en roulant, il essaya de maîtriser l'urgence de son désir.

Il avait envie de prendre son temps avec Marianna, dans l'intimité de *leur* maison, au creux de *leur* lit. Il pouvait presque se convaincre que la situation était redevenue normale entre eux.

Mais avait-elle jamais été normale ?

Leur vie de couple avait commencé sur un rythme frénétique. Marianna suivait des cours à la fac, lui à l'école de droit. Ensuite, il y avait eu la fausse couche, la découverte de la stérilité de Marianna, les traitements qui les faisaient continuellement passer par des hauts et des bas. Et puis, l'adoption…

Il repoussa ces souvenirs qui, de toute façon, ne menaient nulle part.

A quoi bon laisser le passé revenir le hanter ? Il devait maintenant se tourner vers l'avenir, et reconstruire sa vie à partir de ce qu'il leur restait : leur enfant.

Et il leur restait aussi une attirance brûlante et partagée, qui, ironie du sort, avait été encore ravivée par leur divorce.

Il arrêta la voiture sur l'esplanade devant leur maison et, se tournant vers Marianna, souleva une mèche de cheveux tombée sur son épaule.

— T'ai-je dit combien je te trouvais belle ? demanda-t-il.

— Tu l'as mentionné.

— Je préférais m'en assurer.

— Sebastian ?

— Oui ?

— Tais-toi et embrasse-moi.

— A vos ordres, madame.

Avec un sentiment d'urgence, il mordilla ses doigts si doux, son poignet vulnérable, et traça un chemin de feu le long de son bras, pour finir par prendre ses lèvres avec une flamboyante ardeur.

Le familier désir qui couvait en permanence entre eux sous la surface s'embrasa brutalement.

Il passa les mains dans les cheveux de Marianna, en arrachant les épingles qui tombèrent à terre avec un bruit mat, jusqu'à ce que sa chevelure s'épande librement sur ses épaules. Puis, d'un bras autour de sa taille, il la serra contre lui

Ses formes rondes et douces s'adaptaient parfaitement à ses angles durs, et ses hanches qui ondulaient lui faisaient une promesse qu'il avait bien l'intention de saisir.

— Dedans, murmura-t-il contre ses lèvres. Nous avons déjà donné pour l'amour dans la voiture. Essayons le lit.

— Oh oui ! s'exclama Marianna.

Et il sentit à travers sa veste ses ongles qui le pressaient de se dépêcher.

— Mais vite, je t'en prie ! ajouta-t-elle.

Il descendit de la voiture en hâte, pressé de la sentir de nouveau contre lui, de retrouver la douceur de sa bouche. Lorsque Marianna vint de nouveau se blottir dans ses bras, il laissa échapper un soupir de plaisir et de soulagement mêlés.

Après un long et fougeux baiser, il la souleva dans ses bras et la porta sous le porche. Pendant qu'il tâtonnait pour mettre la clé dans la serrure, elle glissa ses doigts dans son col pour lui chatouiller le cou.

Enfin, la porte s'ouvrit.

Avec une démoniaque sensualité, Marianna se mit à onduler le long de son corps et se retrouva lovée contre lui.

Sans qu'il sache comment, sa veste atterrit sur le tapis persan au moment où il posait le pied sur la première marche de l'escalier. Puis, sans cesser de l'embrasser, en tâtonnant fébrilement, Marianna réussit à défaire son nœud de cravate et à envoyer la lanière de soie voler dans les airs.

Comme il aimait ses mains expertes et diligentes. Et sa bouche avide qui dévorait la sienne. Et ses doux seins qui lui frôlaient le torse. En réalité, il aimait tout d'elle.

A mi-chemin de l'escalier, il la plaqua contre le mur. Il avait besoin de la toucher maintenant, sans les remparts de ses vêtements. Il la voulait nue tout contre lui. Tout en l'embrassant dans le cou, il glissa ses mains sous sa robe et remonta le long de ses jambes.

Ils n'échangèrent pas le moindre mot, seuls les halètements de plaisir de Marianna troublaient le silence de la maison.

Fou de désir, il explora fiévreusement son ventre, ses hanches, ses seins. Et, quand il découvrit qu'elle ne portait en tout et pour tout qu'un minuscule string, il crut qu'il allait perdre le contrôle.

Imaginer qu'elle s'était promenée toute la soirée quasi nue sous sa robe enflamma son instinct de propriétaire. Il caressa sa douce chair nue, essayant de l'attirer encore plus près de lui.

Mais ce n'était pas encore assez près à son goût, et, à en juger par les frénétiques contorsions et les soupirs hachés de Marianna, pas non plus assez près pour elle.

Il allait devenir fou s'il n'apaisait pas immédiatement cette douloureuse tension.

Il voulait la voir jouir. Avant même de s'abandonner à son urgent besoin de la pénétrer. Il effleura le bord de son string, faisant aller et venir ses doigts contre la moite chaleur de son sexe.

La sensation était à elle seule assez excitante pour lui faire perdre tout contrôle, mais il réussit néanmoins à se contenir.

— Sebastian, gémit Marianna, refermant une longue jambe nerveuse sur sa hanche. Tu triches ! Tu avais promis qu'on se dépêcherait…

— Un peu de patience, s'il te plaît.

Il souffla légèrement sur son épaule, faisant s'envoler un nuage de paillettes.

— Tu verras, tu n'auras pas à te plaindre, ajouta-t-il en glissant deux doigts sous le bord du string.

Et il se mit à caresser son clitoris avec des gestes fermes et précis. Enfin, il introduisit deux doigts en elle et les fit aller et venir, tout en songeant à tous les autres plaisirs qui leur restaient encore à découvrir.

Il se pressa encore un peu plus contre elle, la clouant littéralement au mur. Les gémissements de Marianna le rendaient fou, et le fait de savoir qu'elle était proche de l'orgasme l'excitait incroyablement.

Elle se tordait contre ses doigts tout en essayant de détacher la boucle de sa ceinture, quand il entendit un étrange bruit…

Son téléphone portable…

— Ce doit être ton métier qui tente pour la millième fois de s'immiscer dans notre vie amoureuse, intervint Marianna, visiblement dégrisée.

— Ignorons-le, décréta-t-il d'une voix enrouée par le désir, en la caressant avec plus d'insistance. Le travail peut aller au diable !

Comme son BlackBerry continuait de vibrer, il l'arracha de sa ceinture et le jeta à terre tout en embrassant les lèvres de Marianna avec une ardeur renouvelée.

Le téléphone se remit à vibrer.

Marianna lui mordilla langoureusement la lèvre.

— Peut-être devrais-tu regarder qui appelle ? suggéra-t-elle.

— Je n'en ai pas la moindre envie !

Mais malgré tout, il jeta un coup d'œil en direction du téléphone. Il vit le nom du général s'afficher.

Il relâcha aussitôt Marianna. Son beau-père n'appelait jamais aussi tard, il devait y avoir un problème, peut-être même une urgence.

Il attrapa le téléphone au moment où celui-ci cessait de sonner et appuya sur la touche « rappel ».

Hank décrocha à la première sonnerie.

— Hank ? Sebastian à l'appareil. Que se passe-t-il ?

— Ah ! Mon garçon, tu sais que je ne te dérangerais pour rien au monde à une heure aussi indue, mais ta mère a besoin de toi…

Il serra le téléphone si fort qu'il aurait pu le broyer. Ça y était. Le moment que toute la famille redoutait était arrivé..

— L'avion de Kyle a été abattu en Afghanistan. On ignore s'il a survécu au crash.

Marianna appuya une main sur le tableau de bord tout en essayant de reprendre ses esprits.

Au volant, Sebastian filait à toute allure vers la demeure de ses parents.

Ils n'avaient même pas envisagé qu'elle ne l'accompagne pas. Kyle avait fait partie de sa famille pendant neuf ans, et rien ne pourrait effacer cette réalité. Elle n'arrivait même pas à envisager la possibilité que Kyle, jeune homme au tempérament si joyeux, soit allongé quelque part, inanimé…

Elle tenait à être au côté des Landis dans cette terrible épreuve. Il *fallait* qu'elle soit là, qu'elle apporte sa part de réconfort à Ginger, qui devait être effondrée malgré son légendaire courage.

Elle-même avait si douloureusement souffert de la perte de Sophie ! Et pourtant, elle avait l'assurance que sa fille était en vie. Quel enfer ce devait être de craindre pour la vie de son enfant…

Il y avait aussi Sebastian. Elle devait également le soutenir, même s'il ne lui avait rien demandé, même s'il ne lui avait pas laissé voir l'étendue de son désarroi.

A quoi pouvait-il bien penser, en ce moment ?

Elle voyait sa mâchoire se contracter tandis qu'il avalait les kilomètres, le poing crispé sur le levier de vitesses. Pourtant, malgré sa hâte, il ne dépassait pas la vitesse autorisée — enfin, pas de beaucoup.

Si seulement elle arrivait à le faire parler !

— Qu'a dit d'autre le général ?

— Juste que Kyle participait à une opération secrète pour les services de renseignements de l'Air Force. L'avion qui le transportait a disparu des radars. La transmission radio indiquait qu'ils avaient été touchés. A présent, ils cherchent l'épave.

— Oh, Sebastian, c'est affreux ! Ta mère doit être dans tous ses états.

— Je refuse de m'inquiéter, dit-il fermement. Kyle est un dur à cuire. Il s'en sortira.

C'était aussi un homme téméraire, capable de donner sa vie pour réussir une mission. Mais, évidemment, elle jugea inutile de formuler tout haut le fond de sa pensée. D'ailleurs, Sebastian connaissait son frère par cœur.

— Autre chose ? demanda-t-elle, plus pour éviter qu'il ne se retranche dans le silence que dans l'espoir d'en apprendre davantage.

Il secoua la tête.

— Les médias ne se sont pas encore emparés de l'affaire. L'Air Force essaie de garder secret le nom de Kyle pour le cas où il serait fait prisonnier.

Elle frissonna en imaginant Kyle aux mains de l'ennemi.

Sebastian s'arrêta à un feu rouge, faisant ronfler le moteur comme s'il s'imaginait qu'en agissant ainsi les kilomètres qui les séparaient de la résidence Landis passeraient plus rapidement.

Le feu passa au vert, et il accéléra.

Par sa fenêtre, elle aperçut la lumière aveuglante d'un faisceau de phares. Et avant qu'elle puisse prononcer un mot, un crissement de pneus déchira l'air.

Instinctivement, elle se crispa dans l'attente du choc et appuya plus fermement sa main sur le tableau de bord, tandis que l'autre venait se poser sur son ventre dans un réflexe maternel destiné à protéger la vie de son…

En jurant, Sebastian tourna brutalement le volant pour éviter la voiture du chauffard qui fonçait sur eux.

La Beemer fit une embardée qui la projeta violemment vers la droite.

Sa tête heurta avec un bruit sourd la fenêtre côté passager… Et puis tout sombra dans l'obscurité.

- 8 -

Sebastian arpentait nerveusement la salle d'attente du service des urgences. Il ne savait toujours pas si Marianna et le bébé étaient hors de danger, et l'attente était intolérable.

Mais, au nom du ciel, comment avait-il pu se laisser ainsi distraire au volant ?

Heureusement, il avait réussi à éviter de peu la collision avec l'autre véhicule. Le chauffard avait fini sa course dans un poteau téléphonique, il était sorti de sa voiture sans une égratignure.

Mais le choc reçu à la tête avait plongé Marianna dans l'inconscience.

Cet accident réveillait bien trop de mauvais souvenirs. C'était comme si l'histoire se répétait. Leur histoire, du moins… Il se trouvait de nouveau aux urgences, attendant de savoir si Marianna et l'enfant qu'elle portait étaient indemnes.

Comme neuf ans plus tôt, avec Marianna enceinte comme passagère, il avait conduit comme s'il avait le diable à ses trousses. Et s'il avait pu s'estimer heureux de ne pas l'avoir tuée autrefois, qu'en serait-il aujourd'hui ?

Il l'ignorait encore, parce que le médecin l'avait fait sortir de la salle d'examen pour le confiner dans ce minuscule espace où il n'arrêtait pas de tourner en rond et où il régnait un brouhaha insupportable.

Une vieille dame allongée sur un chariot dans le couloir proférait un flot de récriminations chaque fois qu'une infirmière passait, un bébé enfiévré geignait, une adolescente pleurait doucement en parlant dans son téléphone portable, et le bruit de pas pressés d'ambulanciers transportant un nouveau patient venait occasionnellement ponctuer le tout.

Combien de temps allait-il encore attendre ?

Il écarta une chaise d'un coup de pied, ce qui attira son attention sur ses chaussures, que Marianna lui avaient offertes pour Noël dernier et qui auraient dû à l'heure qu'il était être abandonnées auprès de leur lit si les choses n'avaient pas tourné autrement ce soir.

Il n'arrivait même pas à penser au sort de son frère. Il fallait qu'on lui apporte de bonnes nouvelles, et vite, car il craignait de se laisser submerger par l'angoisse.

Les portes à glissière de l'entrée du service coulissèrent pour laisser entrer un groupe de personnes.

Il reconnut sa mère, Matthew et Ashley, en tenue de soirée, qui n'avaient sans doute pas eu le temps de se changer depuis l'appel concernant Kyle.

Sa mère courut jusqu'à lui, Matthew et Ashley sur les talons.

Il se hâta à leur rencontre et serra sa mère dans ses bras.

— Avez-vous reçu des nouvelles de Kyle ?

Matthew secoua la tête.

— Rien encore. Hank est resté sur le parking

pour passer des coups de fil. Il essaie de joindre ses contacts militaires. Quant à Jonah, il est à la maison pour réceptionner les éventuels appels.

Sebastian soupira.

Tout en souhaitant recevoir davantage d'informations, il s'estimait heureux qu'il n'y ait pas de plus mauvaises nouvelles, mais son cœur s'emplit de pitié pour sa mère.

Des cernes soulignaient ses yeux, et si elle arborait toujours sa robe de soirée, les chaussures de jardin en caoutchouc qu'elle portait aux pieds témoignaient de l'état de bouleversement dans lequel elle devait se trouver quand elle avait couru à la voiture.

— Tu n'aurais pas dû venir, maman, dit-il en l'étreignant affectueusement. Tu as déjà bien assez de soucis comme ça.

— Tu es aussi mon fils, Sebastian.

Elle posa un baiser maternel sur sa joue.

— Tous mes enfants sont également chers à mon cœur, ajouta-t-elle.

— Je vais bien, maman. C'est au sujet de Marianna que je m'inquiète.

De Marianna et de leur bébé.

Elle lui saisit le bras, et scruta son visage.

— Au téléphone, tu as dit que tu étais avec Marianna, mais tu n'as pas expliqué ce qu'il vous était arrivé.

— Nous étions en route pour vous rejoindre, lorsqu'un chauffard a brûlé un feu rouge, dit-il en se passant la main sur le visage. Et quand j'ai donné un coup de volant pour l'éviter, la tête de

Marianna a heurté la vitre du passager. Elle est toujours en examen.

— Mon Dieu, Sebastian ! Elle n'a pas repris conscience ?

Il secoua la tête.

— Pauvre petite ! J'espère que tout va bien se passer. Franchement, Sebastian, je ne comprends rien à ce qu'il se passe entre vous ces derniers temps, mais je constate que vous vous entendez plutôt bien.

La plupart du temps, lui aussi ignorait où ils en étaient, Marianna et lui.

— Merci d'être venue, maman. Mais vraiment, maintenant, il faut que tu rentres à la maison. Je m'en sortirai tout seul.

Elle lui caressa la joue.

— Toi, entre tous mes fils, tu peux comprendre les angoisses d'un cœur de parent.

Un instant, il crut qu'elle avait deviné la grossesse de Marianna. Mais comprenant qu'elle parlait de Sophie, il demeura immobile, glacé jusqu'aux os.

Personne d'autre que Marianna n'osait mentionner devant lui sa petite fille perdue. Il avait fait comprendre à tous qu'il ne le désirait pas, en mettant brutalement fin aux conversations qui s'amorçaient sur le sujet. Que sa mère fasse allusion à l'enfant prouvait l'étendue de son désarroi.

Il demeura silencieux pendant que sa mère continuait.

— Même si vous savez que Sophie se porte bien et qu'elle est entourée d'amour, c'est difficile de ne pas s'inquiéter pour ses enfants quand ils échappent à notre vue. Plus encore quand on sait qu'on ne les reverra pas. Marianna et toi avez traversé tant d'épreuves ces derniers mois…

A présent, il allait devoir subir le tendre sermon d'une mère qui jugeait prématuré que Marianna et lui aient entamé si vite une procédure de divorce. Ce qui prouvait seulement combien ils avaient été habiles à cacher leurs problèmes, même aux plus proches. Car malgré leur mésentente de plus en plus évidente, leur union s'était prolongée deux ans encore.

Deux douloureuses années de trop.

— Est-ce que tu m'entends, Sebastian ?

La voix inquiète de sa mère le ramena brutalement au présent.

— Bien sûr, maman, je t'entends.

Il espérait seulement ne pas approuver de propos un peu trop exagérés.

Matthew prit leur mère par le bras.

— Tu as vu de tes propres yeux qu'il est entier, dit-il en entraînant Ginger vers la sortie. Et comme nous ne pouvons rien faire pour Marianna, maintenant, nous rentrons.

A cet instant, les portes de la salle d'examen s'ouvrirent.

Oubliant tout ce qui n'était pas Marianna, Sebastian se précipita vers le Dr Cohen, qui approchait d'un pas rapide, ses lunettes à monture rouge dansant au bout de la chaînette qu'elle portait au cou.

— Marianna a repris conscience, monsieur Landis. A ce stade, nous pouvons dire que la mère et l'enfant vont bien.

Le soulagement de Sebastian fut si grand qu'il dut saisir le dossier d'une chaise pour ne pas tomber, tant ses jambes lui paraissaient molles.

— Combien de temps avant que je puisse la voir ?

— Quelques minutes. Elle est en train de se rhabiller. Ensuite, vous pourrez la ramener chez elle, à condition que quelqu'un puisse la veiller la nuit. Il faut simplement s'assurer qu'il ne subsiste pas de séquelles de traumatisme crânien.

Le médecin tapota ensuite le bras de Sebastian.

— Soyez heureux. Vous avez là deux forces de la nature !

— Merci encore d'être accourue, docteur.

Les médecins des urgences étaient évidemment capables de s'occuper du cas de Marianna. Seulement, avec le spectre de l'ancienne fausse couche qui rôdait, encore tout frais dans sa mémoire, il avait exigé que l'on prévienne la gynécologue qui suivait Marianna.

Lorsque les portes se furent refermées sur le Dr Cohen, il se retourna pour découvrir les membres de sa famille qui le contemplaient, bouche bée.

Même le général, qui était arrivé à temps pour entendre les propos du médecin et qui soutenait Ginger, un bras passé autour de ses épaules, ouvrait de grands yeux.

Sebastian jura intérieurement. Il était tellement impatient d'avoir des nouvelles de Marianna qu'il en avait oublié la présence de ses proches.

— La mère et… Et *l'enfant* ? bredouilla Ginger.

Et un sourire trembla sur ses lèvres en même temps que coulait une larme.

L'affaire était réglée. Plus question d'attendre comme le souhaitait Marianna. Et quand elle saurait comment les choses s'étaient passées, elle ne lui en voudrait pas, il en était certain.

Matthew se gratta la tête en soupirant.

— Cette nouvelle répond évidemment à bien des questions. On comprend maintenant pourquoi vous paraissez de nouveau si intimes ces derniers temps.

— Nous avons découvert que Marianna était enceinte le jour où elle s'est évanouie au tribunal, lorsque le médecin est venu l'examiner, expliqua-t-il brèvement. Nous souhaitions nous organiser un peu avant de trouver le moment adéquat pour vous apprendre la nouvelle.

Que Marianna ait su qu'elle était enceinte quelques heures avant le divorce ne regardait pas sa famille, d'autant plus qu'il avait encore un peu de mal personnellement à encaisser la nouvelle.

Matthew lui asséna une claque sur l'épaule.

— Mes félicitations, mon vieux !

Sa mère l'étreignit chaleureusement.

— Je suis heureuse pour vous deux. Un bébé est toujours une source de joie.

Ce déferlement d'émotions commençait à lui peser. Il voulait juste voir Marianna saine et sauve, et…

Seigneur Il y avait toujours cette incertitude qui planait quant au sort de son frère. Comment pouvait-il avoir oublié Kyle une seule seconde ?

— A propos de Kyle, commença-t-il, Marianna et moi viendrons dès que…

Sa mère l'interrompit d'un geste.

— Il faut que tu restes auprès de Marianna, et

il semble qu'elle doive se reposer. Nous te ferons signe dès que nous aurons des nouvelles.

Il hésita, son désir de savoir ce qu'il était advenu de son frère le disputant avec son inquiétude pour Marianna.

— Tu es sûre ?

— Sûre. Nous ne pouvons rien faire à part attendre.

D'un signe de la tête, elle indiqua la porte de la salle d'examen.

— Va rejoindre Marianna.

Sa mère avait raison, il ne pouvait rien faire pour aider Kyle. En revanche, Marianna avait besoin de lui.

— Nous viendrons demain pour en parler.

Et dès que sa mère serait un peu plus en mesure de l'écouter, il lui annoncerait clairement son intention de réintégrer Marianna au sein de la famille. Oui, quand Kyle serait tiré d'affaire, il s'occuperait de remettre sa vie sur ses rails.

S'il ne pouvait pas faire revenir Sophie, il n'accepterait pas sans réagir de se laisser prendre un autre enfant, même par une ex-épouse plus têtue qu'une mule.

Marianna posa le front contre la vitre froide de la portière et regarda défiler les maisons qui formaient leur voisinage.

Enfin, *son* voisinage, puisque Sebastian n'habitait plus ici.

Etait-il possible que deux heures seulement se

soient écoulées depuis le moment où ils avaient couru vers la maison avec l'intention de faire l'amour comme des fous ?

A présent, ils ne savaient pas si Kyle était ou non vivant, et ils avaient failli périr à cause d'un ivrogne.

La vie avait une façon bien à elle de redistribuer les cartes en moins de temps qu'il n'en fallait pour le dire. Comme lorsqu'elle s'était retrouvée enceinte, à peine sortie de l'adolescence.

Elle avait déçu ses parents vieillissants, elle en était consciente. Les choses auraient-elles tourné différemment si elle avait insisté pour que Sebastian et elle prennent le temps de se connaître au lieu de foncer tête baissée dans le mariage ?

Qui pouvait le dire ?

Comme Sebastian engageait la voiture dans leur allée, elle posa une main sur son ventre tout en lui jetant un regard.

Les deux personnes qui comptaient le plus à ses yeux se portaient bien, elle aurait dû s'en réjouir. Et pourtant, elle se sentait complètement désorientée.

Oui, Sebastian Landis comptait pour elle, et pas seulement à cause de leur incroyable entente sexuelle.

Qu'est-ce donc qui avait changé entre eux depuis le divorce ?

Apparemment, les sentiments ne disparaissaient pas simplement parce qu'on avait apposé sa signature au bas d'un acte juridique. Cependant, elle se sentait incapable de réfléchir ce soir. Pas après cet accident qui l'avait laissée vulnérable. Et certainement pas avec la menace pesant sur le sort de Kyle, suspendue au-dessus de leurs têtes telle une épée de Damoclès.

Sebastian la rejoignit au moment où elle descendait de voiture.

Elle ne put s'empêcher de comparer leur morne déambulation le long de l'allée avec la course impétueuse de tout à l'heure pour gagner le refuge de la maison, et l'émotion l'envahit au souvenir des bras de Sebastian autour d'elle, quand il l'avait portée à l'intérieur.

A cet instant, elle aurait eu bien besoin du réconfort de son étreinte.

S'il lui proposait de reprendre là où ils en étaient restés, dans l'escalier, serait-ce une folie d'accepter ?

En tout cas, elle savait une chose : elle devait être honnête avec lui.

Quand ils rentrèrent dans la maison, elle retint Buddy avant que le chien ne se précipite au-dehors. Quand Sebastian referma la porte, elle leva les yeux sur lui.

— Je pense qu'il vaudrait mieux que nous allions nous coucher, murmura-t-elle.

Il posa les clés sur la table tout en la fixant d'un air impénétrable.

— Tu as raison. Tu dois te reposer. Je te réveillerai toutes les deux heures.

Il avait renoncé si facilement qu'elle ne savait si elle devait se sentir soulagée ou blessée.

— Je suis navrée de te monopoliser alors que ta famille a besoin de toi. Tu dois te faire un sang d'encre pour Kyle. Moi, je suis folle d'inquiétude.

Il se pencha pour caresser Buddy et lui murmurer des petits mots gentils.

— Nous ne pouvons rien pour lui, Marianna. Et Matthew a promis d'appeler dès qu'ils sauraient quelque chose…

Buddy tourna encore un peu autour d'eux avant de s'éloigner, ses ongles cliquetant sur le parquet. Puis on entendit la trappe donnant sur le jardin s'ouvrir et se refermer.

— Je suis là où je dois être, reprit Sebastian. Ma famille, c'est toi et notre enfant.

La sincérité de ces paroles passa sur elle comme une brise nocturne troublant la surface de l'eau, perturbante et séduisante, tout à la fois.

— Le bébé va bien, assura-t-elle. Tu peux au moins cesser de te tracasser à son sujet.

La mâchoire de Sebastian se contracta.

— Je n'aurais pas dû laisser mon inquiétude pour mon frère vous mettre en danger, le bébé et toi, dit-il entre ses dents serrées.

Il endossait la responsabilité de l'accident. C'était injuste, et trop lourd à porter.

— Mais enfin, Sebastian, tu n'es pas responsable ! Le fou qui a failli nous rentrer dedans avait bu.

Sebastian la prit par les épaules et approcha d'elle un visage qui portait les marques d'une terrible angoisse.

— Ce soir, j'ai cru que tu allais mourir.

Ces paroles d'aujourd'hui faisaient écho à celles qu'il avait prononcées neuf ans plus tôt, quand elle s'était réveillée après l'opération de sa grossesse extra-utérine.

Brusquement, elle comprit ce qu'il avait dû éprouver ce soir, à revivre le cauchemar du passé. S'était-il également adressé de cuisants reproches pour ce qu'il s'était passé autrefois ?

Dans ces conditions, impossible de garder ses distances.

Elle posa une main sur son cou et caressa du pouce sa mâchoire crispée.

— Sebastian…, murmura-t-elle, ne sachant trop que dire.

Mais coupant court à toute discussion, Sebastian posa ses lèvres sur les siennes avec une fièvre qui la bouleversa et ranima son désir. Et la tendre pression de ses mains sur ses épaules anéantit peu à peu les distances qu'elle tenait si fort à établir.

En réalité, le premier et unique aveu de Sebastian de la peur qu'il avait éprouvée pour elle la rendait déjà aussi faible et vulnérable que ses caresses.

Il la prit par la nuque tout en explorant du bout des doigts son dos exposé par la robe de cocktail. En réponse, elle glissa une main sous sa veste et pressa la paume contre son torse, cherchant sa chaleur au-delà de la chemise.

Maintenant sa bouche sur la sienne, il souligna alors de la langue l'ourlet de ses lèvres.

Elle les écarta, avide de tout ce qu'il pourrait lui donner qui la rassurerait en montrant leur accord, même s'il n'était que physique. Et elle noua avec un petit gémissement les bras au cou de Sebastian pour mieux approfondir leur baiser.

Leurs bouches s'unirent avec cette frénésie si

familière et cependant inexplicable qu'elle finissait par accepter comme inévitable.

Sebastian lâcha ses lèvres et reprit sa respiration.

— Tu te sens bien ?

— Très bien, répondit-elle en cherchant à déboutonner sa chemise. Mais rappelle-toi, le médecin a dit qu'il valait mieux que je reste éveillée !

— Surtout, dis-moi si tu éprouves le moindre malaise…

La main de Sebastian s'était posée sur un de ses seins. Et il fit courir ses doigts à travers le tissu soyeux comme s'il en évaluait la plénitude.

Son mamelon durcit, et son désir monta d'un cran.

— Promis, dit-elle entre deux baisers.

Ils entreprirent de grimper l'escalier, semant dans leur sillage veste, chaussures…

Parvenus au palier intermédiaire, Sebastian la poussa contre le mur.

Elle ne voulait penser ni au lendemain ni à leur passé chargé d'échecs. Elle voulait s'abandonner à la chaleur excitante de Sebastian et ne plus s'en éloigner jamais.

Apparemment, les sentiments de celui-ci ne différaient guère des siens, car il l'embrassait avec une sauvage passion qui lui donnait la sensation que ses jambes allaient la trahir.

Elle resserra son étreinte et sentit la peau nue et chaude de Sebastian sous ses doigts. Cette sensation ne fit qu'accroître son excitation. Elle entreprit de le caresser, de partir à la découverte de ce corps qu'elle connaissait si bien, mais dont elle avait l'impression de ne jamais pouvoir se rassasier.

Lorsque Sebastian entreprit de lui retirer sa robe, elle ne lui opposa aucune résistance, bien au contraire, elle se pressa encore un peu plus contre lui. Peau contre peau, hanche contre hanche, cuisse contre cuisse… Il lui semblait qu'ils ne seraient jamais assez proches l'un de l'autre.

Il posa les mains sur le mur de chaque côté d'elle, la maintenant prisonnière contre la rampe, et son souffle chaud sur sa peau la fit délicieusement frissonner.

Il lui saisit les cheveux à pleines mains pour mieux l'attirer à elle, reprit ses lèvres avec emportement.

Avec avidité, sa langue trouva la sienne, et leur baiser devint comme une lutte.

La dernière volée de marches lui parut interminable. Les jambes molles, elle se suspendait au cou de Sebastian, et le bras de celui-ci au creux de sa taille devint le principal point d'ancrage qui l'empêchait de glisser vers…

Vers le sol, mais oui ! Le sol du palier était un endroit parfait et immédiatement disponible ! Pas besoin de gagner la chambre, entreprise qui risquait de leur donner le temps de réfléchir et peut-être de renoncer au nom de la sagesse à ce dont elle avait si terriblement besoin.

Sentant qu'elle l'attirait vers le moelleux tapis de laine, Sebastian la considéra d'un air étonné.

— Maintenant ? Ici ?

Elle remua les hanches, gémissant du bien-être de se retrouver si proche de lui, de façon si intime.

— Parfaitement.

Après l'avoir allongée sur le sol, il s'agenouilla

au-dessus d'elle et glissa une main impatiente sur ses seins. Du pouce, il traça des cercles autour du mamelon durci, lui éveillant d'affolantes sensations au creux du ventre.

Pour mieux s'abandonner à ses caresses, elle se cambra. La tension qui grandissait en elle la torturait. Elle voulait plus, bien plus…

Il émit un grondement sensuel tout près de son oreille.

— Je croyais que tu ne voulais pas coucher avec moi ?

— Je ne veux pas…

Elle eut un peu de mal à se remémorer la raison de ce refus.

— Tu comprends, je voudrais que nous *fassions l'amour,* comme autrefois.

Oui, elle le désirait de tout son cœur, tout en sachant que le passé avait disparu à jamais.

Elle vit le bleu de ses yeux se glacer, pour atteindre cette nuance d'acier qui signifiait qu'il cherchait à se protéger d'émotions trop intenses. De ces émotions qu'il avait qualifiées de « causes perdues » au cours des mois qui avaient précédé leur divorce.

Elle comprit soudain que si elle le laissait réfléchir trop longtemps, le peu de chances qu'ils avaient ce soir de renouer le fil s'évanouirait.

— Viens, dit-elle. Dépêchons-nous.

Tout en se mordant la lèvre, elle se battit avec la boucle de la ceinture de Sebastian. Enfin, venant à bout des obstacles, elle libéra son sexe dressé, non sans le frôler d'une caresse trop aguicheuse pour être le fruit du hasard.

Tressaillant violemment, Sebastian lui retira son string. Il la contempla avec une admiration si manifeste qu'elle crut défaillir.

Défaillir…

L'expression la ramena à cet instant de frayeur dans la voiture, à ces secondes terrifiantes où elle s'était éveillée à l'hôpital, et elle prit une fois de plus la mesure de ce qu'elle aurait pu perdre ce soir — ce qui la conforta dans sa décision d'accepter tout ce qu'il se présentait de bon.

Elle le guida en elle doucement, prudemment, puis lui saisit les fesses pour l'inciter à la pénétrer plus avant.

Sebastian cessa un instant de l'embrasser.

— Regarde-moi, lui intima-t-il.

Elle n'ouvrit pas les yeux.

Sebastian lui prit le visage entre les mains.

— Marianna, regarde-moi !

Elle nicha le visage dans son cou avant de se décider à le regarder, légèrement effrayée à l'idée de ce qu'elle allait découvrir.

— D'accord, je te regarde.

Il la fixait, ses pupilles si dilatées qu'elles ne laissaient subsister qu'un mince cercle de bleu.

D'un coup de reins, il plongea en elle, s'arrêta.

— Mon prénom…

Elle le considéra, ébahie.

Que voulait-il dire, et comment pouvait-il encore réfléchir en cet instant ? Encore moins parler ?

— Comment ?

Il la pénétra d'un nouveau coup de reins, avant de s'immobiliser.

— Dis mon prénom.

Elle serra les lèvres, refusant de laisser la jalousie gâcher cet instant. Puis elle reconnut sa défaite.

— Sebastian…, murmura-t-elle en promenant les doigts sur ses épaules. Sebastian, répéta-t-elle après quelques instants.

Elle agita ses hanches en cercles sous lui, désireuse de lui faire perdre un peu de son inépuisable contrôle.

C'était agaçant d'y songer, alors qu'elle avait perdu tout empire sur elle-même à la minute où il l'avait touchée des mains, des yeux, et même seulement par l'intermédiaire de ses paroles. En vérité, ils étaient liés par quelque chose de si fort qu'elle ne cherchait même plus à combattre.

Elle se laissa simplement aller à cet incroyable rythme qui, à chaque coup de reins de Sebastian, la menait toujours plus près de la jouissance.

Bientôt, le plaisir explosa en elle, et elle répéta son prénom tout en s'arc-boutant pour mieux l'absorber.

Avec un cri rauque, Sebastian crispa les doigts dans ses cheveux. Tout son corps se raidit, et il s'abattit sur elle dans un long frémissement.

Serrée dans ses bras, leurs jambes emmêlées, leurs corps en sueur encore tout palpitants de plaisir, et plus captive encore de ce lien étrange dont elle ne pouvait se défaire, elle n'avait aucune envie de bouger, ne serait-ce que le petit doigt.

- 9 -

Sebastian reposait dans son lit pour la première fois depuis huit mois. Bien éveillé, il fixait le ventilateur qui faisait onduler le voile de mousseline suspendu au-dessus du lit.

Après leurs brûlantes étreintes de la veille, la fraîcheur qu'il procurait était la bienvenue, et son ronronnement lui tenait compagnie.

De toute façon, il n'aurait pas pu dormir, même s'il n'avait pas dû réveiller Marianna toutes les deux heures. Il attendait avec angoisse d'entendre son téléphone sonner pour avoir enfin des nouvelles de son frère.

Il avait d'abord essayé de se distraire de son inquiétude en descendant dans le bureau de Marianna. Sur l'ordinateur, il avait accédé à son compte en banque, et étudié différents genres de placements qu'il pourrait faire pour le bébé. Et, naturellement, il avait longuement réfléchi au moyen de convaincre Marianna d'arrêter de travailler et de se reposer.

Etait-ce si monstrueux de sa part de vouloir prendre soin d'elle, surtout par une nuit comme celle-ci, qui avait mis l'accent sur la fragilité de la vie ?

Tout doucement, pour ne pas risquer de la réveiller,

il enroula une mèche des cheveux de Marianna autour de son doigt avant de consulter le réveil.

4 h 25.

Encore cinq minutes. Il n'avait pas l'intention de la tirer du sommeil une seconde plus tôt que prévu.

Il étudia son visage et s'amusa de voir le souffle qui s'échappait de ses lèvres faire voleter les mèches de cheveux tombées sur sa joue. Après une aussi longue séparation, il accueillait avec bonheur l'occasion de la contempler. Une épaule pâle émergeait de sous le drap qui épousait ses formes, mais il résista à l'envie de l'écarter.

Que leur était-il arrivé pendant qu'ils s'acheminaient vers la chambre ?

Il voulait juste coucher avec Marianna et trouver dans le plaisir physique l'oubli que son corps avait toujours su lui procurer, mais leur jouissance avait été tout sauf apaisante. Marianna avait planté son regard dans le sien avec une intensité qui avait fouetté son désir, en même temps qu'il entrevoyait de nouveau l'enfer.

Elle attendait davantage de lui, il en avait toujours été ainsi.

Il devrait se montrer habile à la détourner de ses obsessions en la distrayant avec ce qu'ils faisaient si bien, suffisamment longtemps pour qu'elle oublie les exigences qui risquaient de gâcher leurs retrouvailles.

Il regarda le réveil.

4 heures et demie, pile.

Il la découvrit tout doucement, écartant le drap centimètre par centimètre, embrassant à mesure la peau découverte, seins, ventre, hanches, jusqu'à ce qu'elle s'agite sous lui. Et elle s'étira avec une grâce féline qui faillit lui faire perdre la tête.

Faillit seulement.

Il avait besoin de temps pour reconstruire ses défenses avant qu'elle ne recommence à le harceler avec ses subtiles différences entre « faire l'amour » et « coucher ensemble ».

Du regard, il parcourut son corps, et caressa doucement le creux du genou.

— Es-tu réveillée ?

— Je le suis, maintenant.

Elle lui rendit son sourire, l'air terriblement sensuel avec ses paupières lourdes de sommeil.

Il mit sa main devant son visage.

— Combien de doigts ?

— Trois.

— Parfait.

Elle lui caressa légèrement la joue.

— A-t-on des nouvelles de Kyle ?

Il retourna sa main pour en baiser la paume.

— Toujours rien. Mais j'adopte la philosophie du « Pas de nouvelles, bonnes nouvelles »…

Bon, il fallait qu'il détourne très vite ses pensées de ce sujet, qui le frustrait d'autant plus qu'il demeurait hors de sa portée.

— Que dirais-tu d'un petit en-cas avant que tu ne soies victime des nausées matinales ?

Marianna posa sur lui un regard chargé d'inquiétude qui le mit mal à l'aise.

Il n'avait pas besoin de sa pitié !

Heureusement, très vite, elle lui offrit le sourire qu'il désirait tant.

— Tu es un homme selon mon cœur ! déclara-t-elle en s'asseyant.

Elle serra le drap contre sa poitrine.

— Tu sais ce qui me ferait plaisir ? J'ai très, très, envie de ce beurre de cacahuètes au chocolat blanc.

Il était persuadé qu'elle adorait la friandise, mais aussi qu'elle désirait lui faire plaisir.

Ravalant son malaise, il se leva.

Pendant qu'il repêchait son caleçon, Marianna s'enveloppa dans le drap et lui sourit par-dessus son épaule.

— Le dernier dans la cuisine devra nourrir l'autre nu !

— Ça me va ! cria-t-il alors qu'elle s'élançait vers la cuisine.

Il la suivit, mais en prenant son temps, car il se délectait par avance du moment où il porterait les bouchées de nourriture à ses lèvres et regarderait un plaisir proche de l'extase illuminer ses traits. Rien n'aurait pu rivaliser avec ce que Marianna avait à lui offrir.

Une fois dans la cuisine, il appuya sur l'interrupteur, qui projeta sa lumière sur l'espace aménagé avec goût. Marianna avait particulièrement soigné la décoration de cet endroit où elle prenait plaisir à confectionner de merveilleux petits plats.

Les souvenirs l'assaillirent.

L'excitation de Marianna choisissant la gigantesque table de cuisson.

Marianna, juchée sur un escabeau pour suspendre des plantes à une rampe installée au plafond.

Leur toute petite fille sommeillant dans un siège de bébé près de l'îlot central, et Marianna la berçant du pied tout en épluchant des légumes.

Il refoula ces souvenirs pour se concentrer sur le moment présent. Un moment plein de délicieuses promesses…

— Assieds-toi et prépare-toi à recevoir la becquée, déclara-t-il.

Elle se percha sur un tabouret pendant qu'il ouvrait le réfrigérateur.

A quand remontait la dernière fois qu'ils s'étaient laissé tenter par un petit repas d'après l'amour ? Franchement, il n'arrivait pas à se rappeler. La légèreté avait fui leur relation depuis si longtemps.

Comment avait-il pu laisser une telle dégradation s'installer dans leurs rapports, alors que le rire frais et joyeux de Marianna était une des choses qu'il appréciait le plus dans la vie ? Ce matin, il ferait bien de profiter un peu de sa joie de vivre pour lutter contre le passé qui revenait le hanter et contre son inquiétude quant au sort de Kyle.

Il sortit du réfrigérateur une bouteille d'eau pétillante, puis il en inspecta le contenu.

Les pots de beurre de cacahuètes étaient soigneusement alignés, et il manquait à tous une partie plus ou moins importante de leur contenu.

Il sortit le pot de pâte au chocolat et prit un couteau dans un tiroir. Après avoir coupé une pomme en quartiers, il l'éplucha.

— Je me demande vraiment pourquoi j'ai une telle passion pour ces friandises, s'étonna Marianna.

Il tartina un morceau de pomme de pâte au chocolat et l'approcha de ses lèvres. Docilement, elle les entrouvrit et le laissa glisser le morceau de fruit dans sa bouche.

— Je suppose que c'est en relation avec tes souvenirs d'enfance, dit-il.

En tout cas, chez lui, c'était très nettement lié au passé. Et très douloureux à remuer. Mais parler de Kyle était plus facile que de seulement penser à Sophie, d'autant plus qu'il *devait* croire que son frère était sain et sauf.

Il tendit à Marianna un nouveau morceau de pomme tartiné de beurre de cacahuètes, qu'elle accueillit entre ses lèvres entrouvertes.

— Quand nous étions gosses, dit-il, Kyle et moi nous bourrions de sandwichs au beurre de cacahuètes et aux marshmallows.

Elle leva la tête, surprise qu'il se laisse aller à cette confidence. Puis des larmes vinrent embuer ses yeux.

— Vous avez toujours été très proches.

— Surtout quand nous étions jeunes, avant que nos carrières ne nous rattrapent.

Il marqua une pause, s'attendant à ce que Marianna fasse aigrement remarquer que, effectivement, comme il faisait passer son métier avant tout, c'était difficile d'avoir des relations épanouies avec lui. Cependant, pour une fois, elle ne saisit pas la balle au bond. Et ce ne fut que lorsqu'il se détendit qu'il prit conscience de la tension qui semblait ne plus vouloir le quitter.

— Quand nous avions environ neuf et dix ans, reprit-il, nous passions la majeure partie de notre temps en été à jouer dans la forêt derrière la maison. Enfin, nous appelions ça « la forêt », mais c'était probablement un bouquet d'arbres traversé par un sentier.

Morceau après morceau, tout en parlant, il glissait des morceaux de pomme entre les lèvres de Marianna, et finalement il ne resta plus que le cœur.

— Nous y traînions toute la journée, poursuivit-il. Nous emportions des sandwichs au beurre de cacahuètes et aux marshmallows, une bouteille de soda, et nous creusions des tunnels.

Marianna se pencha en avant, attentive et charmante bien que sa tenue consiste en tout et pour tout en un drap.

— Des tunnels ?

— Nous creusions des tranchées profondes, placions des plaques de contreplaqué dessus et dissimulions le tout sous de la terre et des branchages.

Sans prévenir, une bouffée du plaisir des jeux anciens l'envahit.

— Nous avons eu de la chance de ne pas périr étouffés dans un de ces trous, dit-il en riant. Nous aurions pu manquer d'air, ou bien le toit de notre abri aurait pu céder si quelqu'un avait malencontreusement marché dessus.

— Que disait ta mère ?

— Elle ne l'a jamais su.

Nul doute qu'elle les aurait consignés tous les

deux à la maison pour l'éternité ! Et ils l'auraient bien mérité. Enfants, ils étaient particulièrement intrépides. D'ailleurs, il trouvait toujours Kyle trop imprudent pour son goût.

— Nous faisions monter la garde à Jonah. Il devait nous prévenir au cas où notre mère arriverait.

— Que lui donniez-vous en échange ?

Sebastian eut un petit rire espiègle.

— Qui a dit que nous lui donnions quelque chose ? C'était le plus jeune, il n'avait qu'à obéir !

Le doux sourire de Marianna illumina son visage.

— Et Matthew ?

— Il est trop à cheval sur le règlement. Mieux valait ne pas le mettre dans le secret.

Tout en essayant de traiter ses souvenirs à la légère, Sebastian sentit soudain la tristesse le submerger.

— Kyle était de tous les coups. J'aurais dû me douter qu'il entrerait dans l'armée.

Marianna se laissa glisser du tabouret, vint lui mettre ses bras autour de la taille et posa la tête contre son torse nu.

Touché par la gentillesse du geste, il fut sur le point de laisser son inquiétude pour son frère avoir raison de lui.

Mais il ne supportait pas l'idée de craquer. Surtout pas devant Marianna.

Il promena ses mains sur son dos, s'efforçant de se ressaisir, alors qu'il mourait d'envie de s'abandonner à cette sympathie qu'elle lui offrait.

Elle leva le visage pour lui nicher un baiser dans le cou et le serra très fort contre elle.

Une boule d'angoisse lui noua la gorge.

Il devait faire quelque chose, et vite, sinon, elle allait se retrouver devant un homme en pleurs !

Il scella ses lèvres aux siennes pour l'empêcher de prononcer les mots gentils qui risquaient de porter un coup fatal à sa maîtrise de soi, et, la saisissant par les fesses, il la plaqua contre lui.

Lui donner du plaisir, voilà qui le comblerait. Définitivement.

Marianna n'avait rien contre le fait de retomber dans leur vieille habitude de s'anéantir dans le sexe. Retomber dans un vieux schéma, c'était tellement plus simple que d'en fabriquer un nouveau. Et dans l'état d'hypersensibilité où elle se trouvait, le récit des jeux d'autrefois de Kyle et Sebastian l'émouvait au-delà du supportable.

D'ailleurs, Sebastian souhaitait certainement lui aussi dissiper son émotion.

Ayant glissé les mains sous ses fesses, il la souleva et l'assit sur l'îlot central.

Le drap glissa de ses épaules à ses hanches, et elle en sentit la fraîcheur sur sa peau, déjà chaude sous les caresses et le baiser de Sebastian.

— Dis donc ! s'exclama-t-elle, désireuse de repousser les fantômes, tu as perdu la course ! N'étais-tu pas censé me nourrir, nu ? Or, je vois que tu portes un caleçon !

— Qu'attends-tu pour le retirer ? murmura-t-il d'une voix rauque.

Elle passa un pouce dans la ceinture du sous-vêtement, la suivit jusqu'aux reins puis la lâcha en la faisant claquer avant de remonter promener ses mains sur ses pectoraux magnifiquement dessinés et bronzés par des heures de natation et de parcours de golf. Elle frotta sa joue contre le duvet qui les couvrait, l'embrassa et, dans un jeu provocateur, prit le temps d'y tracer en soufflant un chemin qui descendait vers son ventre.

Ensuite seulement, elle regarda Sebastian droit dans ses yeux aux paupières alourdies, et se remit à jouer avec l'élastique de son caleçon. Puis, lentement, elle finit par faire glisser le sous-vêtement le long de ses jambes.

Ce petit jeu arracha à Sebastian un sourd grondement d'approbation.

Elle laissa échapper un gémissement de plaisir en sentant leurs peaux frotter l'une contre l'autre.

— Tu ne peux pas savoir comme c'est bon d'être près de toi, dit-il en appuyant son front au sien.

Elle prit son visage dans ses mains, savourant sous ses paumes le contact râpeux de sa barbe du matin.

— Je crois que je le sais, chuchota-t-elle, parce que je ressens la même chose contre toi.

Tout en prenant ses lèvres, Sebastian l'incita à écarter les genoux et s'insinua entre ses jambes, son sexe palpitant venant se nicher contre le sien, humide de désir.

Elle remua contre lui, faisant exploser un véritable feu d'artifice de sensations dans son corps.

Alors qu'elle s'étonnait d'être encore aussi réceptive après tout le plaisir qu'il lui avait déjà donné, il glissa une main entre ses jambes et entreprit d'agacer son clitoris… Ce qui eut pour effet de déclencher chez elle un orgasme instantané.

Elle en demeura haletante, un peu effrayée par ce pouvoir démesuré qu'il possédait sur ses sens.

Elle n'imaginait même pas qu'un autre la touche. Ce qui ne lui laissait guère de choix : soit elle parvenait à une entente avec Sebastian, soit elle passait seule le restant de ses jours…

Une deuxième vague de plaisir la balaya, lui ôtant toute faculté de réflexion. Les ondes la parcouraient délicieusement tandis qu'elle crispait les doigts autour du sexe dur de Sebastian et que la pièce résonnait de leurs gémissements mêlés.

Finalement, s'installant fermement entre ses cuisses, Sebastian la pénétra avec une provocante lenteur. Il s'introduisait en elle avec circonspection mais ne s'arrêta que lorsqu'il fut complètement en elle.

Elle ferma les yeux, se cambrant pour mieux l'absorber, et sentit son corps s'étirer voluptueusement. Nouant les jambes à sa taille, elle faillit pleurer de bonheur en savourant l'union totale de leurs êtres qu'elle avait tant souhaitée au cours de ses nuits esseulées.

Mais de quoi demain serait-il fait ?

Elle repoussa cette pensée glaçante, elle ne voulait pas gâcher cet instant si merveilleux.

A ce moment, Sebastian s'immobilisa.

Elle leva les yeux vers lui et le regretta aussitôt. Car ses yeux bleus brillaient de cette intensité sexuelle qu'elle ne connaissait que trop bien et qui la laissait molle comme une poupée de chiffon.

Il n'avait pas plus changé qu'elle, et comme une sotte elle le voulait toujours !

Elle enfouit le visage dans son cou et roula les hanches jusqu'à ce qu'il se joigne à son rythme.

Alors, sans faiblir, Sebastian la mena au bord du précipice. Là, il ralentit un peu l'allure, avant de se projeter brutalement en elle, déclenchant sa jouissance et ses cris, avant de la suivre dans une explosion de sensations.

Elle se laissa aller contre lui sans forces, cherchant l'air, ayant perdu toute notion du temps.

Ils restèrent longtemps ainsi enlacés, avant que Sebastian ne la soulève dans ses bras. Elle se détendit contre sa poitrine pendant qu'il l'emportait à l'étage, dans la chambre qu'ils avaient si longtemps partagée.

Il la déposa doucement sur le lit, s'allongea près d'elle et, lui tournant le dos, programma l'alarme du réveil.

Pour aller travailler ?

Elle se rappela soudain le coup reçu sur la tête et l'ordre du médecin de l'éveiller toutes les deux heures.

A cause de la succession d'événements qui s'étaient produits depuis, l'accident de voiture lui paraissait incroyablement éloigné. Pour tout dire, au cours des dernières heures, elle n'avait pas repensé un instant au choc douloureux subi par sa tête.

Elle regarda les ombres légères qui jouaient au plafond, dessinées par le clair de lune filtrant à travers les rideaux de dentelle.

Celles-ci se mouvaient, se métamorphosaient, fusionnaient, reflets de sa vie pleine de turbulences.

Tournant la tête sur l'oreiller, elle contempla le responsable du tumulte de ses pensées, endormi auprès d'elle.

Elle n'arrivait pas à chasser les doutes qui lui rongeaient l'esprit, menaçant de reprendre le peu de terrain que Sebastian et elle avaient reconquis aujourd'hui.

Elle posa une main sur son ventre, croyant voir leur enfant.

Elle voulait cet enfant, elle avait besoin de lui. Simplement, elle n'était pas certaine de savoir gérer la relation avec Sebastian, cet homme si complexe qui faisait renaître en elle un tourbillon d'émotions qu'elle croyait oubliées à jamais.

La sonnerie du téléphone tira brusquement Marianna du sommeil, et la réalité s'abattit sur elle, aussi vive que l'éclat du soleil matinal dont les rayons se glissaient à travers les stores.

Cherchait-on à leur communiquer des nouvelles de Kyle ?

Le téléphone continuait de sonner.

Elle tâtonna auprès d'elle dans l'idée de réveiller Sebastian, mais sa main ne rencontra que le vide.

Où était-il passé ? Avait-il quitté la maison ?

Elle roula sur elle-même pour saisir le téléphone, qui s'arrêta de sonner au même instant.

La lumière clignotante indiqua que quelqu'un avait pris l'appel quelque part dans la maison, et le système de présentation de nom indiquait qu'il provenait bien de la résidence Landis.

Sebastian n'avait donc pas quitté la maison.

Le soulagement envahit Marianna en même temps que l'inquiétude du sort de Kyle la tenaillait.

Quelles que soient les nouvelles, elle devait être au côté de Sebastian quand il les apprendrait.

Elle rejeta les couvertures et alla enfiler sa robe de chambre, dont elle serra la ceinture autour de sa taille tout en longeant le couloir pour gagner l'escalier. A ce moment, elle entendit la voix proche de Sebastian.

Elle tendit l'oreille, cherchant l'origine de la voix, et demeura ébahie en se rendant compte que celle-ci provenait…

De la chambre de Sophie.

Son cœur se serra à l'idée que Sebastian était entré dans cette pièce décorée de roses, de dentelles, et débordante de souvenirs. Elle n'en revenait pas. Il n'en avait plus franchi le seuil à l'instant où Sophie était sortie de leur vie !

Elle s'arrêta devant la porte ouverte, ses doigts de pieds nus se recroquevillant sur le parquet froid, et le découvrit assis dans le rocking-chair où ils avaient passé tant de nuits à bercer Sophie pour l'endormir.

— Oui, oui, faisait Sebastian dans l'appareil. Ce sont de bonnes nouvelles, Hank. Savez-vous quand Kyle pourra prendre contact avec nous ?

Le ciel soit loué, le frère de Sebastian était sain et sauf !

Elle dut s'appuyer au mur tant son soulagement fut grand.

N'étant pas encore prête à poser les yeux sur le décor de la chambre conçu avec tant d'amour, elle gardait le regard rivé sur Sebastian, mais c'était bien inutile, car tous les détails de la nursery restaient gravés dans sa mémoire, depuis les meubles en cerisier luisant jusqu'aux motifs jaunes et roses de la décoration. Même l'odeur de bébé de Sophie était demeurée dans son souvenir bien longtemps après que l'enfant eut quitté la pièce. Le parfum suave du lait de toilette, des crèmes et des poudres semblait s'être incrusté dans sa mémoire.

Ravalant la boule qui menaçait de lui obstruer la gorge, elle concentra son attention sur Sebastian qui acquiesçait machinalement de la tête aux propos de Hank Renshaw.

— Merci d'avoir appelé, dit-il. Surtout, que maman lui dise bien que je suis heureux qu'il n'ait rien perdu de ses aptitudes à creuser des tranchées !

Un demi-sourire joua sur ses lèvres, mais ses épaules demeuraient un peu voûtées.

— Bonne nuit, alors. Euh… Ou plutôt, bonne journée, rectifia-t-il.

Quand Sebastian eut raccroché, il laissa ses mains retomber sur ses genoux, et sa tête se renversa contre le dossier du fauteuil.

Elle faillit courir vers lui pour le réconforter, mais elle se ravisa en se rappelant comment il s'était figé quand elle l'avait serré dans ses bras dans la cuisine pour la même raison. Et tout de suite après, il avait eu des gestes à connotation sexuelle, comme pour éradiquer toute menace d'attendrissement.

Evidemment, elle ne pouvait pas le lui reprocher, alors qu'elle était plus que consentante. D'une certaine façon, même une relation sexuelle avait semblé préférable à un rejet total — une autre réaction dont elle avait fait les frais après le départ de Sophie.

Elle pouvait sans difficulté imaginer l'attitude de Sebastian si elle intervenait maintenant : il se raidirait, en homme viril, imperméable à des choses aussi ridicules que l'émotion ou le chagrin.

Il valait donc mieux lui laisser quelques instants, afin qu'il fasse le ménage dans son esprit sans être dérangé.

Cependant, au moment où elle reculait d'un pas, il se tourna vers elle.

— Ne pars pas, dit-il.

Pour une fois, son expression était restée ouverte, et il ne semblait pas se retrancher derrière ses défenses. Il ressemblait à un homme un peu las, et, pourtant, d'une certaine manière, il lui paraissait plus fort que jamais.

Après tout, quelque chose avait peut-être changé entre eux dans la cuisine ? Et si ce qu'elle recommençait à éprouver, il le ressentait aussi ?

Elle resta sur le seuil, légèrement méfiante.

— Je ne savais pas que tu avais remarqué ma présence.

— Je sais toujours quand tu entres dans une pièce.

La remarque la fit frémir.

Elle se força à pénétrer dans la pièce et foula le moelleux tapis jaune et rose.

— A ce que j'ai compris, dit-elle, Kyle est hors de danger.

— Oui. Il n'a même pas une égratignure, paraît-il. Apparemment, c'est un rebelle planqué dans la montagne qui a abattu l'avion. Tous les occupants ont survécu au crash, mais ils ont dû abandonner l'avion pour se dissimuler. C'est pourquoi les recherches ont pris plus de temps que prévu.

— Ces heures ont dû être horriblement longues pour Kyle.

— Je ne veux même pas y penser.

Rien d'étonnant à ça. Sebastian n'était pas du genre à s'appesantir sur le passé. Il s'interdisait de regarder en arrière et fonçait droit devant lui, comme si de rien n'était.

Elle caressa du bout des doigts la robe de baptême de Sophie, que la porte ouverte de l'armoire laissait apercevoir, et soudain la douleur lui revint, si aiguë, si fraîche, elle souhaita un instant que Sebastian partage avec elle un peu de son don d'amnésie sélective.

Il désigna des sacs provenant de boutiques de puériculture, déposés dans le berceau.

— Je vois que tu as fait des achats pour le bébé.

Elle regarda les sacs pleins de jolies choses roses et songea aux larmes versées sur ces achats.

Elle ne pouvait plus garder sa souffrance pour elle. Si Sebastian tenait à renouer le lien entre eux, il devrait l'accepter comme elle était, c'est-à-dire affrontant les événements, bons ou mauvais, sans détourner la tête. S'il voulait qu'ils réapprennent à s'aimer, il devrait changer d'attitude devant la vie.

Elle lâcha la robe baptismale pour se tourner vers Sebastian.

— Tu penses toujours à elle ? demanda-t-elle doucement.

- 10 -

Il sembla à Sebastian que la question de Marianna le déchirait.

Il n'avait pas besoin de lui demander de qui elle parlait. L'allusion à Sophie était claire, elle ramenait de façon si tangible la petite fille dans la nursery qu'il aurait juré l'entendre roucouler dans son berceau.

A grand-peine, il parvint à desserrer son étreinte sur les bras du fauteuil. Et il réussit aussi à juguler sa vive envie de mettre fin brutalement à la conversation.

S'il voulait vraiment arranger les choses avec Marianna, il ne devait pas répéter les mêmes erreurs. Il devait reconnaître que son refus de partager avec sa femme le chagrin de la perte de Sophie était à l'origine du fossé qui s'était creusé entre eux.

— Je pense *tout le temps* à Sophie, répondit-il d'une voix enrouée.

Les mots avaient eu du mal à franchir ses lèvres. Même en s'efforçant de l'oublier, ou du moins de ne plus prononcer son prénom dans sa tête, il n'arrêtait pas de se demander si elle était assez nourrie, assez entourée de chaleur, assez rassurée. Assez aimée.

Marianna s'approcha du berceau.

— A la fin de la semaine, c'est son premier anniversaire, dit-elle.

— Je sais.

Elle tendit la main vers un des sacs et en sortit une minuscule robe rose dont le col et l'ourlet étaient soulignés de marguerites brodées.

— Je suis allée faire ces courses pour elle il y a quelques jours, murmura-t-elle.

Elle arracha l'étiquette de la robe, la posa dans le berceau, et fouilla de nouveau dans le sac.

— Je sais qu'elle ne peut pas recevoir mes cadeaux, mais j'avais besoin de… Tu comprends, je ne pouvais pas laisser passer son anniversaire sans rien faire.

Elle sortit une poupée de tissu. Après avoir ôté l'étiquette, elle la laissa retomber dans le lit.

— Alors, je suis allée lui acheter des cadeaux.

Cette fois, elle serra contre son cœur un petit ensemble de bain rose orné de poissons jaunes, bleus et verts.

— Je vais donner le tout à une œuvre de bienfaisance.

— C'est un beau geste.

Entraîné par la générosité de Marianna, il songea qu'il pourrait faire en souvenir de Sophie une donation annuelle à une œuvre s'occupant d'enfants. Il n'était pas trop tard, et il commençait à s'en sentir le courage, ayant appris à ses dépens que, quels que soient ses efforts pour ne pas penser à elle, elle jaillissait toujours dans son esprit aux moments les plus inattendus.

— Qu'as-tu acheté d'autre ? s'enquit-il.

— Encore des vêtements. Des robes habillées, des tenues pratiques pour jouer au parc, des biberons et des chaussures. Et puis, *ça*.

Marianna sortit un ours en peluche du sac et le serra contre sa poitrine.

— Celui-là, je l'ai acheté dans ce magasin qui t'avait tellement plu, où ils rembourrent les peluches sous les yeux des clients. Tu te souviens ?

— Evidemment que je me souviens. Avant qu'ils ne les rembourrent, ils proposent d'introduire un petit cœur de tissu rouge dedans et de faire un souhait… C'est ce que tu as fait ?

Marianna ne répondit pas tout de suite. Elle caressa la douce fourrure du jouet, le regard lointain.

Une larme roula sur sa joue et tomba sur l'ours qu'elle serrait toujours dans ses bras.

— J'ai prié pour qu'elle soit en bonne santé et heureuse…

Il sentit sa poitrine prise dans un étau. Il avait du mal à respirer, à force de s'efforcer de consolider la digue qui le prémunirait contre les images du passé.

— Tu me tues, Marianna, dit-il enfin.

— Tu m'en vois désolée.

Elle reposa l'ours au fond du berceau.

— J'aurais dû ne rien dire. Je sais que tu ne supportes pas qu'on en parle.

— Non, ce n'est pas ça…

L'aveu lui coûtait énormément, mais il fallait bien qu'il finisse par reconnaître la vérité, même si elle devait encore une fois éloigner Marianna de lui.

— Ce qui me tue, c'est de n'avoir pas été là pour toi comme j'aurais dû l'être, quand on nous l'a prise.

Elle se retourna vers lui, stupéfaite.

— Mais tu souffrais aussi, même si tu ne le montrais pas !

Elle se montrait plus compréhensive qu'il ne l'avait supposé. En tout cas, plus compréhensive qu'il ne le méritait.

— Merci, dit-il. Merci pour ton pardon.

— Je sais que je devrais me contenter de me réjouir d'attendre ce bébé…

Marianna se tut un instant, ses mains caressant son ventre, avant d'ajouter :

— Et je suis sincèrement heureuse.

— Tous nos enfants tiennent une place égale dans notre cœur, dit-il.

Sa mère ne venait-elle pas de le lui dire, la veille à l'hôpital ?

Il avait alors compris en théorie ce qu'elle voulait dire, mais à présent ses paroles résonnaient beaucoup plus profondément en lui.

— Alors, tu comprends ? murmura Marianna d'une voix émue.

Elle lui tendit une main tremblante, mais dans ses yeux demeurait un fond de méfiance.

Il détestait qu'elle ait toutes les raisons de douter de lui, alors qu'il souhaitait juste lui rendre l'existence plus légère.

Lui prenant la main, il l'attira sur ses genoux et l'étreignit très fort.

Ils demeurèrent ainsi enlacés, il ne sut pas combien de temps, jusqu'à ce qu'il se rende compte qu'il fixait une photographie encadrée posée sur la commode.

Une photographie d'eux trois, Marianna, Sophie et lui, prise le jour du baptême du bébé.

Reconnaîtrait-il seulement sa fille s'il la croisait dans la rue ? Il aimait à le croire, mais rien n'était moins sûr. Les petits enfants changeaient si vite. En outre, le moment était venu d'accepter le fait que, même si elle les revoyait, Sophie ne les reconnaîtrait plus.

— Sebastian ?

Marianna referma ses bras sur sa taille.

— Tu sais, tu m'as souvent soutenue, parfois au cœur de la nuit, quand je n'arrivais pas à dormir.

— Je ne m'en souviens même plus ! Pour moi, cette époque baigne dans un brouillard de…

Il chercha le mot juste et ne trouva que « colère », ce qui ne le satisfaisait qu'à moitié.

Elle leva vers le sien un visage où les larmes silencieuses avaient laissé leur trace.

— Tu me tenais serrée contre toi, mais tu m'interdisais de te rendre la pareille… Mais ça va mieux, maintenant. Je sais qu'elle te manque à toi aussi, et je sais que cela t'effraie comme moi de penser à aimer un autre enfant.

Il effleura ses lèvres d'un baiser, les mains crispées aux bras du fauteuil pour résister à l'envie de se dégager de son étreinte parce que, pour une mystérieuse raison, elle prenait plaisir à leur déchirer le cœur.

Il se rendait compte à présent que le simple fait d'embrasser sa femme avait un charme qu'il n'avait pas vraiment apprécié avant de se voir ôter ce privilège.

Sa femme.

S'il n'avait jamais douté de réussir à la reconquérir, il était infiniment heureux de constater que leur relation s'améliorait beaucoup plus vite qu'il ne l'avait espéré, compte tenu de son obstination.

Plus tôt il aurait réuni sa famille et l'aurait prise sous sa protection, mieux ce serait pour eux tous.

Assise dans la voiture de Sebastian qui la conduisait à son agence, Marianna faisait avec effarement la liste des événements qui s'étaient produits depuis qu'ils étaient montés dans la Beemer, la veille au soir.

L'avion de Kyle abattu, et Kyle retrouvé sain et sauf.

L'accident de voiture, et le séjour à l'hôpital.

Le sexe toujours aussi passionné entre Sebastian et elle, et la renaissance de l'espoir qu'ils commencent vraiment, non pas à coucher ensemble, mais à *faire l'amour* l'un avec l'autre.

La façon dont Sebastian lui avait ouvert son cœur dans la nursery lui coupait encore le souffle et l'emplissait d'espérance.

Bien sûr, il ne s'était pas répandu en grandes phrases, ni n'avait manifesté un déluge d'émotions, mais ce qu'il avait partagé avec elle représentait un véritable trésor, venant de son si pudique mari.

Enfin, ex-mari…

Elle n'était pas tout à fait prête à envisager un remariage si tôt après leur divorce, mais pour la première fois elle n'éliminait pas non plus complètement cette possibilité. Il faudrait juste qu'il se montre patient et qu'il lui prouve qu'il avait vraiment changé.

Il se gara le long du trottoir, devant l'agence.

— Je passerai te prendre après le travail, dit-il. Je devrais finir à l'heure. Ce juge a la réputation de ne pas laisser les débats traîner en longueur.

Elle songea à lui demander quelle sorte d'affaire il traitait, mais le travail, que ce soit celui de Sebastian ou le sien, avait toujours été un sujet critique entre eux. Et elle ne voulait pas risquer de gâcher leur fragile trêve.

— J'apprécie que tu aies pris ta soirée, dit-elle avec prudence.

— J'essaie de consacrer moins de temps à mon métier, Marianna.

— Et j'attache un grand prix à tes efforts.

Elle baissa les yeux sur ses mains crispées l'une contre l'autre.

— J'ai remarqué que tu as allumé l'ordinateur cette nuit.

Sebastian n'hésita pas un instant.

— Je savais que je ne parviendrais pas à m'endormir tant que je n'aurais pas de nouvelles de Kyle, alors j'ai consulté mes comptes.

Rien de plus normal, et elle n'aurait pas prêté attention à ce comportement sans ces interminables heures qu'il avait passées devant l'ordinateur durant leur vie de couple. D'ailleurs, il avait fait tant de chemin vers elle dernièrement qu'il était grand temps de lui montrer qu'elle souhaitait le rencontrer à mi-parcours.

Elle prit son visage fraîchement rasé entre ses mains et se pencha pour l'embrasser. Elle respira le parfum de son après-rasage, sentit sur la langue le goût de son dentifrice, et savoura enfin avec délice le contact de ses lèvres sur les siennes, si familières, avec pourtant cette touche de nouveauté excitante

Sebastian posa une main sur son ventre, juste à l'endroit où le bébé était niché.

Elle aurait aimé s'abandonner à la chaleur de la caresse et savourer la sentimentalité du geste, mais elle n'arrivait pas à repousser définitivement ses doutes.

Et si, malgré les apparences, ils ne faisaient que répéter le passé ? Ils avaient déjà vécu un semblant de rémission pendant qu'ils attendaient d'adopter. Ils avaient plaqué des visages heureux sur de graves problèmes de couple, jusqu'à ce que ceux-ci saignent et s'infectent, laissant tant de cicatrices que tous deux finissaient par préférer taire leurs souffrances.

Elle mit fin à l'étreinte, s'efforçant de dissimuler son malaise.

— Nous allons nous faire inculper d'atteinte aux bonnes mœurs sur la voie publique si nous nous tenons ainsi, dit-elle en lui tapotant les lèvres. Mais je te promets que nous reprendrons dès que possible où nous en sommes restés. Ce soir, c'est moi qui te donnerai la becquée, complètement nue !

— Si je comprends bien, tu me proposes un rendez-vous amoureux, dit-il en lui adressant un clin d'œil.

Il descendit de la voiture, en fit le tour pour venir

lui ouvrir sa portière et posa un baiser sur son front avant de regagner sa place derrière le volant.

Etait-elle vraiment en train de regarder sa voiture s'éloigner comme l'adolescente éperdument amoureuse d'autrefois ? se demanda-t-elle quelques instants plus tard.

Et, de nouveau, l'incertitude s'abattit sur elle.

Elle redoutait que Sebastian ne tienne un rôle à cause du bébé, ainsi qu'il l'avait fait quand Sophie était entrée dans leur vie. Finirait-elle par se persuader un jour qu'il s'intéressait à elle pour elle-même ?

Allons, la confiance demandait du temps, elle le savait.

Se ressaisissant, elle se dirigea vers la porte d'entrée de l'agence.

En entrant dans le hall où des haut-parleurs diffusaient une musique aseptisée, elle nota d'un double coup d'œil sur la gauche la réceptionniste qui lui tendait son courrier, et à droite Ross qui l'attendait à la porte de son bureau.

Il lui fit signe.

— Viens, Marianna, j'ai à te parler.

— Tout de suite.

Elle prit son courrier des mains de la réceptionniste et se dirigea vers son bureau.

— Qu'y a-t-il ?

Ross la suivit pendant qu'elle gagnait son bureau et referma la porte derrière elle, les enfermant dans le décor chaleureux de son espace personnel, aménagé comme une sorte de havre de paix et complété par une vue apaisante sur l'océan.

— Tu n'envisages tout de même pas de renouer avec lui ? lâcha-t-il.

Elle le dévisagea, stupéfaite.

— Tu nous espionnais ? demanda-t-elle en jetant courrier et sac sur le bureau.

— Difficile de vous rater alors que vous vous donnez en spectacle devant la porte de l'immeuble, en plein jour !

Il se caressait la barbe, le visage contracté comme s'il cherchait ses mots.

— Je voulais juste m'assurer que tu allais bien, ajouta-t-il, comme pour s'excuser.

Elle sentit un picotement annonciateur de mauvaises nouvelles passer sur sa nuque.

L'entrevue ne ressemblait pas à une réunion de travail. Les soupçons de Sebastian auraient-ils contenu une part de vérité ?

— J'apprécie ton inquiétude, mais franchement, Ross, ça ne te regarde pas.

— J'aime à penser que notre relation va au-delà d'une simple relation professionnelle. Je te considère comme une amie, tu le sais.

Elle se détendit légèrement. Pourtant, même vis-à-vis de Ross, qui était tout de même son employeur, elle ne put contenir le fond de sa pensée.

— Moi aussi, je te considère comme un ami. Mais même des amis doivent se montrer circonspects quand ils donnent leur avis sur les relations sentimentales des autres.

Ross glissa ses pouces dans sa ceinture, geste qui eut pour effet d'écarter les pans de sa veste.

— Ecoute, c'est précisément le problème… J'ai

fait de mon mieux pour garder mes sentiments pour moi tant que tu étais encore avec lui. Courtiser les femmes mariées, ce n'est pas ma tasse de thé...

Cette fois, l'inquiétude la gagna totalement.

— Comme il se doit, riposta-t-elle, croisant aussitôt les bras sur sa poitrine dans un geste de protection que Ross devait comprendre s'il connaissait quelque chose au langage du corps.

L'instinct de Sebastian ne l'avait pas trompé ! Ross Ward éprouvait des sentiments pour elle, bien qu'il les ait soigneusement dissimulés jusqu'ici.

Comment avait-elle pu les ignorer, depuis le temps qu'ils travaillaient ensemble ?

Ross se rapprocha d'elle.

— Mais tu n'es plus mariée, désormais. Je pensais attendre que tu aies surmonté le stress du divorce, mais j'ai l'impression de ne peut-être pas disposer de beaucoup de temps.

Penser qu'il osait s'aventurer sur ce terrain alors qu'elle ne lui avait donné aucune raison d'espérer ! De plus, il l'avait vue embrasser Sebastian moins de cinq minutes plus tôt.

Par souci de professionnalisme, elle ravala son ressentiment, bien qu'elle soit furieuse contre lui.

— S'il te plaît, n'en dis pas plus.

Le contrôle de la conversation lui échappait aussi vite que ses pensées. Il fallait absolument qu'elle lui fasse comprendre qu'il n'avait aucune chance avec elle, et elle devait le faire vite, avant qu'il ne gâche définitivement leur relation de travail.

Ross secoua la tête.

— Je regretterai toute ma vie de ne pas avoir saisi l'occasion de te parler.

Il continuait de se rapprocher, et comme elle reculait, elle finit par se retrouver coincée contre un meuble.

— Il ne t'apprécie pas comme moi, poursuivit-il. Donne-moi la chance de te montrer à quel point je pourrais te rendre heureuse.

Joignant le geste à la parole, il l'attira à lui.

Elle plaqua les mains sur la poitrine de Ross pour le repousser, avant qu'il ne commette un acte qu'il risquerait de regretter ou qu'elle ne prononce des paroles définitives, car il lui devenait de plus en plus difficile de se contenir.

— Ross ! S'il te plaît, soyons raisonnables un instant…

A ce moment, la porte s'ouvrit, si grand qu'elle faillit la heurter.

Mais à quoi donc songeait la réceptionniste en laissant entrer des visiteurs à l'improviste ?

Elle repoussa Ross de plus belle, sans toutefois parvenir à l'ébranler.

La voix de Sebastian retentit dans la pièce, suivie du bruit de ses pas sur la moquette.

— Hé ! beauté, tu as oublié ton petit déj…

Par-dessus l'épaule de Ross, elle vit Sebastian entrer dans son champ de vision.

Tout d'abord, son regard s'écarquilla, puis il s'emplit de fureur quand il comprit ce qu'il se passait.

Elle se dégagea, cherchant quelque chose à dire d'un peu plus senti que le classique : « Ce n'est pas ce que tu crois. » Encore si bouleversée par l'agression de Ross qu'elle avait du mal à suivre les événements, elle saisit Sebastian par le bras.

— Conduisons-nous en adultes responsables…, commença-t-elle.

Sans quitter Ross des yeux, Sebastian secoua la tête.

Elle avait mal pour lui. C'était si affreux de voir ses pires soupçons confirmés d'une manière aussi éclatante.

— Si tu sors de cette pièce avec moi, insista-t-elle, nous parlerons. Je t'expliquerai.

Sebastian tourna vers elle un regard sombre.

— Expliquer ? Je ne pense pas que ce soit nécessaire. En revanche, je pense que ce serait une bonne idée que *tu* sortes de cette pièce.

— Ross, dit-elle, tentant de nouveau d'intercéder. Quitte mon bureau, s'il te plaît.

Loin d'obtempérer, Ross se rapprocha.

— Je ne te laisserai pas seule avec lui quand il est dans cet état.

Sebastian dégagea son bras et se tourna vers Ross.

— Oseriez-vous insinuer que je pourrais frapper Marianna ? C'est vous qui lui faites du mal en la harcelant sur son lieu de travail !

Elle s'interposa entre les deux hommes, certaine que ni l'un ni l'autre ne la toucherait.

— S'il vous plaît, pourriez-vous réprimer un instant vos instincts virils ?

Mais ils ne semblaient plus en état de l'écouter.

Avec une douceur en totale contradiction avec la fureur qui se lisait sur ses traits, Sebastian l'écarta. Puis il se retourna pour affronter Ross.

— Je ne dirai qu'une chose : laissez ma femme tranquille, sinon il vous en cuira !

Ross s'immobilisa, sans toutefois reculer.

— Marianna n'est plus votre femme !

— C'est là où vous faites erreur. Elle porte mon enfant.

Marianna aurait été tentée de rire devant la stupéfaction qui se répandit sur les traits de Ross, si elle n'avait été si en colère contre Sebastian qui adoptait un comportement de macho et se permettait de dévoiler sa grossesse sans lui demander son avis.

Qu'il ait raison au sujet des sentiments de Ross envers elle n'excusait pas qu'il ne lui accorde pas sa confiance à elle !

Ç'aurait été tellement mieux s'il lui avait simplement passé un bras autour de ses épaules en déclarant qu'ils travaillaient à régler leurs problèmes ! Mais, bien sûr, Sebastian ne pouvait pas changer d'un seul coup.

Elle ouvrait la bouche afin d'exiger des excuses de Ross pour avoir dépassé les bornes, mais elle se figea quand elle vit son ex-mari détendre le bras pour envoyer son poing dans la figure de son bientôt ex-employeur.

Sebastian eut envie de rire en voyant Ross retomber en arrière sur le sofa.

Enfin, presque. Sa rage était encore trop intense pour qu'il se laisse aller à la gaieté. Et songer qu'il avait eu raison depuis le début ne faisait qu'alimenter sa colère.

On pouvait dire que l'ignoble individu n'avait pas perdu de temps à faire des avances à Marianna !

Secouant sa main endolorie, il tourna les yeux vers Marianna pour s'assurer qu'elle n'était pas trop perturbée, quand il perçut un mouvement non loin de lui.

Trop tard. Ross Ward s'était déjà relevé et l'agrippait par la taille.

Violemment repoussé contre le mur, Sebastian heurta le Monet avec sa tête.

Dans un coin de sa conscience, il entendit des gens se rassembler sur le seuil de la porte, et Marianna leur crier d'arrêter.

Alors qu'il jetait un regard dans sa direction pour s'assurer qu'elle restait à distance prudente, Ward lui asséna un coup de poing dans la mâchoire.

Bon sang ! Ça faisait mal.

Sebastian ne put retenir sa fureur plus longtemps. Ramassant tout son corps, il envoya Ross valdinguer dans le fauteuil.

Toute combativité sembla alors déserter Ward, et il demeura immobile, l'œil vague.

— Tu… Tu attends un enfant ? bredouilla-t-il.

Marianna hocha la tête, lèvres pincées sur une colère non dissimulée.

— C'est exact. Je suis enceinte de deux mois.

Sebastian serra les poings.

Elle était en colère ? Eh bien, à son avis, si quelqu'un méritait d'être furieux, c'était bien lui. Ward avait posé ses sales pattes sur elle ! Rien que de la voir si près de l'autre lui faisait voir rouge.

Il gardait un œil sur Ward au cas où celui-ci déciderait de lancer une attaque-surprise.

Cependant, le souffle court, Ross se massait la joue. Il avisa les trois personnes debout à la porte : la réceptionniste et deux inconnus qui devaient être des clients.

— Vous êtes témoins de ce qu'il s'est passé ici, dit-il. Je vais porter plainte pour coups et blessures !

Sebastian s'approcha de lui, et le toisa de toute sa hauteur.

— Essayez un peu ! J'engagerai personnellement contre vous des poursuites. Même un étudiant en droit de première année verrait que votre comportement constitue un motif de plainte pour harcèlement sexuel sur un lieu de travail !

Les lèvres de Marianna se pincèrent un peu plus tandis qu'elle traversait la pièce pour fermer la porte au nez des témoins qui étaient restés bouche bée. Puis elle se retourna vers les deux hommes.

— Maintenant, vous aller arrêter tous les deux ! Je n'appartiens ni à l'un ni à l'autre.

Elle se tourna vers son employeur.

— J'ai l'intention de te parler, mais pas maintenant. Veux-tu, s'il te plaît, sortir pour que je m'entretienne avec le père de mon enfant ?

Comme Ross quittait la pièce, Sebastian ravala sa surprise.

Entendre Marianna reconnaître pour la première fois publiquement sa paternité le touchait au-delà de toute expression. Il ne se rappelait pas avoir été aussi ému depuis… Depuis qu'ils avaient ramené Sophie chez eux.

Cette pensée le terrassa mieux qu'aucun coup de poing de Ward n'aurait pu le faire. Sauf que cette fois il n'envisageait pas de repousser l'idée. Il avait envie de laisser les souvenirs heureux de sa fille flotter dans son esprit…

Mais Marianna vint se poser juste devant lui, mettant fin à cet instant de grâce.

— Tu avais raison, Sebastian. Ross avait bien des intentions sur moi. Je suis navrée de ne pas t'avoir écouté.

Il ne s'était pas du tout attendu à entendre ces mots de la bouche de Marianna.

— Bon. Nous sommes enfin sur la même longueur d'onde. Veux-tu que je me procure des cartons, ou trouveras-tu ce qu'il faut ici pour emballer tes affaires ?

Elle lui tapota le bras, cherchant visiblement à se montrer conciliante.

— Voilà que tu prends encore les choses en main ! Si je décide de démissionner, je déménagerai moi-même mon bureau.

Comment ça, « si » ?

Une bouffée de colère le souleva, adressée cette fois à Marianna.

— Qu'est-ce que tu racontes ? s'exclama-t-il. Il n'y a plus d'ambiguïté, il me semble ! J'ai vu de mes yeux vu ton patron poser ses sales pattes sur toi, non ?

Elle lissa sa cravate et resserra le nœud mis à mal lors de leur empoignade.

— Tu sembles oublier l'essentiel… Tu n'as

absolument aucune raison d'être jaloux, dit-elle doucement.

Il la prit par les poignets.

— Ce type veut coucher avec toi. Ça me paraît une raison suffisante pour se mettre en colère !

— Il y a quantité de femmes en dehors de cette pièce qui ont envie de coucher avec toi. Est-ce que je dois leur arracher les cheveux pour ça ? Bien sûr que non.

Elle libéra ses mains, et les quelques centimètres qui les séparaient parurent soudain un fossé infranchissable.

— J'ai besoin que tu m'accordes ta confiance, Sebastian. Que tu sois persuadé que je vais prendre la meilleure décision dans les circonstances actuelles. Je ne suis plus une adolescente qui manque d'assurance, je peux me débrouiller toute seule.

Il savait qu'il aurait dû faire appel à cet instant à cet esprit logique dont il était si fier. Sauf qu'il se sentait tout sauf logique auprès de Marianna.

— On a vu ce que ça donnait ! Ecoute, ce n'est pas comme si nous étions à court d'argent. Je peux très bien demander à ma banque de verser une somme d'argent sur ton compte dès cet après-midi.

— Ne t'avise pas de faire ça, Sebastian ! jeta-t-elle.

Sa poitrine se soulevait et s'abaissait à un rythme de plus en plus rapide, trahissant son émotion.

— Rien n'a changé, n'est-ce pas ? Dans ce cas, je ne vois pas comment nous pourrions revenir sur notre décision de divorcer !

Ces dernières paroles s'infiltrèrent peu à peu dans

son cerveau, et il n'aima pas du tout ce qu'elles impliquaient.

— Tu veux dire que nous allons baisser les bras ? Que c'est inutile d'essayer, même pour le bien de l'enfant ?

— Je dis que, pour le bien de l'enfant, nous devons trouver le moyen de communiquer *sans nous déchirer* !

Malgré ses lèvres qui tremblaient, Marianna semblait bien décidée à camper sur ses positions.

— Et si ça signifie que nous devons définitivement nous séparer, termina-t-elle, eh bien, nous nous séparerons.

Tous ses beaux discours sur son envie de faire l'amour, ce n'étaient donc que ça, des discours ?

— Tu vas accepter le poste à Washington, c'est ça ?

— Pour l'amour du ciel, Sebastian ! Quand comprendras-tu qu'il ne s'agit ni de carrière ni d'argent ?

Dans sa colère, et sa frustration de ne pas arriver à se faire comprendre, Marianna s'était mise à taper du pied.

— Je me fiche pas mal de ton compte en banque ! Ce que je ne supporte pas, ce sont tes tentatives pour me manipuler afin que j'abonde dans ton sens. Et je ne supporte pas non plus ton total manque de confiance en moi, par exemple, pour gérer ce qui est arrivé aujourd'hui.

— N'as-tu jamais pensé que tu n'avais pas non plus confiance en moi ?

La remarque la coupa net dans sa colère, et il vit

une lueur de culpabilité s'allumer dans son regard. Elle ne chercha même pas à nier l'évidence.

Il garda ses mains dans ses poches, cherchant à rassembler les bribes de son légendaire sang-froid. Il n'était pas du genre à s'énerver contre une femme, encore moins contre une femme enceinte, qu'il aimait, de surcroît.

Qu'il *aimait* ?

Eh bien, oui. Il avait tout de suite aimé Marianna, dès leur adolescence. Et pourtant, ils en arrivaient toujours au même point.

Toutefois, cette constatation ne l'arrêta pas. Il tenait à ce qu'elle le comprenne, dans la situation actuelle. Il voulait absolument qu'elle reconnaisse le bien-fondé des soupçons qui avaient été la cause principale de leurs disputes.

— J'avais raison au sujet de Ward, dit-il. Depuis le début, il avait des vues sur toi.

Les yeux de Marianna s'emplirent de larmes qu'elle essuya d'un revers de la main.

— Bien sûr que tu avais raison ! Tu as toujours raison, et moi, je ne suis qu'une boule d'émotions attendant d'exploser ! J'en ai assez que tu refuses de me considérer comme une femme adulte, capable entre autres de repousser les avances d'un homme épris de moi.

— J'ai pu constater que tu te débrouillais très bien avec ce salaud quand je suis arrivé.

S'il espérait la blesser, et peut-être l'espérait-il, il avait très bien réussi. Elle blêmit et ses lèvres se pincèrent.

— Sors, Sebastian.

Elle lui tourna le dos, et la raideur de son maintien indiqua clairement qu'elle refusait d'ajouter un mot, que c'en était fini de la discussion. Fini d'eux.

Mais comme il ne bougeait pas, elle cria encore :

— Va-t'en, pour l'amour du ciel !

- 11 -

La porte du bureau se referma avec une sonorité définitive que Marianna ressentit jusqu'au plus profond d'elle-même.

A bout de forces, elle se laissa tomber sur le canapé.

Malgré la tranquillité retrouvée, avec juste le tic-tac de l'horloge ancienne pour lui tenir compagnie, elle n'arrivait pas à reprendre son calme, et des éclats de voix continuaient de résonner à ses oreilles. Ceux de la lutte qui avait opposé Sebastian à Ross, ceux de sa dispute avec Sebastian…

Comment la situation avait-elle pu dégénérer à ce point ?

Son cœur se serra quand elle repensa à la lueur d'espoir entrevue peu avant, lorsqu'elle avait supposé, parce que Sebastian arrivait à parler de Sophie, que tout allait miraculeusement s'arranger.

Quel long chemin, pour parvenir à ce stade triste et confus de leur relation… Elle avait été folle de croire que des années de problèmes conjugaux pouvaient être résolues en quelques jours. Seigneur ! C'était trop douloureux d'aimer un homme si tranquillement certain de son bon droit.

L'espace d'un instant, elle avait songé à courir

derrière Sebastian, à le rattraper avant qu'il ne quitte le parking. Mais à quoi bon ? Elle ne savait même pas par où commencer pour essayer d'éclaircir la situation.

Une seule chose était certaine : elle devait donner sa démission.

Ce que Sebastian souhaitait depuis le début…

Aurait-il volontairement laissé la situation lui échapper en frappant Ross, sachant que ça ne lui laisserait d'autre choix à elle que de démissionner ? Etait-il possible qu'il se révèle à ce point manipulateur ?

Pourquoi pas ? Il avait bien essayé de l'influencer en lui proposant de l'argent pour qu'elle arrête de travailler.

Il fallait bien reconnaître que, à partir du moment où Sebastian avait eu vent de sa grossesse, il l'avait poussée à quitter son travail.

Oh ! Comme elle détestait ce soupçon insidieux, qu'il puisse se montrer aussi calculateur pour parvenir à ses fins…

Elle regarda autour d'elle et dit adieu à ce pan de sa vie — qui, étrangement, ne lui paraissait plus aussi important au regard de ce qu'elle risquait de perdre également.

Sebastian. La possibilité d'un avenir avec lui.

Résignée à affronter une entrevue avec Ross, elle se leva. Ignorant les regards curieux, elle traversa le hall pour gagner le bureau décoré de tons raffinés de bleu et argent de son employeur.

Après avoir frappé, elle entra, prenant bien soin

de laisser la porte grande ouverte derrière elle et s'arrêtant à bonne distance du bureau.

Ross était au téléphone. Il la mesura du regard pendant qu'il mettait fin à sa conversation.

Du massif bureau d'acajou aux sévères tableaux suspendus au-dessus du canapé, en passant par les pierres sombres ornant la fontaine d'ambiance, tout dans son espace dénotait cette virilité assumée qui lui avait valu tant de récompenses pour ses designs.

Elle se demanda soudain ce que sa propre réussite devait aux occasions qu'il lui avait offertes, sans doute poussé par l'envie de s'insinuer dans ses bonnes grâces.

Elle ne le saurait jamais exactement, mais c'était une raison de plus pour cesser de travailler avec lui. Elle se devait de tester ses propres forces, de faire évaluer ses mérites sans l'influence d'un mentor.

Après avoir reposé le combiné sur son socle, Ross se renversa dans son fauteuil, qui émit un grincement sinistre.

Sa mâchoire arborait encore la trace du coup de poing porté par Sebastian. Il regarda la porte ouverte sur le hall, puis elle.

— Que puis-je pour toi, Marianna ?

Avec l'impression que son cœur tambourinait dans ses oreilles, elle se lança.

— Je voulais te dire que j'apprécie les occasions de me faire connaître que tu m'as offertes, et que j'ai toujours admiré ton talent. Mais après ce qu'il s'est passé, je ne peux plus travailler avec toi.

Il se pencha en avant, arrachant un nouveau gémissement à son fauteuil.

— Je t'en prie, Marianna, prends un siège. Je voudrais t'expliquer…

La colère la reprit au souvenir de la façon dont il l'avait littéralement acculée, tout à l'heure, et un sentiment de loyauté vis-à-vis de Sebastian la força à l'interrompre.

— Je ne resterai pas assez longtemps pour m'asseoir. Je suis juste venue te dire que je vais t'envoyer ma lettre de démission cet après-midi.

Ross esquissa le geste de se lever, ce que voyant, elle recula d'un pas vers la porte. Il se laissa alors retomber sur son siège.

— Je t'ai dit que je ne me serais jamais permis un geste tant que tu étais mariée, et c'était parfaitement exact. Si toi et lui reprenez la vie commune, je ne peux pas dire que je m'en réjouirai, mais je n'interférerai pas.

Il semblait sincère, et à ce moment, elle éprouva un élan de sympathie envers lui.

Elle savait combien il était douloureux d'éprouver des sentiments pour quelqu'un qui ne vous les rendait pas. En même temps, elle ne pouvait laisser sa compassion entrer en ligne de compte dans sa décision.

Elle réprima l'envie de lui reprocher le chaos qu'il avait introduit dans sa vie. De ne pas l'avoir écoutée quand elle lui demandait de s'arrêter.

A quoi cela servirait-il ? Mieux valait une rupture nette. Et cela, indépendamment de la tournure que prendrait sa relation avec le père de son enfant.

— Sebastian ne supporte pas que je travaille ici, et je dois respecter ses sentiments. Pour le bien de notre enfant, lui et moi devons trouver un terrain d'entente.

— Vous êtes donc réellement de nouveau ensemble ?

L'étaient-ils ? Rien n'était moins sûr. Elle ne voyait toujours pas comment ils arriveraient à construire un avenir commun. Tant de choses les séparaient…

Et pourtant, elle sentit brusquement une impression de paix l'envahir pendant qu'elle menait sa propre bataille. Elle avait soudain l'impression d'être assez forte pour faire valoir son point de vue et prendre les décisions difficiles qui s'imposaient pour elle et pour son enfant.

— Franchement, je ne sais pas, Ross. Je sais seulement que je ne suis pas disponible pour toi.

Sur ces mots, elle tourna les talons et sortit, tête haute.

Sans baisser les yeux, elle passa au milieu des gens qui s'efforçaient à présent de ne pas la regarder avec trop d'insistance. Elle regagna son bureau afin d'appeler un taxi, se félicitant de sa force et heureuse de sa certitude que tout irait bien.

Les gens la respectaient, ainsi que son travail. Et que Ross se soit mal conduit envers elle n'y changerait rien.

S'emparant du téléphone, elle appela le numéro enregistré qu'elle utilisait pour appeler des taxis pour ses clients. Mais alors qu'elle attendait qu'on décroche, une tache claire attira son attention.

Il s'agissait d'un petit sac posé sur une chaise.

Etait-il là à son arrivée ? Elle n'en savait rien.

Elle coupa l'appel, reposa le téléphone et alla

chercher l'objet. Le logo imprimé dessus lui dévoila une partie du mystère : le sac provenait de l'épicerie fine où Sebastian lui avait acheté les pots de pâtes à tartiner. Et elle se souvint que, en pénétrant dans son bureau, il avait fait allusion au fait qu'elle n'avait pas pris de petit déjeuner. Il avait dû lui confectionner une collation pendant qu'elle se dépêchait de se préparer pour aller travailler.

Les choses auraient pu se passer si différemment si elle avait été seule dans son bureau… Mais elle savait aussi que ç'aurait été seulement repousser l'inévitable. A un moment ou à un autre, forcément, la confrontation aurait eu lieu.

Elle ouvrit le sac et en examina le contenu.

Il y avait un petit pain à la cannelle et un pot de beurre de cacahuètes aux épices. Et, au fond du sac, une carte de visite de Sebastian au dos de laquelle il avait griffonné un petit mot.

« Je t'aime. S. »

Elle caressa du pouce le petit morceau de carton.

Il l'aimait.

Il lui sembla qu'une éternité s'était écoulée depuis qu'il avait employé ce mot pour la dernière fois. Cherchait-il à se rattraper pour ne pas le lui avoir dit la veille ?

Bien sûr, elle ne lui avait pas non avoué son amour, elle y avait juste fait allusion.

Le sac semblait de plus en plus lourd dans sa main, et sa signification pesait sur sa conscience, tandis qu'elle pensait à d'autres attentions qu'il avait eues pour elle et qu'elle avait mises au compte de son esprit calculateur.

Et si, peut-être — oh ! juste peut-être —, elles étaient à mettre au compte de la tendresse et non de la manipulation ?

Elle réfléchit à cette éventualité.

Sebastian disait souvent que son métier d'avocat l'amenait à avoir des contacts avec des gens malhonnêtes. A force, ça devait sûrement altérer sa faculté de faire confiance aux discours. A ses yeux, les actes comptaient plus que les paroles…

Non, ce n'était pas stupide d'envisager que son ex-époux, si réservé, ait essayé de lui montrer un amour qu'il n'arrivait pas à formuler.

Elle ignorait comment s'y prendre pour l'amener à sortir de sa coquille, ni comment ils s'y retrouveraient dans le gâchis qu'était devenu leur amour, mais une chose était certaine : elle ne renoncerait pas alors qu'il existait peut-être une chance que Sebastian veuille bien sauver ce qu'il leur restait.

D'un geste décidé, elle enfouit le sac dans son fourre-tout, dont elle passa la bandoulière sur son épaule.

A présent, il lui fallait juste trouver dans quelle salle du tribunal Sebastian exerçait et découvrir le moyen de lui présenter sa propre affaire d'une manière qui clouerait le bec au meilleur avocat de Caroline du Sud.

Marianna était assise au fond d'une salle d'audience du palais de justice, débordante d'un regain d'énergie dû davantage à sa nouvelle détermination qu'au petit pain qu'elle avait grignoté en cours de route.

Sebastian se leva de son siège et boutonna la veste du costume gris anthracite qu'elle avait choisi pour lui.

Comme elle avait effectué l'achat une semaine avant leur séparation, elle n'avait pas eu l'occasion de le lui voir porter avant aujourd'hui. La veste épousait ses épaules athlétiques encore plus parfaitement qu'elle ne l'avait espéré. Et ses doigts la démangèrent quand elle se rappela sa texture soyeuse…

Sans paraître l'avoir remarquée, Sebastian se mit à interroger l'autre partie, toute son attention concentrée sur l'affaire, qui opposait une mère et son enfant à un père violent.

A en juger par l'aspect de la pauvre femme, il semblait évident qu'il la défendait à titre gracieux, et en voyant une lueur d'espoir éclairer le regard de la jeune mère, Marianna approuva vivement le choix de Sebastian et l'en admira d'autant plus.

Sebastian ne relâchait pas sa prise sur le père, un homme grand et corpulent qui s'efforçait de répondre à ses questions habiles sans se compromettre. Peu à peu, pourtant, l'homme perdait pied, et, à travers ses réponses, la vérité se faisait jour. Malgré lui, il finit par reconnaître involontairement les faits, chaque aveu aggravant son cas.

Connaître la réputation d'avocat talentueux de Sebastian n'avait pas préparé Marianna au choc de voir celui-ci en action. Il déversait toute son énergie dans son combat pour un enfant qui ne pouvait se défendre tout seul.

Assise au bord de son siège, elle se laissa griser par le pouvoir de la voix de Sebastian qui emplissait la salle, suivant avec fascination la brillante démonstration des talents d'avocat de l'homme qu'elle ne voyait que dans la sphère privée.

Dans une illumination, elle comprit qu'il n'avait pas du tout évité ses sentiments concernant Sophie. Tout au contraire, il s'appuyait sur la souffrance de sa perte pour défendre cet enfant. Et elle eut la certitude qu'il défendait tous ses clients avec la même intensité.

Il était devenu le genre d'avocat qu'il affirmait vouloir être autrefois, quand ils rêvaient tous deux à leur avenir.

Mais peut-être n'imaginait-il pas alors la somme d'énergie et de volonté qu'il devrait fournir dans les salles d'un palais de justice. Au vu de sa combativité, quoi d'étonnant à ce qu'il veuille la paix à la maison ?

Il lui semblait comprendre de mieux en mieux Sebastian, en même temps qu'elle voyait mieux comment s'intégrer à son existence.

Elle devrait peut-être se présenter à la cour, devenir partie prenante de son univers au lieu d'attendre perpétuellement qu'il soit une part du sien ?

Elle n'avait pas eu tort de penser qu'il faudrait du temps avant qu'ils s'accordent une mutuelle confiance. Mais maintenant qu'elle avait eu ces aperçus éblouissants d'un homme dont elle était tombée amoureuse dès l'abord, elle ferait tout ce qu'il faudrait, aussi longtemps qu'il le faudrait, pour obtenir sa confiance.

Sebastian avait eu conscience de la présence de Marianna à l'instant où celle-ci avait pénétré dans la salle du tribunal. Même en lui tournant le dos, il savait de façon irréfutable quand elle se trouvait dans les parages. Et s'il ne s'était pas laissé distraire durant sa plaidoirie, il n'en avait pas moins compté les minutes jusqu'à la pause du déjeuner.

Sa montre marquait midi quand le juge, ponctuel comme à son habitude, abaissa son marteau, mettant fin à la séance.

Sebastian prit quelques minutes pour rassurer sa cliente avant de se tourner vers le fond de la salle et d'emprunter l'allée pour rejoindre Marianna qui l'attendait, sans bouger, assise au dernier rang.

Son poing était encore douloureux, et les reproches de Marianna lui résonnaient encore dans les oreilles.

Etait-elle venue achever de libérer sa colère contre lui ?

Certes, il avait perdu son sang-froid devant Ward, mais il ne regrettait pas son geste. De son point de vue, il avait protégé sa femme et son enfant.

Il devait garder conscience que même s'il avait raison au sujet de Ward, Marianna avait passé une journée épouvantable. Lui, il savait depuis le début que Ward avait des vues sur elle, mais elle était tombée des nues quand son employeur s'était démasqué. Elle s'était sentie trahie, et par-dessus le marché elle avait été malmenée.

Il avait pensé être en droit de passer sa colère sur l'employeur de Marianna, mais peut-être aurait-il dû offrir un peu de réconfort à cette dernière.

Le remords le saisit. Il crut voir sa mère agiter son index soigneusement manucuré dans sa direction, lui reprochant de ne pas prendre le temps de s'occuper de Marianna ou de sa famille.

Il s'arrêta au milieu de l'allée.

Alors, Marianna lui sourit.

Il ne savait pas très bien s'il avait mérité une telle indulgence, mais à coup sûr elle lui offrait un sursis — sursis dont il avait bien l'intention de profiter à fond.

D'un geste, elle lui faisait signe d'approcher.

— Sebastian, murmura-t-elle quand il fut près d'elle, trouve un placard à balais ou une salle de conférence vide, je t'en prie.

Il ne se le ferait certainement pas dire deux fois !

Même s'il n'avait pas toujours trouvé évident d'être le mari d'une femme au tempérament fougueux, il avait toujours apprécié cet aspect de la personnalité de Marianna : si elle pouvait tenir bon dans une querelle, elle ne renonçait jamais non plus quand elle était d'humeur sensuelle.

La prenant par le coude, il la guida vers la salle de conférence où il l'avait portée quelques jours plus tôt, quand elle s'était évanouie après que leur divorce avait été prononcé.

Une fois à l'intérieur, Marianna le plaqua contre la porte et se souleva sur la pointe des pieds pour l'embrasser avant qu'il ait eu la latitude de seulement lui dire bonjour.

Ce n'était sûrement pas lui qui se plaindrait d'un tel accueil, qui valait toutes les politesses du monde !

Il répondit avec empressement à son baiser, et seule l'absence de clé sur la porte le dissuada de la coucher sur la banquette du fond.

Seigneur ! Depuis neuf ans, cette femme le rendait fou, et ça semblait loin d'être fini. Quoi qu'il se passe entre eux, leur attirance physique restait volcanique.

— J'ai donné ma démission à Ross juste après ton départ, murmura-t-elle contre ses lèvres.

Lui qui s'imaginait que ses baisers la foudroyaient, il en était pour ses frais !

Il la dévisagea, s'efforçant de cerner la moindre nuance de son humeur.

— A cause de mon geste ?

— J'aurais dû t'écouter quand tu me faisais part de tes soupçons à son sujet, dit Marianna tout en jouant amoureusement avec les cheveux de sa nuque. Et j'ai démissionné parce que c'était la seule solution. Je ne peux plus travailler avec lui après ce qu'il s'est passé.

— Que comptes-tu faire maintenant ?

La tension creusa des rides au coin de ses yeux et ternit l'éclat de son regard.

— J'espère que tu ne plaisantais pas en offrant de garnir mon compte en banque…

Il demeura un instant silencieux, cherchant la meilleure réponse possible.

Il avait été si préoccupé de gagner qu'il en avait oublié les bienfaits du compromis. Les meilleurs avocats savaient que certaines affaires appellent des négociations. Marianna venait de faire une énorme concession en donnant son préavis à Ward. L'heure était venue de lui rendre la pareille. La garder dans sa vie était trop important pour qu'il gâche tout.

— Et si je remplissais ton réfrigérateur de douceurs à la place ?

Le sourire de Marianna lui procura la plus belle récompense dont il puisse rêver.

— Merci.

Il prit tendrement son visage dans ses mains.

— Je te prie de m'excuser d'avoir fait un scandale sur ton lieu de travail.

Il avait toujours respecté le travail de Marianna, admirant la beauté qu'elle apportait à tout ce qu'elle touchait. Et il n'avait pas l'intention de ruiner une carrière qui comptait tant à ses yeux. A présent qu'il avait repris ses esprits, il espérait sincèrement qu'il n'avait pas compromis son avenir professionnel.

Elle s'immobilisa contre lui, ses yeux grands ouverts, et si fixes qu'il finit par s'inquiéter.

— Marianna ? Quelque chose ne va pas ?

Elle secoua lentement la tête.

— Tout va bien, mais… Est-ce que tu te rends compte que c'est la première fois que tu t'excuses auprès de moi ?

Qu'est-ce qu'elle racontait ?

— Ce n'est pas possible que tu dises ça. J'ai essayé de me faire pardonner plus souvent qu'à mon tour !

— Je le comprends maintenant. Seulement, je dois avouer, monsieur l'avocat, que c'est parfois plus facile de comprendre avec des mots.

— Ça se tient, je suppose. Tu as toujours aimé les interminables discussions…

Et soudain, il eut une illumination.

Marianna avait besoin d'entendre certaines paroles quand il s'agissait d'excuses. Elle voulait plus que des signes de son amour. Elle voulait l'entendre prononcer les mots.

Lui qui passait son temps à discourir, comment avait-il pu rater si bêtement le coche concernant ce à quoi il tenait comme à la prunelle de ses yeux ?

— Je t'aime, Marianna. Je ne t'aime pas seulement parce que tu es la mère de mes enfants, c'est-à-dire de Sophie, du bébé, et de ceux que nous aurons ou adopterons. Je t'aime parce que tu m'as poussé dans mes derniers retranchements, et Dieu sait si j'ai la réputation d'aimer relever les défis !

Puis, comme il était malgré tout un homme d'action, il éprouva le besoin de cimenter sa déclaration par un baiser.

Marianna blottit son doux corps contre lui.

Le besoin de faire l'amour pour sceller leur accord le dévorait intérieurement, et il comptait bien s'abandonner à ses pulsions à la minute où il l'aurait raccompagnée à la maison.

Marianna recula, laissant ses doigts enlacés aux siens jusqu'à la dernière seconde. Puis, les mains sur les hanches, elle se campa sur ses adorables escarpins roses.

— Moi aussi, je t'aime, Sebastian Landis. J'aime ton corps si sexy quand il se frotte au mien. J'aime ton esprit brillant quand il me provoque. J'aime ton âme attentionnée, qui m'attendrit en me fournissant de beurre de cacahuètes. Je t'aime inconditionnellement, et pour toujours.

Il sentit une vague d'amour salvateur l'envelopper, chassant les dernières ombres du vieux cauchemar.

— Que crois-tu qui va nous arriver maintenant ? demanda-t-il d'une voix légèrement enrouée.

Elle se mordit la lèvre.

Détestant la voir hésiter à formuler ses vœux, il glissa un bras autour de sa taille pour la serrer contre lui.

Marianna lissa les revers de sa veste.

— J'aimerais que nous prenions le temps de nous redécouvrir, dit-elle enfin.

Au lieu d'assimiler la phrase à une critique du fait qu'il ne lui avait pas consacré assez de temps, il entendit le désir de Marianna que tous deux fassent l'effort de se reconquérir.

— Je vois. Tu veux des rendez-vous amoureux, c'est ça ?

— A vrai dire, nous avons sauté cette étape quand nous nous sommes rencontrés.

C'était certain. Leur rencontre s'était passée à cent à l'heure, et leur passage devant l'autel n'avait pas échappé à la règle. Cette précipitation n'avait-elle pas procuré à Marianna un sentiment d'insécurité, sentiment qui l'avait poursuivie tout le temps de leur union ?

Il devait absolument réparer cette erreur, parce qu'une chose était certaine : il aurait de toute façon emmené cette délicieuse jeune femme à l'autel, enceinte ou pas.

Il lui caressa la joue.

— Et si nous nous y mettions à l'instant où le juge déclarera la journée terminée ? Je n'aurai pas de dossiers à étudier tardivement, car, ce soir, je sors avec une femme exceptionnelle qui raffole des soupers fins.

Les yeux bruns de Marianna étincelèrent d'une promesse chargée de sensualité.

— Une chance pour toi ! Je viens d'acheter une paire de chaussures que j'adorerais te présenter pour notre premier rendez-vous.

Epilogue

Huit mois et demi plus tard

Marianna accueillait toujours avec le plus grand plaisir l'occasion d'étrenner une nouvelle paire de chaussures, et l'événement prévu ce jour-là lui avait fourni une excellente raison de courir les magasins.

Cherchant Sebastian des yeux au milieu des invités, elle se faufila entre les groupes de proches et d'amis réunis autour de la piscine de la propriété des Landis, des verres de cocktail à la main.

Des pétales de rose flottaient à la surface de l'eau, et des projecteurs y faisaient chatoyer des prismes de couleur.

Tandis qu'elle foulait le carrelage vernissé, elle jeta un coup d'œil satisfait à ses chaussures de grande marque à talons crème, qui découvraient les orteils.

Cet achat lui avait été largement remboursé au cours de la journée par les regards brûlants de Sebastian. Et sa robe de soie grège soulignait ses nouvelles formes et caressait légèrement son mollet à chaque pas.

Si les derniers mois n'avaient pas toujours été faciles, Sebastian et elle tombaient entièrement d'accord pour dire que le temps passé à refaire connaissance était le meilleur investissement qu'ils aient fait de leur vie. Evidemment, Sebastian serait toujours un homme occupé et directif, mais elle ne doutait plus de sa capacité à lui tenir tête et à faire valoir son point de vue à l'occasion. Elle avait appris à se montrer plus raisonnable, et lui à écouter son cœur. Ce qui leur avait permis enfin de se rapprocher.

Cependant, la fête d'aujourd'hui n'avait pas été organisée en leur honneur, mais en celui d'un petit personnage qui les touchait de près.

Cet après-midi, ils célébraient le baptême d'Edward Landis, trois kilos sept cents grammes à la naissance — davantage, bien sûr, maintenant qu'il atteignait ses six semaines — et le plus beau bébé du monde à ses yeux.

Elle chercha son fils du regard, impatiente de contempler son cher petit visage dont elle ne se rassasiait pas.

Elle le découvrit qui dormait dans les bras de sa grand-mère tout en produisant de délicieux petits bruits.

Ginger, qui tenait salon à une table, avait pris soin de protéger son petit-fils tout neuf des ardeurs du soleil grâce à un parasol. Il portait la longue robe traditionnelle brodée que Sophie avait étrennée et qui, Marianna l'espérait, n'était pas au bout de sa carrière.

Une main chaude se posa sur sa taille, la ramenant au moment présent.

Elle n'avait pas besoin de se retourner pour savoir

de qui il s'agissait. Elle connaissait intimement le contact de ces doigts-là.

Sebastian l'entoura de son bras afin de mieux l'attirer contre lui, le dos plaqué contre son torse.

— Maman et toi savez organiser les réceptions, lui glissa-t-il à l'oreille.

Elle frissonna d'excitation en sentant son haleine dans son cou, et le grondement sourd de sa voix lui donna la chair de poule, lui rappelant si besoin était à quel point ils étaient devenus proches ces derniers temps.

Ils n'avaient toutefois pas abordé la question du mariage, et elle savait gré à Sebastian de la patience dont il faisait preuve en lui laissant le temps nécessaire pour dissiper ses peurs. Grâce à ce délai, elle sentait certains nœuds d'angoisse se dénouer en elle, et elle envisageait avec plus de sérénité de prononcer de nouveau ses vœux.

Elle pencha la tête pour le regarder.

Les traits anguleux de son visage, qui pouvaient être si intimidants lorsqu'il officiait devant une cour, étaient à présent adoucis par un bonheur évident.

— Je dois te féliciter pour avoir participé à la constitution du menu pour la première fois depuis que je te connais, répliqua-t-elle.

— Mmm… Je ne pensais pas que te procurer une liste des douceurs en vente dans ma boutique préférée constituait une participation au menu !

— J'ai trouvé ça très romantique.

Il posa vivement un doigt sur ses lèvres.

— Veux-tu bien te taire !

Prestement, il l'entraîna à l'écart des invités, dans

l'espace clos de la pergola croulant sous des roses, où le parfum des fleurs épanouies se mêla à l'odeur de la brise marine.

— Bon sang, Marianna, ne va pas dire des choses comme ça devant mes frères ! Ils n'en finiraient pas de faire des gorges chaudes sur mon compte, et jouer au golf avec eux deviendrait intenable.

Une activité à laquelle Sebastian se livrait plus souvent à présent. Il jouait au golf et passait volontiers du temps avec sa famille. Il jurait même que ces moments de détente le rendaient plus efficace dans l'exercice de son métier.

Elle promena un index provocateur sur ses lèvres.

— Tu peux me faire confiance. Avec moi, ton secret sera bien gardé.

Ils avaient tous deux procédé à des ajustements dans leurs vies professionnelles. La décision de Marianna de cesser toute collaboration avec Ross lui avait en fin de compte permis de libérer sa créativité au-delà de toute espérance. Après avoir étudié un certain nombre de propositions, elle avait finalement décidé de monter sa propre entreprise, et elle avait passé les derniers mois à créer une affaire de décoration d'intérieur en ligne. Les gens lui envoyaient des photos de leur maison, et elle suggérait les améliorations à apporter dans un large éventail de prix, afin qu'elles soient accessibles à toutes les bourses. Elle s'efforçait dans la mesure du possible de travailler avec l'ameublement existant et fournissait des listes de matériaux que l'on pouvait se procurer dans la proche région ou sur internet.

Son affaire prospérant, elle s'était inspirée du

mode de fonctionnement de Sebastian qui, grâce à sa sécurité financière, pouvait se permettre de représenter gracieusement des clients qui n'auraient pas pu s'offrir ses services. Il lui arrivait de travailler pratiquement pour rien sur des projets qui lui tenaient à cœur. Rien que la semaine passée, elle avait terminé les plans d'aménagement d'une maison pour une famille financièrement étranglée par l'arrivée de quadruplés.

Elle avait trouvé un réel épanouissement à organiser l'espace, avec pour objectif de donner aux enfants le maximum de place et d'intimité possibles tout en s'assurant que les parents disposeraient également d'endroits où ils pourraient s'isoler. Pour parvenir à cet exploit, elle avait dû se surpasser, et elle en tirait une fierté légitime.

Au fil de son travail, elle en était venue à comprendre combien c'était important de nourrir sa relation amoureuse et de ne jamais tenir ses sentiments pour acquis, ne serait-ce qu'un instant.

Sebastian cueillit une rose et lui caressa la joue de ses doux pétales avant de la lui glisser derrière l'oreille.

— Tu sais, dit-il, je pensais que nous devrions solliciter maman pour qu'elle organise une fête en notre honneur.

La famille Landis avait vraiment de quoi se réjouir ces derniers temps. Matthew avait gagné son siège au Sénat, et Ashley et lui, à présent mariés, naviguaient entre leur résidence de Washington et leur maison de Caroline du Sud. Ginger accomplissait des merveilles à son poste de secrétaire d'Etat. En tant qu'un des couples les plus influents du pays, politiquement parlant, le général et elle avaient régulièrement les honneurs des médias.

— Quel genre de fête ? s'enquit Marianna, intriguée.

Elle lissa les revers de la veste de Sebastian en pensant aux difficultés qu'ils avaient éprouvées à s'habiller ce matin alors que leur grand lit semblait leur faire signe, terriblement attirant après six semaines d'abstinence.

— Une fête de fiançailles, dit-il en sortant un écrin de sa poche.

Elle hocha la tête avec émotion.

Cette demande en mariage était si différente de la première demande de Sebastian, précipitée par les circonstances !

Elle n'éprouvait plus aucune appréhension, seulement la joie de savoir que leur entente si chèrement conquise allait être enfin consacrée par les liens du mariage. Ils avaient eu maintes occasions de s'éloigner l'un de l'autre, mais ils savaient maintenant que leur amour était trop grand pour être nié, et trop exceptionnel pour être tenu pour définitivement acquis.

— Le moment me paraît bien choisi, dit-elle doucement.

Sebastian l'attira tout contre lui, et elle entendit contre son oreille les battements précipités de son cœur, qui soulignaient combien cet instant comptait pour lui en dépit de son calme apparent. Elle respira le familier parfum de son après-rasage, mêlé à une pointe de l'odeur du talc d'Edward.

— Marianna, acceptes-tu de m'épouser une seconde fois ?

Il ouvrit l'écrin, révélant une bague ornée d'un diamant en forme de poire, accompagnée d'un anneau incrusté de diamants.

— C'est une nouvelle bague de fiançailles, et une alliance d'anniversaire de mariage.

Elle suivit du bout des doigts le relief des pierres tout en calculant.

— Ç'aurait été notre dixième anniversaire, reconnut-elle.

Ils avaient parcouru un long chemin depuis le mariage de deux presque étrangers à peine sortis de l'adolescence.

Elle laissa couler des larmes qui n'avaient rien à voir avec un quelconque désordre hormonal consécutif à sa grossesse, et tout avec un bonheur sans tache.

— J'aime le mélange de contemporain et d'ancien, dit-elle. C'est parfait. Vraiment parfait. Oui, je veux bien t'épouser encore une fois, Sebastian Landis !

Sebastian sécha les larmes qui avaient coulé sur ses joues avant de lui glisser la bague de fiançailles à l'annulaire.

En attendant d'être rejointe par l'alliance le jour de leur mariage, celle-ci y parut parfaitement à sa place.

Puis il referma sa main sur la sienne dans une étreinte aussi forte et solide que lui-même.

— Je veux que les choses soient bien claires entre nous, murmura-t-il. Nous ne nous marions pas parce que tu es enceinte — encore que je ne me plaindrais pas si tu m'annonçais un de ces jours que tu attends un autre enfant…

Marianna pensa avec nostalgie à la photographie de Sophie sur le manteau de leur cheminée, un portrait que la mère biologique de la petite fille leur avait fait parvenir par l'intermédiaire d'un travailleur social.

Il n'y aurait pas de contact, bien sûr, ce ne serait pas souhaitable. Cependant, si elle craignait de toujours regretter de ne pouvoir tenir Sophie dans ses bras et de ne jamais combler la place vide dans son cœur, elle avait trouvé l'apaisement devant le bonheur qui se lisait dans les yeux de la petite fille. Le bonheur d'une enfant tendrement aimée.

— Et si nous n'avons pas d'autre enfant ? se sentit-elle contrainte de demander.

Sebastian était un père admirable, qui faisait preuve de la plus extrême patience quand il arpentait les pièces à minuit en berçant le petit Edward dans ses bras.

Il lui repoussa une mèche de cheveux derrière l'oreille.

— Ça m'est égal, Marianna. Ce que je veux, c'est vivre avec toi.

— Quelle merveilleuse coïncidence… C'est exactement ce que je veux aussi !

Le vent leur apporta une bouffée du parfum des roses mêlé au brouhaha des joyeuses conversations.

Sebastian la prit par les épaules et glissa un doigt facétieux sous la bretelle de sa robe.

— Que dirais-tu d'arracher Edward des bras de

sa grand-mère et de rentrer à la maison retrouver Buddy et Holly ?

Elle glissa une main sous sa veste pour le prendre par la taille.

— Nous avons beaucoup de choses à fêter, convint-elle. En réalité, je pense qu'une célébration intime est définitivement à l'ordre du jour.

Elle avait tant envie d'explorer son corps chaud sans l'obstacle de ses vêtements ! Un plaisir qu'elle apprécierait tout au long de leur vie commune, elle en était certaine. Et, devant la promesse de voluptueux et paresseux baisers que recelaient les yeux de Sebastian, elle se languit du moment où ils seraient seuls.

ANN MAJOR

Un mariage en Louisiane

éditions Harlequin

Titre original : ULTIMATUM : MARRIAGE

Traduction française de ROSA BACHIR

83-85, boulevard Vincent-Auriol, 75646 PARIS CEDEX 13.
Service Lectrices — Tél. : 01 45 82 47 47
www.harlequin.fr

- 1 -

— Désolé, Claiborne, la décision est prise. Vous êtes exclu du projet. Beaucoup de gens n'apprécient pas toute la mauvaise publicité générée ces derniers temps par votre association avec Mitchell Butler et sa fille, Alicia.

Jake resta silencieux. Il savait bien qu'il était inutile de plaider sa cause en précisant que lui aussi était une victime de Butler.

— Je ne suis que le messager, ajouta son interlocuteur.

Toujours sans rien répondre, Jake coupa la communication. Il se refusait à mendier.

Tandis qu'il reposait le combiné, il sentit sa migraine s'accentuer. Il s'était pourtant préparé à recevoir ce genre d'appels.

Evidement, il avait bien essayé de se défendre auprès des médias. Depuis le début de la semaine, des journalistes campaient littéralement devant sa maison et son bureau. Tout ce qu'il avait réussi à faire, c'était de donner à ces vautours l'occasion de déformer chacune de ses phrases afin de faire croire que, tout comme Butler, il était bel et bien coupable de détournement de fonds.

L'espace d'un instant, il songea à Mitchell et à

sa splendide fille, Alicia. Etait-elle complice des méfaits de son père ?

Non, il n'allait pas penser à Alicia. Ni à la nuit qu'il avait passée entre ses bras. Ni au fait que, depuis, elle était incroyablement froide et distante. Il ne pouvait pas lui en vouloir. Après tout, c'était lui et Hayes, le directeur adjoint de son frère jumeau Logan, qui avaient dénoncé Mitchell à la police fédérale. Le lendemain même de sa nuit avec Alicia.

Il était évident qu'elle était aussi coupable que son père. S'il se mettait à s'adoucir et à baisser la garde, c'était le désastre assuré. Non, ce qu'il fallait, c'était tourner la page.

Il observa la maquette miniature de La Nouvelle-Orléans qui se trouvait sur son bureau. Les structures, composées de carton, de plastique et de mousse peinte, semblaient plus vraies que nature. Quand son regard bleu acier se posa sur le stade spectaculaire que, il y a cinq minutes encore, il rêvait de construire, le martèlement sur sa tempe droite se renforça.

« Ne pense pas à elle. »

Mitchell Butler était un homme riche, puissant, et admiré — jusqu'à il y a six semaines. A présent, ses chantiers navals étaient en faillite, et ses projets de fusion avec Claiborne Energy, la société dirigée par son frère Logan, avaient avorté. Quant à sa fille chérie, elle avait été renvoyée de son emploi de rédactrice en chef au *Louisiana Observer*. Plusieurs millions de dollars avaient disparu des caisses de la banque off-shore de Butler, et de Houses for Hurricane Victims. Ou étaient-ce des milliards ?

Les chiffres cités par les médias semblaient croître de manière exponentielle.

Mitchell était ruiné, et ses clients aussi. Il était à présent l'homme le plus détesté de Louisiane, pour avoir gâché la vie de beaucoup de gens, en plus de celle de Jake.

Réprimant l'envie d'écraser d'un geste rageur les petits bâtiments de carton, il serra le poing. Il fallait qu'il chasse les Butler de son esprit, et qu'il reprenne le contrôle de la situation.

S'appuyant contre le bureau, il resta là un long moment, à réfléchir aux conséquences de ce nouveau coup dur. Comment allait-il bien pouvoir annoncer la mauvaise nouvelle à ses employés ?

« Mieux vaut les affronter maintenant. Et en finir vite. »

Il fourra les mains dans les poches de son jean délavé et sortit de son bureau pour se rendre dans celui de son assistante.

— Vanessa, réunissez tout le monde dans la salle de conférences. Disons, dans cinq minutes. Et filtrez mes appels.

Vanessa, qui avait vingt ans de plus que lui, et un caractère bien trempé, renforcé par une expérience conjugale amère, continua de taper consciencieusement sur son clavier. C'était une employée hors pair. Célibataire, elle élevait ses trois garçons toute seule.

Mais aujourd'hui, il n'était pas d'humeur à gérer les excentricités de son assistante. Il s'approcha donc de son bureau et murmura :

— Ce n'est pas ma faute si votre ex vous a trompée et fait un bébé à sa maîtresse.

Fronçant les sourcils, elle leva enfin les yeux de son écran.

— Je voulais juste voir si vous saviez que j'étais là ou si vous aviez entendu un mot de ce que j'avais dit, expliqua-t-il pas très fier maintenant de son indélicatesse.

— Cinq minutes. Salle de conférences. Tout le monde réuni. Filtrer les appels.

Elle glissa un stylo dans son chignon, se tourna vers son Interphone, et énonça sèchement les instructions.

Dix minutes plus tard, Jake se tenait devant soixante de ses employés.

— J'ai de mauvaises nouvelles, annonça-t-il.

Il se raidit en les voyant pâlir d'inquiétude. Il détestait décevoir ceux qui comptaient sur lui autant qu'il détestait échouer.

— Nous ne pourrons pas obtenir les fonds pour construire le stade. Jones ne nous paiera même pas nos dernières révisions sur les plans… alors je crains de n'avoir pas d'autre choix que de…

Il allait mentionner qu'il allait appeler quelques personnes dans son bureau pour discuter de leur licenciement quand Vanessa se dirigea vers lui, l'air aussi sombre et menaçant que les premières bandes de nuages annonciatrices d'un ouragan.

Elle lui colla d'autorité un téléphone dans la main. Elle le toisait avec une telle froideur qu'il préféra ne pas lui demander ce qui pourrait bien être plus important que d'informer ses employés qu'à cause de Mitchell Butler, il allait devoir se séparer de certains d'entre eux.

— Votre système d'alarme s'est déclenché. La société de surveillance dit qu'il y a une fenêtre cassée.

— Et alors ? Dites-leur d'envoyer la police.

— Je l'ai fait, rétorqua-t-elle, le sourcil dangereusement arqué. L'officier Thomas, qui est en ligne, est chez vous. Il dit qu'une certaine Alicia Butler est là et exige de vous voir, et qu'elle a son chat et une valise avec elle. Qu'est-ce que cela signifie ?

— Je l'ignore.

Mais que faisait Alicia chez lui ? Elle avait refusé de répondre à ses multiples coups de fil, et maintenant elle débarquait chez lui avec son chat et ses bagages ! Avait-elle tenté de s'y introduire par effraction ? Toute cette situation paraissait surréaliste.

Son pouls s'accéléra. De rage, tenta-t-il de se convaincre.

— Claiborne à l'appareil, gronda-t-il d'un ton impatient.

— Monsieur Claiborne, lieutenant Thomas. Désolé de vous déranger. Vous avez un jardin plein de journalistes et de quelques perturbateurs mécontents.

— Je sais.

Ils étaient là depuis qu'un article dans les journaux l'avait tout bonnement accusé d'avoir aidé Mitchell Butler à détourner des fonds destinés à Houses for Hurricane Victims, une association caritative que Jake avait créée, et dont le but était de construire des logements pour les victimes de l'ouragan Katrina. Association dont il avait stupidement confié la gestion à Mitchell.

— Une certaine mademoiselle Alicia Butler et son chat étaient sur votre seuil quand je suis arrivé, monsieur, expliqua l'officier de police. Il semble que des clients de son père l'aient suivie depuis chez elle, et ils sont assez agités. Quelqu'un a jeté une brique dans une fenêtre et s'est enfui. Mlle Butler est dans la voiture de patrouille, et elle semble assez secouée.

Jake était locataire de sa maison, une vaste demeure moderne dans un quartier huppé de La Nouvelle-Orléans. Malheureusement, il vivait près de chez sa propriétaire, Jan Grant, une vieille dame curieuse et bornée. Jan s'était déjà plainte des journalistes impolis qui la dérangeaient le matin. La dernière chose dont il avait besoin, c'était qu'elle soit perturbée par l'arrivée de la police et qu'elle lui retire son bail.

— Lieutenant, je suis navré pour toute cette agitation. Accordez-moi une minute. J'étais au milieu d'une réunion très importante quand vous avez appelé.

Se frottant le front, il essaya de rassembler ses esprits. Il voulait traiter les licenciements tout de suite. Mais il était évident qu'Alicia avait de gros ennuis. Depuis les déboires financiers de son père, elle était traquée par les journalistes, donc, si elle était venue le voir, elle devait avoir une bonne raison.

Depuis que Mitchell avait été inculpé par le FBI et mis en prison, elle avait été harcelée par le gouvernement fédéral, la presse, et les clients de son père. Elle semblait amaigrie et vulnérable sur les photos qu'il avait vues d'elle dans les journaux et à la télévision.

Malgré lui, il se souvint d'une nuit qui n'aurait jamais dû se produire, et d'un corps délicieux et soyeux ondulant sous le sien… un corps au diapason du sien comme aucun autre auparavant. Oui, Alicia Butler, jeune femme élégante et bien élevée, l'avait conduit au bord de la folie. Il aurait aimé pouvoir effacer ces souvenirs, mais malgré ce qu'il avait ensuite appris sur Mitchell Butler, il n'y était pas parvenu.

Au contraire, il avait songé très souvent à Alicia, à la douceur de sa peau, à ce qu'ils avaient fait cette nuit-là. Il avait à peine fermé la porte qu'ils s'étaient déshabillés et avaient fait l'amour avec une passion incroyable.

Il se rappela soudain où il était et releva la tête. Ses employés le regardaient, suspendus à ses lèvres. Il fallait qu'il agisse.

— Vous dites qu'elle avait son chat avec elle ? Et une valise ?

C'était donc qu'elle n'était pas venue le voir sur un coup de tête.

— La jeune femme semble mal en point.

— Que… que voulez-vous dire ? demanda-t-il, soudain plus inquiet qu'il n'aurait dû.

— Sa voix est si faible qu'elle est presque inaudible.

Les notes sucrées de la voix raffinée d'Alicia, murmurant son prénom pendant qu'il lui faisait l'amour, surgirent dans son esprit. Pourquoi les détails de leur nuit étaient-ils toujours si vivaces ?

Les visages de ses employés devinrent flous devant ses yeux.

— Je viens tout de suite, dit-il.

A l'autre bout du fil, le lieutenant sembla soulagé.

Jake tendit le téléphone à Vanessa.

— Je n'avais pas compris que vous étiez personnellement lié à Alicia Butler, persifla Vanessa dès qu'elle fut seule avec lui dans son bureau.

Son ton accusateur le hérissa. La dernière chose qu'il voulait, c'était que son assistante lui fasse subir un interrogatoire. Sans la regarder, il sortit ses clés d'un tiroir et prit sa veste.

— Je ne le suis pas, mentit-il.

— Alors que fait-elle sur votre perron ?

— Je ne pourrai vous le dire que quand je le saurai moi-même, n'est-ce pas ?

— Tout cela ne me dit rien qui vaille. S'il y a des journalistes et des policiers avec Alicia dans votre maison, cela n'arrangera pas votre image. Les Butler sont des escrocs, et vous serez mis dans le même sac. Déjà que nous subissons de plein de fouet ce revers de fortune.

— Vous croyez que je l'ignore ? Je paie déjà le prix des erreurs de Mitchell. Ecoutez, si vous traitiez les choses ici pendant que je vais voir ce qu'elle veut ?

— Oui, vous avez raison. Toute cette histoire m'a chamboulée.

Quand il atteignit le parking, il eut le ventre noué

en songeant à tous les gens qu'il devrait renvoyer tout à l'heure, à cause d'Alicia Butler et de son père.

Qu'elle soit maudite.

Quand Jake freina brusquement dans son allée, six journalistes traversèrent l'herbe humide en courant pour se diriger vers lui. Quand il était parti ce matin, il n'y en avait qu'un. Dès qu'il ouvrit sa portière, ils pointèrent des micros vers son visage.

Le rideau de la fenêtre de Jan Grant était ouvert, et il distingua la silhouette massive de sa propriétaire. De toute évidence, elle n'allait pas perdre une miette de la situation.

— Que faisait Alicia Butler sur votre perron ?

Sans même prendre la peine de répondre au journaliste, Jake se concentra sur la silhouette mince à l'arrière de la voiture de police garée devant chez lui, entourée d'une forêt de parapluies noirs et ruisselants des journalistes. Puis il remarqua la fenêtre cassée, celle qui était la plus proche de la porte d'entrée.

Il savait qu'il était censé détester Alicia, mais il ne pouvait oublier à quel point elle avait été malmenée par la presse ces dernières semaines. Depuis cet article révélant qu'il avait nommé Mitchell Butler trésorier de Houses for Hurricane Victims, et que les fonds avaient disparu, il savait tout à fait ce qu'Alicia avait pu subir.

Elle semblait anéantie et sans défense, recroquevillée à l'arrière de la voiture. Elle était si différente de la femme élégante avec qui il avait couché, ou de la femme furieuse qui, le lendemain matin, lui avait dit d'aller au diable. Malgré lui, il éprouva un élan de sympathie pour elle. Quel idiot il faisait !

Un policier, sans doute le lieutenant Thomas, fit un geste vers la voiture.

— Elle est là-bas.

— Merci.

Jake passa devant les journalistes, ses mocassins italiens s'enfonçant dans la pelouse détrempée tandis qu'il rejoignait le véhicule de police.

— Alicia ? marmonna-t-il d'un ton rude en tapotant contre la vitre.

Elle descendit la vitre et il ne put s'empêcher d'admirer son corps élancé, et sa peau d'albâtre. Du mascara coulait sous ses yeux en amande bordés de longs cils. Ses longs cheveux bruns et trempés collaient à son cou. Mais malgré cela, malgré aussi sa minceur et sa pâleur, elle lui parut d'une beauté aussi époustouflante que lors de leur unique nuit ensemble.

Il ouvrit la portière et prit sa main pour l'aider à sortir. Elle était glacée.

Elle portait une robe blanche et transparente, qui collait à sa peau. Quand il porta son regard sur les gouttes de pluie qui mouillaient ses lèvres pleines, il se souvint avec une douleur presque viscérale à quel point sa bouche avait été douce et délicieuse contre la sienne.

— Merci d'être venu si vite, dit-elle.

— Comment es-tu arrivée ici ?

— En taxi.

— Eh bien, tu n'aurais pas dû venir dans un taxi public et laisser cette meute te suivre.

— Je… je n'ai pas réfléchi. Désolée si je t'ai mis dans l'embarras.

— Tu aurais pu me téléphoner. Nous aurions pu nous rencontrer dans un endroit discret.

— Excuse-moi. Je déteste tout cela autant que toi.

Le lieutenant Thomas avait raison, Alicia semblait mal en point. Ses jolis yeux noisette qui s'étaient illuminés chaque fois qu'il l'avait embrassée étaient maintenant ternes et empreints de douleur.

Le lieutenant Thomas était justement en train de parler à des journalistes. Jake pourrait, égoïstement, lui demander de veiller sur Alicia. Mais un mélange malsain de curiosité, de sympathie, mais aussi d'une émotion autodestructrice qu'il préféra ne pas analyser s'empara de lui.

Ainsi, au lieu de faire signe au policier, il prit Alicia par la main et la conduisit jusqu'à la porte de sa maison. Puis il retourna chercher sa valise, et le panier contenant son chat. En miaulant, l'animal bondit contre les parois de sa cage. Ignorant ses protestations, Jake rejoignit rapidement Alicia. Il ouvrit la porte si violemment qu'elle claqua contre le mur plaqué d'acajou.

Il s'écarta ensuite pour la laisser entrer. L'air réticent, elle resta figée, dans sa robe ruisselante, les yeux fixés sur lui.

— Au cas où tu n'aurais pas compris, je t'invite à entrer, précisa-t-il.

— J'avais compris, murmura-t-elle d'une voix sexy qui le perturba.

— Eh bien, les dames d'abord.

Dans le ciel, un éclair fut suivi d'un coup de tonnerre. Puis plusieurs flashes les éblouirent.

En miaulant de plus belle, le chat se blottit contre un côté de sa cage, la faisant tanguer encore plus fort.

— Ton chat pense qu'on serait mieux à l'intérieur, dit Jake.

— Il a peur de l'eau, sans parler du tonnerre.

— Eh bien, si tu es venue ici pour donner des interviews sur mon perron, je t'en prie. Mais ton chat et moi avons eu assez de notre quart d'heure de gloire. Nous préférons rentrer et ouvrir une boîte de thon.

Une fois qu'il eut posé le chat et la valise dans son salon ultramoderne, qui était à présent jonché d'éclats de verre, il alluma la lumière. Alicia n'avait pas bougé, et le regardait toujours.

— Ton salon n'est pas exactement un terrain neutre, commenta-t-elle.

— Ne m'en parle pas.

Il se souvint de la dernière fois qu'ils avaient franchi le seuil de sa maison. La porte s'était à peine refermée derrière eux que déjà ils se débarrassaient de leurs vêtements. Il n'avait alors pas pris la peine d'allumer la moindre lumière. Une douce chaleur l'envahit quand il se remémora comment ils s'étaient allongés sur le sol, et comment il l'avait chevauchée, précisément sur ce même tapis où il se tenait maintenant. Il l'avait trouvée magnifique alors, et diablement sexy.

D'autres flashes capturèrent le visage blême

d'Alicia, lui rappelant que les journalistes étaient toujours là, guettant leurs moindres gestes.

La petite ride d'inquiétude entre ses sourcils s'approfondit, et elle pâlit encore. Inquiet, il s'approcha et la prit par les épaules, mais elle se dégagea vivement et recula sur le seuil.

Il avait juste voulu l'apaiser ! Mais c'était peut-être une bonne chose qu'elle l'ait arrêté.

Elle s'adossa au mur, aussi loin de lui que possible, ses jolis seins se soulevant sous la robe blanche et fine qui épousait sa peau.

Le souvenir de ce qu'il avait fait à ses seins aux tétons roses provoqua en lui une décharge de désir malvenu. Soudain, il se rendit compte qu'il s'était réveillé chaque nuit, consumé par l'envie de retrouver la douceur et la sensualité d'Alicia.

Contrarié qu'elle ait si peur de lui, et qu'il soit si nerveux avec elle, il claqua la porte au nez des journalistes et de leurs appareils photo. Il remarqua alors qu'Alicia frissonnait.

— Tu es gelée, dit-il, employant un ton rude pour masquer son inquiétude.

— D-dé-solée, bégaya-t-elle. L'air c-conditionné. Je suis en train de tremper ton beau carrelage.

— C'est de la pierre, ça ne va pas fondre. Je vais baisser la climatisation et t'apporter des serviettes.

Content d'avoir une excuse pour s'éloigner d'elle et essayer de se reprendre, il parcourut le couloir avant qu'elle puisse protester, et ajusta rapidement le thermostat. Dans la salle de bains de la chambre d'amis, il attrapa plusieurs serviettes blanches et épaisses. Quand il revint, il enleva sa veste et la posa sur les épaules d'Alicia, puis lui tendit les serviettes.

Leurs doigts s'effleurèrent brièvement, mais ce fut suffisant pour qu'il remarque que sa peau douce était toujours glacée.

— Merci, murmura-t-elle, prenant une serviette et commençant à sécher ses cheveux. Je suis d-désolée de te causer tant d'ennuis.

— Pas de problème.

Il se détourna de son visage défait.

Comment pouvait-il avoir envie de l'aider ? Quels que soient les problèmes d'Alicia, il n'était pas concerné. Il avait une bonne douzaine de raisons de la détester, notamment le souvenir des gens pour qui son association ne pourrait pas construire de maisons, et de ses employés qu'il serait bien forcé de renvoyer. Mais elle semblait trop vulnérable, telle une petite orpheline sauvée de la noyade, pour ne serait-ce qu'envisager de la punir de quelque manière que ce soit. Les fédéraux et les journalistes qui la traquaient s'en chargeaient déjà bien assez.

Il résista cependant à l'envie de la serrer contre lui pour qu'elle cesse de frissonner, mais sa voix fut plus rocailleuse quand il parla.

— Tu te sentiras mieux quand nous t'enlèverons ces vêtements mouillés et que nous te sècherons.

— Nous ? s'exclama-t-elle en rougissant.

Son cœur se mit à cogner dans sa poitrine quand il se rendit compte du sous-entendu involontaire de sa formule. Au prix d'un effort, il s'employa à regarder partout sauf vers ses seins subtilement excitants.

S'était-elle délibérément habillée dans cette tenue vaporeuse et transparente pour l'amadouer ? Si c'était le cas, elle avait atteint son but avec une déconcertante facilité, songea-t-il, pris d'un élan de rage.

— Je voulais dire, il y a une salle de bains au bout du couloir. Tu te souviens peut-être avoir pris une douche là-bas ?

Quand elle rougit de nouveau, il regretta de lui avoir rappelé cette douche qu'ils avaient prise ensemble.

— Je t'apporte un peignoir et d'autres serviettes, annonça-t-il, d'un ton un peu mécanique.

Tout en se dirigeant vers le couloir, il entendit les talons d'Alicia résonner sur les dalles derrière lui.

Quand elle le rejoignit dans la salle de bains, les murs de marbre beige semblèrent rétrécir. C'était comme s'il était pris au piège. Tout en se tournant vers elle, il se rappela comment ils avaient ri en se douchant ensemble, après avoir fait l'amour partout dans la maison. Il lui avait lavé les cheveux, l'avait séchée, puis l'avait emmenée dans son lit. Là, il l'avait tenue contre lui de longues heures durant.

Il fallait qu'il sorte de cette pièce, absolument. Il prétexta donc d'aller chercher un peignoir dans sa propre chambre. Il devait s'éloigner d'elle pour pouvoir réfléchir à tête reposée, qu'il détermine ce qu'elle attendait de lui et qu'il se débarrasse ensuite d'elle le plus vite possible. Mais tandis qu'il empoignait un peignoir dans son armoire, il sut qu'il n'allait pas agir de façon aussi sensée.

Elle l'avait fasciné dès qu'il l'avait vue dans cette

splendide robe dorée, au bras de son frère Logan, à la soirée d'anniversaire des quatre-vingts ans de leur grand-père, Pierre. Quand Cici, son amie d'enfance, lui avait demandé de s'occuper d'Alicia pour qu'elle puisse danser avec Logan, il avait sauté sur l'occasion. Puis Logan avait disparu avec Cici, et Jake avait offert de raccompagner Alicia chez elle.

Après un café, il avait constaté que sa beauté n'avait d'égale que sa gentillesse — rien à voir avec son père, si froid et si calculateur.

Journaliste et rédactrice en chef, elle n'était pas la fille superficielle qu'il s'était imaginée. Au contraire, elle était intelligente, et perspicace. Quand il avait voulu l'embrasser, après qu'elle eut ri à une de ses plaisanteries, elle l'avait arrêté, en disant ne pas être prête pour une nouvelle relation, elle que Logan venait à peine d'abandonner pour une autre.

Mais quelques semaines plus tard, au mariage de Logan et Cici, elle avait de toute évidence changé d'avis. Ce soir-là, ils avaient fait l'amour passionnément, et sans retenue. Le lendemain même, le directeur adjoint de Logan, Hayes Daniels, lui avait fourni des preuves irréfutables que Mitchell Butler était un criminel. Quand Jake et son expert-comptable avaient vérifié les comptes et les relevés bancaires de Houses for Hurricane Victims, ils avaient en effet découvert des écarts inquiétants. Jake et Hayes étaient alors allés livrer leurs informations à la police fédérale.

Puisque son père était un escroc, un escroc qu'il avait lui-même dénoncé, Jake devrait chasser Alicia sur-le-champ. Comment pouvait-il agir autrement ? Mais elle semblait si perdue.

Même après qu'il eut découvert que son père avait volé Houses for Hurricane Victims, elle avait continué de hanter ses pensées. Il l'avait même appelée à plusieurs reprises, mais elle n'avait jamais répondu. Sans doute parce qu'elle lui en voulait d'avoir dénoncé son père.

Comment dans ces conditions pouvait-il encore la trouver attirante ?

C'était le cas, pourtant.

Depuis leur premier baiser hésitant, depuis le premier contact avec ses lèvres si douces et si chaudes, il avait ressenti à son égard un désir insoutenable.

Qu'un unique baiser éveille en lui une telle décharge de plaisir aurait dû lui servir d'avertissement. Mais cela ne l'avait pas arrêté, loin s'en fallait.

Il la désirait encore. Ce qui signifiait qu'il devrait vraiment se débarrasser d'elle avant de faire une autre bêtise.

- 2 -

Jake était en train de terminer de balayer les morceaux de verre dans le salon quand il entendit un bruit sourd provenant de la salle de bains.

Inquiet, il se précipita hors de la pièce pour vérifier qu'Alicia allait bien.

— Alicia ?

Comme elle ne répondait pas, la panique l'envahit.

— Alicia ? Alicia ! Est-ce que ça va ?

Toujours rien.

Il tambourina à la porte de la salle de bains, mais il n'y eut toujours pas de réponse. Sans plus réfléchir il ouvrit la porte, et aussitôt d'épaisses vapeurs l'enveloppèrent.

— Alicia ?

Aveuglément, il avança dans un brouillard humide jusqu'à la cabine de douche, et fit coulisser la porte.

A travers la vapeur, il distingua Alicia, recroquevillée sur le sol de la douche, de l'eau chaude coulant sur ses cuisses nues. Il ferma le robinet et la prit dans ses bras. Il prit le temps de s'emparer d'une serviette et emporta son précieux fardeau dans le salon. Alicia était légère, aussi la tâche fut-elle aisée.

Il prit garde de ne pas contempler son corps nu

plus que nécessaire. Toutefois, son regard s'attarda sur la tache de naissance en forme de cœur sur son sein gauche, qu'il avait léchée avec ardeur le soir où il lui avait fait l'amour. Il posa Alicia sur le canapé, sans se soucier que l'eau en abîme le cuir. C'était bien le cadet de ses soucis.

Puis, il lui prit le poignet afin de chercher son pouls. Quand il constata qu'il était régulier et fort, il ne put s'empêcher de sourire. Ce n'était sans doute qu'une simple baisse de tension.

— Alicia ! Réveille-toi !

Elle marmonna quelques mots qu'il ne comprit pas, puis détourna le visage.

Avait-elle heurté sa tête ? Souffrait-elle d'une commotion ?

— Papa, murmura-t-elle. Papa, où es-tu ? Pourquoi tu ne peux pas rester à la maison, juste pour cette fois ?

On aurait dit qu'elle délirait. Il passa les mains dans ses cheveux pour détecter une éventuelle blessure. Il découvrit en effet une bosse à l'arrière du crâne.

— Ouvre les yeux !

A sa grande surprise, les longs cils recourbés d'Alicia battirent. Ses lèvres pulpeuses tremblèrent.

— Jake… c'est toi ? Qu'est-ce qui ne va pas ? Pourquoi est-ce que tu cries sur moi ?

Elle prit sa main, ce qui provoqua une décharge de désir en lui.

— Où suis-je ?

— Dans mon salon.

— Qu'est-ce que je fais ici ?

Lui aussi aimerait bien le savoir, justement.

Lentement, son expression changea.

— Où sont mes vêtements ? demanda-t-elle, la voix plus aiguë. Qu'est-ce que tu m'as fait ?

— Rien que je n'aurais pas dû, alors calme-toi. Tu es tombée dans la douche. J'ai entendu un bruit, j'ai couru, je t'ai portée jusqu'ici, je t'ai séchée, puis je t'ai mis mon peignoir et j'ai vérifié ton pouls. Et maintenant que tu es consciente et que tu as repris tes esprits, je pense que nous devrions appeler ton médecin.

— Inutile ! Je vais bien, soutint-elle d'un ton irrité. Du moins j'irais bien si…

Elle s'interrompit, manifestement absorbée par une nouvelle pensée.

— Est-ce que tu t'es évanouie ? Tu as trébuché ?

Elle le dévisagea. Ses yeux étaient immenses, méfiants.

— Tout est devenu noir. Je crois que je me suis évanouie.

— Comme je te l'ai dit, tu devrais voir un médecin.

— Je le ferai. Mais pas tout de suite. J'ai très faim. Je… je n'ai pas mangé grand-chose ces derniers jours.

Il avait lu quelque part que des journalistes guettaient ses moindres faits et gestes, et la suivaient même quand elle allait faire des courses. Avait-elle évité les magasins au point de s'affamer ? De nouveau, il réprima un élan de compassion.

— Pourrais-je te demander un biscuit salé…

ou deux… et peut-être du thé ? dit-elle, le ton à présent formel et poli.

Cela eut pour effet de réveiller sa colère. Son père et elles avaient fait de sa vie un enfer. Il devrait oublier sa vulnérabilité et appeler la police pour leur demander de lui envoyer le lieutenant Thomas. Jake pourrait lui demander de la conduire dans un foyer ou à l'hôpital — n'importe où.

Toute cette histoire commençait à être bien trop compliquée. Pourtant, une fois de plus il refusa d'écouter la voix de la raison.

— Pourquoi es-tu venue ici ?

Elle se frotta la nuque et grimaça.

— Jake, avant que nous abordions ce sujet, je… je suis affamée. J'ai vraiment besoin de manger.

— Tu menaces de t'évanouir de nouveau ?

— Je ne me sens pas bien. C'est un fait… pas une menace.

— Un biscuit pour madame, murmura-t-il doucement. Tu restes allongée pendant que je prépare un plateau. La dernière chose dont nous ayons besoin toi et moi, c'est que tu t'évanouisses de nouveau.

Tandis que les pas de Jake s'estompaient, Alicia s'assit sur le canapé et ferma les yeux.

Comment allait-elle lui annoncer la nouvelle ? A Jake, surtout, lui qui avait dénoncé son père au FBI, transformant ainsi sa vie en véritable cauchemar. Comment lui dire qu'elle portait peut-être son enfant ?

Pourtant il n'y avait pas de doute possible. Elle

avait fait quatre tests de grossesse. Tous s'étaient avérés positifs.

Tous.

Appuyant ses doigts contre sa tempe, elle compta ses battements de cœur jusqu'à ce que les taches blanches devant ses yeux s'estompent.

Ce n'était pas comme si elle ne s'y était pas préparée. Elle avait même répété un petit discours.

« Jake, chaque matin, je me réveille avec la nausée. Pour ton information, j'ai un retard de règles de trois semaines… Je le sais parce que je note toujours l'événement en inscrivant un petit r rouge sur le calendrier de ma cuisine. Or je n'ai jamais de retard ! »

Elle savait ce qu'il allait répondre — que ce n'était pas possible, qu'il avait utilisé un préservatif. Plusieurs préservatifs.

Elle inspira brusquement tandis que trop de souvenirs embarrassants se bousculaient dans sa tête. Avant cette fameuse nuit, le sexe n'avait jamais été son activité favorite. Elle était trop timide et réservée pour cela. Et ce n'était pas son genre de coucher avec un quasi-étranger. Mais avec Jake, elle avait oublié toutes ses inhibitions et ses complexes. Elle s'était donnée à lui, un homme qu'elle connaissait à peine, avec un abandon si inhabituel qu'elle rougissait encore chaque fois qu'elle y songeait.

Et le lendemain, Jake et Hayes Daniels avaient dénoncé son père à la police. Frissonnant à ce souvenir, elle resta là, sur le canapé, à jouer avec une mèche de cheveux. Cinq bonnes minutes s'écoulèrent, mais malgré l'épais peignoir qui la recouvrait, elle se sentait toujours glacée. Au moins, les horribles nausées de grossesse étaient passées.

Jake la trouverait folle de ne pas attendre d'être sûre pour lui annoncer la nouvelle. Mais — à cause de lui — elle n'avait pas le choix. La police, ou plutôt le petit agent zélé aux lunettes cerclées de métal perchées et au nez bulbeux s'était montré sans s'annoncer et l'avait expulsée de son appartement. De nouveau on lui avait expliqué pourquoi la police fédérale avait le droit de saisir toutes les possessions de son père, ce qui incluait l'appartement de sa fille, et ses meubles.

Elle ne serait pas venue ici si elle avait eu un autre endroit où aller, quel qu'il soit. Avant qu'elle ne quitte l'appartement, elle avait appelé le téléphone portable de son père. Mais il n'avait pas répondu. Etait-il occupé ? Ou avait-il vu son nom s'afficher et décidé de rejeter son appel ?

Parfois, elle pensait que la touche « raccrocher » de son téléphone était une métaphore de la façon dont son père l'avait toujours traitée. Pour lui, elle était toujours passée en dernière position. Jake, au contraire, était venu dès qu'il avait appris sa présence. Elle ne le portait pas dans son cœur, non, pas après ce qu'il avait fait. Néanmoins, il l'avait invitée à entrer.

Nouant fermement la ceinture de son peignoir, elle se leva et gagna la cuisine sur la pointe des pieds. En voyant la table sur laquelle Jake lui avait fait l'amour avec tant d'empressement qu'ils avaient envoyé les couverts et les assiettes au sol, elle se raidit.

Pour tenter de chasser ce souvenir embarrassant qui faisait battre son cœur, elle regarda la cage vide de Gus.

— Où est ce pauvre Gus ?

— Pauvre, mon œil ! Quand je l'ai fait sortir de sa cage, il a quasiment mis la pièce à sac.

— Tu ne lui as pas fait de mal, j'espère ?

— Il s'est dépêché de fuir. Et j'étais trop inquiet pour toi pour lui courir après.

— Oh.

— Je t'ai préparé du fromage, et des tranches de banane et de pomme. Désolé, je n'ai plus aucun biscuit rassis.

Elle retint un sourire.

Sans la quitter des yeux, il posa l'assiette sur la table. Elle attrapa un morceau de pomme et commença à le mâcher tout en admirant la manière dont il avait harmonieusement disposé les aliments dans l'assiette.

Son angoisse se dissipa un peu. Il lui était soudain facile de se souvenir pourquoi elle était tombée sous le charme de Jake.

Il posa une fourchette, un couteau et une nappe sur la table et s'installa face à elle. Ses cheveux bruns aux reflets chocolat retombèrent sur son front et sa tempe. Il était si séduisant. Et il l'étudiait si intensément qu'elle baissa les yeux.

Troublée, elle reposa sa tranche de pomme. Le fait qu'il ait pris du temps pour préparer cette assiette lui faisait plaisir — trop plaisir. Pourquoi attachait-elle toujours trop d'importance à ce genre de petites attentions ?

Ce n'était qu'un encas. Jake avait nourri Gus aussi. Et pourtant, il n'aimait pas Gus, non ?

— Mange, lui enjoignit-il doucement. Une seule bouchée, ça ne t'aidera pas beaucoup.

Elle songea au bébé qu'ils auraient peut-être ensemble, et rougit.

— Comment le pourrais-je quand tu m'observes ainsi ?

A peine s'était-il levé que le téléphone sonna.

— Si tu veux bien m'excuser, dit-il. C'est mon assistante. J'ai laissé les choses en plein chaos. Je ferais mieux de répondre.

Il sortit dans le couloir et ferma la porte.

Elle ne put surprendre que quelques bribes de conversation.

— Oui, je reviens… comment pouvez-vous penser que je les ai oubliés… Non, elle ne m'a pas dit pourquoi, mais ça ne vous regarde pas…

Il semblait vraiment agacé.

— Bon sang, continuait-il, c'est ce que j'essaie de découvrir… Enceinte ? Je suggère que vous oubliiez vos idées mal placées et que vous vous concentriez sur votre travail et non sur ma vie privée… qui, soit dit en passant, ne vous regarde absolument pas…

Enceinte.

Cette assistante avait des dons divinatoires.

Elle n'avait plus aucun appétit maintenant. Une seule idée l'obsédait : elle devait dire la vérité à Jake, et sans tarder.

Heureusement, il était bien trop remonté contre son assistante pour lui lancer le moindre regard quand il revint dans la cuisine.

— Tu as à peine touché ton assiette. Pourquoi ? dit-il d'un ton froid.

— Mauvaises nouvelles ?

— J'ai une vie, tu sais. Mais je doute que tu te soucies de ce que j'étais en train de faire avant que les flics ne m'appellent à ton sujet.

— Tu crois ?

— J'étais en train de renvoyer beaucoup de braves gens, des gens qui ont vraiment besoin de leur job.

Elle comprit tout de suite de quoi il retournait.

— Et ton assistante pense que tout est ma faute.

Elle commençait à s'habituer maintenant. Tant de gens lui en voulaient pour ce que son père avait supposément fait. Certains pensaient même qu'il avait amassé une fortune sur un compte secret à l'étranger, à son nom à elle.

Son père avait affirmé qu'il était innocent, et elle voulait le croire. Ce n'était pas chose aisée quand tout le monde le pensait coupable. Et en quoi cela comptait-il qu'il soit innocent ou non, quand ses propres comptes bancaires et ses cartes de crédit étaient gelés ? Deux jours plus tôt, Sam, son rédacteur en chef, avait cédé à la pression en la renvoyant de son poste de rédactrice en chef. Elle avait été dévastée parce quelle adorait son travail. Elle n'avait donc pas d'argent, pas de travail, plus de réputation, et pas d'avenir. Et ses quatre tests de grossesse étaient positifs.

Sans compter la colère de Jake, qui était palpable.

— Les gens ne me font plus confiance à présent, dit-il. J'ai mon opinion sur la personne responsable de cet état de fait, mais il faut que je retourne au bureau. Alors, si on arrêtait de jouer aux devinettes ? Pourquoi es-tu là ?

— Ton assistante est incroyablement perspicace.

— Qu'est-ce que ça a à voir avec nous, bon sang ?

— Je pense être enceinte.

Il semblait si abasourdi qu'elle se sentit sincèrement navrée pour lui.

— *Quoi ? Impossible !*

- 3 -

Jake se pencha au-dessus d'Alicia.

— Veux-tu bien répéter cela lentement ?

— Tu as parfaitement entendu.

— Tu as bien dit que tu penses… être enceinte. Ça veut dire que tu ne sais pas ? Pourquoi viendrais-tu ici avant d'en être sûre ?

Intimidée par son regard noir, elle rentra les épaules.

— J'ai fait quatre tests de grossesse, et ils étaient tous positifs. Je n'arrive pas à manger. Et je me suis évanouie, n'est-ce pas ? J'ai des nausées depuis deux jours, et j'ai un retard de règles. Je pourrais continuer longtemps avec la liste de symptômes. Je t'ai dit que j'adorais les cornichons en ce moment ?

Il semblait assommé.

— Et puis, à cause de toi, la police m'a expulsée de mon appartement, et je n'ai nulle part où aller.

— Est-ce que ton état a été confirmé par un médecin ?

Elle secoua la tête tout en mordant dans une tranche de pomme.

— Pas encore, mais vu la façon dont les choses s'enchaînent ces derniers temps, je parierais ma misérable existence que nous attendons un enfant.

— Nous…

— *Nous !*

— D'accord, mais tu as peut-être tort à propos de… « nous ».

Utiliser le pronom pluriel semblait lui écorcher la langue.

— Exact. Quatre tests de grossesse peuvent tout à fait être faux. Tout dans notre royaume magique est possible, ironisa-t-elle.

— Tu es peut-être tombée sur un lot défectueux.

Elle ne prit même pas la peine de répondre et préféra se concentrer sur l'appétissant morceau de fromage qui se trouvait dans son assiette. Elle n'avait plus du tout mal au cœur maintenant, et dans ces moments-là, elle avait un appétit d'ogre.

— Et tu es sûre que si tu es…

Sous son regard inquisiteur, une étrange angoisse monta en elle. De nouveau écœurée, elle reposa le fromage dans l'assiette.

— Quoi ? Pourquoi me dévisages-tu ainsi ? demanda-t-elle enfin. Qu'est-ce que j'ai fait maintenant ?

Il prit une profonde inspiration.

— Quoi ? répéta-t-elle.

— Navré d'avoir à te poser cette question. Es-tu absolument sûre que… si tu es enceinte… que je suis… le père ?

Elle sentit sa vue se brouiller et un vertige la saisit. Le beau visage de Jake, penché sur elle, lui apparut soudain tout flou.

— Espèce de crétin moraliste !

Folle de rage, elle bondit de sa chaise et se jeta sur lui.

— Si j'en suis sûre ? Evidemment que j'en suis sûre !

Il saisit son poignet et la plaqua contre son corps musclé. Malgré elle, elle avait une conscience aiguë de ses seins qui s'écrasaient contre son torse ferme. En essayant de reprendre l'équilibre, elle agrippa sa taille. Puis elle se débattit pour se dégager, mais en vain. Jake l'étreignait de plus belle.

— Calme-toi. J'avais simplement besoin de savoir.

— *J'en suis totalement sûre !* hurla-t-elle tout en martelant son torse. Tu es le seul homme avec qui… j'ai couché… depuis des mois.

Ses yeux étaient à présent d'un bleu glacial.

— Et mon frère ?

Une nouvelle vague de colère déferla en elle, mais il reprit la parole avant qu'elle ait pu répondre quoi que ce soit :

— Ton père a dit que tu allais l'épouser.

— Mon père a inventé cette histoire. Logan et moi nous fréquentions, mais dès que Cici est réapparue, il ne m'a plus touchée. C'était il y a des mois. Non pas que mon manque d'activité sexuelle te concerne !

— Je ne suis pas d'accord. Après tout, tu prétends que je suis le père de ton enfant.

— Si j'attends un enfant, alors toi aussi ! Si tu crois que je t'aurais choisi !

La réponse de Jake ne se fit pas attendre.

— Et moi donc !

— Crois-moi, je… je voudrais que ce soit l'enfant

d'un autre. Même un type rencontré dans un bar serait préférable ! Alors ne me touche pas !

— Je peux te lâcher, ou tu vas encore essayer de me frapper ?

— Après ce que tu viens de dire, tu mérites bien plus qu'une simple gifle. Mais je ne le ferai pas, puisque je suis une femme.

— Tu aurais pu me tromper.

Il la relâcha, mais non sans la contempler avec la plus évidente suspicion.

Elle recula aussitôt en se frottant le poignet.

— D'accord, dit-il. Pardon si je t'ai vexée, mais il fallait que je sache. J'ai utilisé des préservatifs, si tu te souviens bien. Des tas. J'avais pris mes précautions.

— Eh bien, pas suffisamment !

Il la fixa un long moment.

— Je suis navré, répéta-t-il. Si tu dis vrai, si tu es enceinte et que l'enfant est de moi, j'accepterai la pleine responsabilité de ce bébé… et de toi… malgré qui tu es… ce qui signifie que maintenant nous devons absolument consulter un médecin.

— *Si* je dis vrai ? Tu ne me crois toujours pas ?

Elle plissa les yeux, tandis que son cœur battait de manière affolée. Elle trouva quand même la force de poursuivre :

— Eh bien, je dis vrai ! Malheureusement !

— Moi aussi, figure-toi, mais il semblerait que nous soyons tous les deux dans le même bateau, du moins jusqu'à ce que nous consultions ton médecin.

— Je crains qu'un médecin ne fasse que confirmer le pire !

— Peut-être. Mais je ne le croirai que quand j'entendrai ce monsieur.

— Le Dr Preston est une femme. Et quand elle confirmera la nouvelle, alors quoi ?

— Nous affronterons la situation, marmonna-t-il.

— Eh bien, si tu crois pouvoir me forcer à interrompre cette grossesse…

L'expression de Jake se fit encore plus sombre.

— Tu ne me connais pas du tout si tu penses que je pourrais détruire mon enfant, fulmina-t-il.

Sa colère semblait si intense qu'elle chercha son regard comme pour essayer de deviner ce qu'il pensait vraiment.

— Comment pourrais-je connaître ton sentiment sur le sujet, ou tout autre sujet, alors que nous sommes quasiment des étrangers l'un pour l'autre ?

— Des étrangers ? Tu le voudrais bien. Et moi aussi. Malheureusement, c'est loin d'être le cas à présent. Je dirais même que nous sommes intimement liés.

— Ecoute, je n'aurais pas dû venir. Je trouverai une solution toute seule. J'ai une amie à Londres qui m'a offert… Peu importe. Oublie que je suis venue.

— Comme si je le pouvais !

Elle se détourna et reporta son regard sur le jardin situé à l'arrière de la maison et qui semblait avoir bien besoin d'entretien. Elle adorait jardiner. Elle se reprit aussitôt ? Comment pouvait-elle avoir ce genre de pensées futiles en pareil moment ?

Jake resta muet un long moment, mais elle avait l'impression que ses yeux la transperçaient. Puis son souffle s'accéléra, et il fit mine de se rapprocher d'elle.

— Je ne veux pas que tu t'en ailles, dit-il, posant les mains sur ses épaules. Tu as eu raison de venir ici. Nous réglerons ça… ensemble.

Avant même qu'elle sache ce qui lui arrivait, il l'avait attiré tout près de lui. Une part d'elle voulait se dégager, mais une autre part voulait s'abandonner dans ses bras puissants. Troublée, incapable de penser rationnellement, elle s'abandonna donc à son étreinte. Depuis la mort de sa mère, rares avaient été les occasions où on l'avait tenue dans les bras pour la réconforter. Pour tout dire, sa nuit avec Jake avait été une des rares fois où elle s'était vraiment sentie à l'aise, aimée, protégée, vivante…

Mais, le lendemain, l'empire Butler s'était effondré, et son père lui avait affirmé que Jake avait été un des principaux instigateurs de sa destruction.

— Je suis responsable de ce qui s'est passé cette nuit-là, marmonna Jake contre son cou, la voix rauque de désir. J'avais envie de toi, et tu avais envie de moi aussi. Je n'ai appris ce que ton père avait fait que le lendemain.

— Arrête.

Elle ferma les yeux, mais il lui était impossible d'ignorer à quel point elle se sentait bien dans ses bras. Ce ne fut qu'après un instant qu'elle sentit le sexe de Jake, dur contre sa hanche. Il la désirait toujours…

— Arrête ! ordonna-t-elle, tentant de se dégager.

— Dieu me vienne en aide, je te désire encore,

avoua-t-il en la serrant encore plus fort. Et toi aussi. Embrasse-moi.

Son corps chaud et viril se moulait si bien contre le sien, et son désir était si ardent…

Elle savait bien qu'elle ferait mieux de résister. Pourtant, elle tourna son visage vers lui, très lentement, juste assez pour qu'elle puisse approcher sa bouche de la sienne.

Il effleura ses lèvres, d'abord avec hésitation, mais, bientôt, il prit tout ce qu'elle voulait bien donner aussi avidement que la nuit où il lui avait fait l'amour.

La ceinture de son peignoir se défit un peu, et il en écarta les pans, prenant ses seins entre ses mains, passant les pouces sur ses tétons, qui étaient à présent durcis et tendus. Puis il retira sa chemise, et quand il l'étreignit de nouveau contre lui, ses seins furent plaqués contre son torse nu.

Le contact entre sa peau et la toison drue de Jake acheva de la troubler.

— Oh, non.

Elle se sentait dépassée par un désir inopportun. Malgré elle, elle se cambra pour se rapprocher encore un peu plus de lui. Leurs corps semblaient s'encastrer : peau contre peau, hanche contre hanche, cuisse contre cuisse. La peau de Jake était si brûlante qu'elle eut l'impression d'être consumée par un feu rugissant.

Il avait raison, elle le désirait. Le corps déjà languide, elle se sentait si vivante, piégée dans ses bras forts et musclés. C'était comme si leurs deux corps parlaient un langage qui leur était propre. Tout en lui était d'une délicieuse sensualité et attisait le feu qui s'épanouissait au creux de son ventre.

Même après qu'il eut dénoncé son père, elle s'était souvenue de ses baisers et de leur nuit d'amour avec envie. Chaque soir, elle avait rêvé de lui et s'était réveillée au beau milieu de la nuit, ne souhaitant qu'une chose : sentir une fois encore son corps brûlant onduler contre le sien. Même si elle avait refusé de le reconnaître.

— J'ai envie de toi, chuchota-t-il. Malgré tout ce qui s'est passé, j'ai envie de te prendre sur la table. Sur le sol du salon. Dans mon lit. Sur le canapé. Dans la douche. Je veux répéter tout ce que nous avons fait. Je veux le faire encore et encore, jusqu'à ce que je sois trop faible pour me tenir debout, et que tu doives me nourrir à la main pour me ramener à la vie. Et quand j'aurai repris des forces, je veux tout recommencer une fois de plus.

— Je veux tout ça moi aussi, admit-elle en tremblant.

A cet instant, elle songea qu'elle ne voudrait jamais mourir ailleurs que dans ses bras.

Puis il l'embrassa de nouveau, mordillant sa lèvre inférieure d'abord. Petit à petit, son baiser s'approfondit et se fit plus pressant. Sa langue joua avec la sienne jusqu'à ce que le feu dans son ventre embrase tout son corps. Elle pouvait à peine respirer quand il recula enfin.

— Tu es magnifique, dit-il. Inoubliable.

Il glissa la main sous son peignoir puis s'arrêta sur son sein rond et plein.

— Tu es intelligente. Et drôle. Ces dernières

semaines, j'ai bien trop souvent pensé à tes seins, à leur douceur à la dureté de tes tétons. En fait, je ne cessais de penser à toi, malgré tous mes efforts pour t'oublier.

— Ce qui signifie que tu ne m'apprécies pas vraiment… si tu ne veux même pas penser à moi, dit-elle, luttant pour reprendre ses esprits. Tout ce que tu ressens, c'est du désir physique.

Une part d'elle-même souhaita qu'il nie.

— Appelle ça comme tu veux, en tout cas, c'est très puissant, dit-il.

— Lâche-moi. S'il te plaît… Faire l'amour ne ferait que compliquer la situation.

— Mais j'ai envie de toi, insista-t-il.

— Nous avons des choses plus sérieuses auxquelles penser. Nous sommes déjà assez dans le pétrin comme ça, tu ne crois pas ?

— Tu as déjà essayé de chasser une mauvaise habitude ?

— C'est donc ce que je suis pour toi — une mauvaise habitude ?

Il ignora ses tentatives pour se libérer de son étreinte. Au contraire même, il l'étreignit encore un peu plus fort. Mais juste au moment où il approcha sa bouche de la sienne et qu'elle crut qu'elle allait bientôt être balayée par un autre baiser ardent, il se figea.

Il semblait lutter aussi durement qu'elle pour reprendre le contrôle. Puis il marmonna des jurons et relâcha son étreinte.

Elle se sentit blessée, rejetée, même si cela n'avait aucun sens puisque c'est elle-même qui l'avait supplié de la lâcher. Maladroitement, elle joignit les pans de son peignoir et recula.

Jake avait les joues rouges, et elle remarqua la crispation de ses mâchoires. Son regard était incandescent.

— Désolé, marmonna-t-il enfin, mais son ton, irrité, presque agressif, n'était pas du tout contrit.

— Je ne sais pas ce qui… m'a pris, reprit-il en se frottant la mâchoire. Je… j'ai perdu le contrôle pendant une seconde. Excuse-moi.

Il regarda le sol et passa une main dans ses cheveux. Puis il entreprit de remettre les bords de sa chemise dans son pantalon.

— Si je ne peux pas me maîtriser avec toi, même en sachant qui tu es, il faut vraiment que je sorte d'ici.

Il avait tout fait pour lui prouver qu'elle le désirait aussi, et maintenant il reculait, aussi effrayé qu'elle. Tout cela parce qu'il avait perdu son précieux contrôle.

— Mais il faut que nous décidions quoi faire, répliqua-t-elle.

Il prit une profonde inspiration.

— D'abord, nous devons découvrir si tu es vraiment enceinte. Tu dois donc prendre un rendez-vous avec ton médecin aussi vite que possible.

Il semblait oublier qu'en ce qui la concernait, sa grossesse n'était pas son seul problème.

— J'ai besoin d'un endroit où dormir ce soir. A cause de toi, la police a pris mon appartement, tous mes meubles… et ma voiture. Et je n'ai plus d'amis en Louisiane.

Elle marqua une pause. Comme il n'avait pas dit non immédiatement, elle ajouta rapidement :

— J'aurais besoin d'un bac à litière pour Gus.

— D'accord. Bien sûr, tu peux rester ici si tu le souhaites. Mais si tu restes, je m'en vais.

— Pour aller où ?

— Je ne sais pas encore.

— Tu veux dire que je serai seule ici ?

— Juste pour ce soir. Crois-moi, il vaut mieux que je sois parti. Je ne sais pas ce qui vient de se passer entre nous, ni pourquoi. Mais une fois que je me serai repris, et que j'aurai réfléchi, ça ira mieux. Je n'aime pas me sentir piégé, et c'est précisément ce que je ressens quand je suis dans la même pièce que toi.

— Crois-tu que ça me plaît, à moi ?

— Je ne lis pas dans les esprits, alors je ne peux que me fier à ce que tu me dis.

Elle enviait la façon dont il arrivait à compartimenter son esprit. Sa voix grave était presque détachée et contenue à présent, alors qu'elle avait toujours le cœur qui battait la chamade.

Elle s'efforça de suivre son exemple et prit une profonde inspiration pour contrôler ses émotions. Il avait raison, c'était sans doute mieux qu'ils se séparent pour la nuit.

— D'accord, dit-elle. Ça me paraît une bonne idée.

— Je vais te donner mon numéro de portable. Appelle-moi quand tu auras pris rendez-vous avec ton médecin.

Il sortit un jeu de clés de sa poche et le lui tendit.

— Je veux savoir où et quand cela se passera, dit-il.

— Tu pars tout de suite ?

— Je dois retourner au bureau. Comme je te l'ai dit, à cause de toi, ma chère, j'ai beaucoup de gens à renvoyer.

— Je suis navrée.

Elle l'était vraiment.

Il sembla hésiter.

— Juste pour que tu saches où je serai… ce soir je vais aller à Belle Rose et passer la nuit sur le bateau d'un ami, dans le bayou. J'ai besoin de me retrouver seul — pour réfléchir.

Il avait l'air sincèrement accablé. S'il ne s'était pas montré si odieux, s'il n'avait pas joué un rôle dans la chute de son père, elle aurait pu se sentir navrée pour lui.

Sa journée de travail avait visiblement été un véritable désastre, et, pour couronner le tout, elle avait débarqué chez lui pour lui annoncer qu'elle était enceinte.

Et malgré cela, il lui laissait sa maison, pour qu'elle ait un endroit où dormir.

- 4 -

Quand le toit enfoncé de la péniche de Bos apparut enfin, sous l'ombre brumeuse des palmiers nains, des cyprès et de tupelos, Jake arrêta le moteur de sa voiture et se dirigea vers la barque qui lui permettrait d'accéder à la péniche. Il avait espéré qu'une fois qu'il aurait quitté la ville et retrouverait le refuge de son enfance, il se sentirait un peu mieux et que le poids qui lui enserrait la poitrine s'allégerait. Mais malgré la musique habituelle des alligators, des criquets et des grenouilles, il avait la sensation d'être un étranger dans une contrée nouvelle. Son angoisse et son inquiétude l'empêchaient d'apprécier tout ce qui aurait dû lui être familier et cher.

Des images défilaient en boucle dans son esprit : Alicia, pâle, les yeux cernés, dans la voiture de police ; les regards éteints de ses employés quand il leur avait signifié leur licenciement ; les sourires radieux de Logan et Cici à leur mariage. La chaleur poisseuse du marais était étouffante, et renforçait son impression d'être pris au piège de ses problèmes professionnels et personnels. Des problèmes qui, pour la plupart, étaient causés par Butler.

L'air humide était saturé par une odeur de

décomposition et de moisissure. Il aurait préféré faire de l'escalade dans l'Utah ou en Alaska plutôt que de traîner dans le marais. Mais au moins, il était au vert, et la vie était toujours plus simple dans la nature. Il possédait un chalet au sud du parc national de Denali, en Alaska, dans lequel il séjournait chaque été. Dommage qu'il n'ait pas le temps d'y aller maintenant. C'était le seul endroit qui était assez loin de sa vie quotidienne pour lui éclaircir vraiment l'esprit.

Empoignant son amarre, il se plaça au centre de la barque d'aluminium pendant qu'elle avançait en silence vers la péniche, en fendant les eaux noires du marais.

Une nuit seule dans cet endroit sauvage ne suffirait pas à apaiser ses soucis, mais c'était un début. Si Alicia était enceinte, il ne pouvait abandonner son enfant — même si Alicia était la fille de Mitchell Butler.

Il songea aux familles qui vivaient encore dans des caravanes et à qui il avait promis des maisons, avant que les fonds pour les construire aient disparu — à cause de Butler.

Tout en enroulant l'amarre de sa barque autour d'un taquet rouillé, il contempla l'embarcation défraîchie de Bos.

La péniche offrait deux minuscules cabines, une cuisine, mais pas de salle de bains. Etonnamment, l'endroit ne semblait guère avoir vieilli depuis la dernière fois que Jake était monté à bord, il y avait de cela une bonne dizaine d'années. Bos avait été malade récemment, mais quand Jake lui avait rendu visite un mois plus tôt, le vieil homme lui avait dit qu'il avait réussi à l'entretenir tant bien que mal.

— Je ne vais plus beaucoup sur la péniche ces derniers temps, avait dit Bos. Tu es le bienvenu — comme toujours, quand tu veux. La pêche est encore assez bonne même si l'eau dans les marais est plus salée d'année en année.

Bos était un homme qui avait lui aussi besoin de s'échapper de la civilisation de temps à autre.

Jake posa son matériel de pêche près des filets à crabes puis déposa son sac dans la cabine.

Le terrain était situé entre la demeure ancestrale des Claiborne, Belle Rose, et le terrain bien plus modeste de Bos, au sud de Belle Rose. Pierre, le grand-père de Jake, n'avait jamais approuvé le fait que Jake traîne chez Bos quand il était enfant. A dire vrai, son grand-père avait détesté Bos de façon presque irrationnelle. Le vieil homme avait considéré Bos, qui avait tenu un bar malfamé et organisait autrefois des combats de coqs, comme une mauvaise influence. La plupart du temps, Jake lui rendait donc visite en cachette.

Rebelle dans l'âme, Jake, contrairement à son grand-père, avait été fasciné par la réputation de Bos. Mais en réalité Bos n'était pas un si mauvais bougre quand on le connaissait. Il avait adopté sa nièce orpheline Cici, après tout. Il savait ce que c'était que de ne pas se sentir à sa place dans sa propre famille, et il avait emmené Jake avec lui à la chasse, à la pêche, sans jamais poser une seule question indiscrète sur son besoin de fuir son grand-père dominateur et son jumeau un peu trop impétueux.

Bos l'avait encouragé à apprendre à se défendre tout seul dans la nature. Dès qu'il avait été en âge de le faire, Jake avait exploré le bayou en solitaire. Il y avait chassé des tourterelles, des canards, et avait nagé au large d'îles boisées.

A l'époque, Marguerite, sa nounou, le houspillait souvent à ce propos, disant qu'elle ne pouvait garder un bocal de verre dans la maison sans que Jake ne l'emprunte pour y mettre ses crabes, ses grenouilles, ses vairons et ses tortues.

Il sourit en se souvenant de la mine contrariée de Marguerite, mais très vite s'y substitua l'image d'Alicia, seule chez lui.

Elle allait bien, se dit-il. C'était une grande fille. Il lui avait montré comment enclencher l'alarme. Il avait même envoyé Vanessa s'assurer qu'elle avait tout ce dont elle avait besoin.

Alicia allait bien.

Dans ce cas, pourquoi ne pouvait-il oublier son visage blême et blessé dans cette voiture de police ?

Son estomac gronda, lui rappelant qu'il n'avait apporté aucune provision.

« Oublie-la. »

Il avait faim. S'il voulait manger, il fallait qu'il chasse ou pêche quelque chose.

A quoi s'était-elle vraiment attendue en venant chez Jake ? En tout cas ni à de la gentillesse ni à de la considération.

— Si vous n'avez besoin de rien d'autre, il faut vraiment que je rentre voir mes garçons.

La voix de Vanessa était tendue et empressée, pourtant, il y avait une véritable compassion maternelle dans son regard qui lui rappela sa propre mère.

Mais elle se reprit aussitôt. Cette femme était une étrangère. Elle avait une vie, et n'avait guère de temps pour gérer, même brièvement, les problèmes personnels de son patron. S'occuper de ses garçons était sa priorité numéro un.

— Ça ira, murmura-t-elle. Merci d'avoir envoyé quelqu'un pour réparer la fenêtre.

— Vous pourriez dormir chez nous, si vous craignez de rester seule dans une si grande maison.

— C'est vraiment gentil, mais ça ira, je vous assure. Ce n'est que pour une nuit.

— Ça me plairait d'avoir une compagnie adulte, pour une fois.

Alicia secoua la tête.

— Très bien, céda Vanessa. Il m'a dit de brancher l'alarme. Et si vous vous sentez seule, appelez-moi.

Alicia hocha la tête, prit les deux sacs de provisions que Vanessa lui avait apportés, puis ferma la porte derrière elle et la verrouilla à double tour.

Serrant les sacs contre elle, elle retourna dans la cuisine. De façon machinale, elle sortit un pâté de viande, des boîtes de céréales, un pain de mie et une bouteille de lait, et les posa sur le comptoir. Malgré tout, elle songea que c'était gentil à Jake de lui avoir fait porter de quoi manger.

Les derniers rayons du soleil filtraient à travers les stores. Bientôt, il ferait nuit. Elle avait le reste de la soirée pour réfléchir. Au moins, Jake l'avait écoutée, et avait dit qu'il assumerait ses responsabilités. Et il ne l'avait pas mise dehors.

Elle regrettait qu'il ne soit pas là, et cela la déroutait. Elle s'était sentie si bien quand il l'avait embrassée. Comment pouvait-elle ressentir ce lien si puissant envers un homme qui avait couché avec elle pour ensuite aller dénoncer son père à la police ?

Peut-être était-ce le fait de se retrouver dans cette maison, dans laquelle ils avaient discuté, ri, fait l'amour. Ils avaient vécu tant de bons moments ce soir-là.

Non, il ne fallait pas qu'elle pense à cela. Elle avait des tas de choses à faire. Préparer le dîner, se changer, nourrir Gus, regarder la télé, programmer son réveil.

Etait-ce si important de programmer son réveil alors que le rendez-vous chez son médecin n'était qu'à midi ?

Tout en organisant son programme, elle se prépara un sandwich à la dinde.

Tandis qu'elle mangeait, confortablement installée à la table de la cuisine, ses pensées se tournèrent de nouveau vers Jake, et ce qu'elle lui avait dit avant son départ.

— Mais pourquoi dois-tu partir ? avait-elle murmuré. Je me sens coupable de te chasser de ta propre maison.

— Il ne faut pas. Il m'arrive souvent de partir quand j'ai besoin de réfléchir.

— Réfléchir à quoi ?

— A ce que nous allons faire si tu es enceinte.

— Qu'est-ce que tu veux dire ?

Il avait cessé de fourrer son matériel de pêche dans son sac à dos et avait pris son menton entre ses doigts rugueux.

— S'il y a un bébé, je le veux, avait-il dit avec douceur. Est-ce bien clair ?

Mais il n'avait pas dit qu'il voulait d'elle. Elle s'était contentée d'acquiescer.

— Bien, avait-il conclu en laissant retomber sa main.

— Je pourrais m'enfermer dans la chambre du rez-de-chaussée, et ne pas en sortir avant demain matin. Tu ne saurais même pas que je suis là.

— Crois-moi, ce ne serait pas pareil, avait-il rétorqué en souriant. J'ai besoin d'être totalement seul.

— Mais je ne te dérangerais pas.

— Tu parles. Chaque fibre de mon être saurait que tu es là, tout près. Tu me déranges rien que par ton existence.

— Oh.

Elle avait dû avoir l'air blessé, car son expression s'était adoucie.

— Mais pas toujours de la pire façon possible.

« Pas toujours de la pire façon possible. » Un compliment ?

Avant de partir, il avait fermé à clé son bureau et sa chambre, à l'étage. Elle s'était raidie au son de ces bruits de serrure.

Quand elle était enfant, elle suivait son père partout quand il s'apprêtait à partir en voyage. Elle le regardait fermer des tas de portes pour lui interdire l'accès à des ailes entières de leurs différentes maisons.

Les domestiques, bien sûr, avaient les clés, pour pouvoir faire le ménage. Mais sa fille unique n'avait pas le droit d'y entrer.

Toutes les demeures de son père avaient été meublées d'antiquités de valeur et de collections dignes de musées. Il ne faisait pas confiance aux employés de maison pour l'empêcher de s'asseoir sur les chaises, de renverser des boissons ou de la nourriture sur les meubles, ou de tacher une de ses précieuses sculptures ou ses tableaux avec ses doigts.

Avant la mort de sa mère, tout avait été si différent. Leurs maisons étaient autrefois emplies de lumière, de fleurs, d'amis. Sa mère avait toujours eu du temps pour s'asseoir avec sa fille, jouer avec elle, lui lire des histoires, ou tout simplement discuter.

Mais elle refusa de se laisser aller à une nostalgie qui ne pourrait que la déprimer davantage. Le passé était le passé. S'efforçant de penser à autre chose, elle termina rapidement son sandwich et laissa la cuisine aussi propre qu'elle l'avait trouvée.

Elle se sentait trop agitée et seule pour aller se coucher, aussi décida-t-elle de partir à la recherche de Gus.

Grimpant l'escalier flottant, elle resta devant la chambre verrouillée de Jake et se remémora, une fois encore, la nuit qu'ils avaient passée ensemble. Il l'avait portée dans cette chambre et ils avaient dormi dans son lit. Les murs étaient bordés de hautes étagères, et de grandes fenêtres donnaient sur le grand jardin et la piscine.

Ils avaient fait l'amour sur son lit, puis sur l'épais tapis au pied du lit. Ensuite, ils avaient passé un long moment tendrement enlacés dans son lit, à discuter de tout et de rien. Quand elle avait remarqué que seuls des livres emplissaient ses étagères, elle lui avait demandé pourquoi il n'avait pas une seule photo de ses amis ou de sa famille.

— J'ai quitté la maison très jeune. Je voyageais léger. Cette maison est une location, comme toutes les maisons dans lesquelles j'ai vécu. Alors, je n'ai pas de photos.

— Tu ne t'es jamais bâti de maison ?

— Un jour, peut-être.

— Mon père non plus n'aimait pas les photos. Il ne voulait même pas que j'en ai une de ma mère dans ma chambre. Selon lui, les photos le dépri-maient parce qu'elles lui rappelaient des périodes qui étaient mortes et enterrées. Il disait vouloir vivre entièrement dans le présent.

Jake s'était rembruni à la mention de son père, pourtant il avait caressé sa bouche du bout de son index et n'avait rien dit. Avait-il su alors qu'il allait s'allier à Hayes Daniels dès le lendemain, pour accuser son père ? Ou était-ce Hayes qui était venu le trouver ?

Après être allé trouver la police, Jake lui avait téléphoné, peut-être pour lui donner sa version des faits. Ou pour entendre sa version à elle.

Mais elle avait refusé de prendre tous ses appels.

Cependant, combien de fois avait-elle été à deux

doigts de décrocher le téléphone, rien que pour entendre sa voix ?

Une part d'elle voulait le détester pour ce qu'il avait fait à son père, mais d'un autre côté la situation était bel et bien complexe. De grosses sommes d'argent avaient disparu, quelqu'un était forcément coupable. Naturellement, elle ne voulait pas croire que ce soit son père.

Tout en essayant de penser à autre chose qu'à son père et à Jake, elle descendit l'escalier.

Ses pas résonnèrent dans l'immense maison, qui semblait bien trop vide sans Jake.

Arrivée au bas de l'escalier, elle ferma les yeux. Plus que tout, elle aurait voulu que Jake soit là. Une sensation de manque terrible qui la stupéfia.

Que lui arrivait-il ?

Jamais elle ne s'était sentie aussi déconcertée par les désirs inaccessibles et mystérieux de son cœur.

- 5 -

— Je t'avais bien dit que j'étais enceinte, dit Alicia d'un ton lugubre. Tu aurais dû t'y préparer.

— J'aurais dû, oui.

Jake la prit par le coude et la conduisit vers le parking.

Il était presque 13 heures, et la chaleur était étouffante. Dans la rue animée, les voitures défilaient sans interruption.

— Je n'avais pas mesuré à quel point j'espérais que tu te trompes, dit-il, se mettant du côté rue du trottoir pour la protéger de la circulation.

Au prix d'un immense effort, elle tenta d'ignorer la douleur que ses mots avaient causée. Dans le cabinet du médecin, il l'avait à peine regardée, et n'avait quasiment pas dit un mot. Dès l'instant où le médecin avait confirmé les craintes d'Alicia, le visage hâlé de Jake était devenu un masque de pierre. Le Dr Preston avait eu beau essayer de le pousser à s'ouvrir, il avait répondu du bout des lèvres à chaque question. Sur son visage fermé, seul son regard bleu orageux témoignait des émotions conflictuelles qui semblaient faire rage en lui.

— Tu avais l'air drôlement ravie dans le cabinet du médecin, marmonna-t-il. Je n'en reviens pas de toutes les questions que tu posais, comme si c'était une grossesse normale et que nous étions un couple heureux.

— Je ne suis pas exactement heureuse, murmura-t-elle prudemment. Mais j'aimerais l'être. Tout comme j'aimerais que tu le sois aussi. Tout enfant mérite des parents qui le désirent — même le nôtre.

— Oui mais…

— Je n'y peux rien si je veux que notre enfant soit désiré et qu'il ait une enfance normale et choyée. Toute mère le voudrait.

— Même une mère qui méprise le père de son bébé ?

C'était là qu'il se trompait. Elle ne le méprisait pas. Elle avait même été heureuse qu'il soit à ses côtés tout à l'heure.

— Veux-tu que je te mente à toi et au médecin sur ce que je ressens ? continua-t-il. Où cela nous mènera-t-il, si nous nous mentons l'un à l'autre sur tous les sujets ?

— Où cela nous mènera-t-il si nous ne nous concentrons sur rien, hormis le fait que nous nous détestons ? Comment bâtir quelque chose sur cette base ?

— Que diable pourrions-nous bâtir ?

— Un environnement positif pour notre enfant.

— Je dirais que nous commençons sacrément mal, alors.

— Ce qui signifie qu'on ne peut que faire mieux, rétorqua-t-elle, heureusement trop bas pour qu'il l'entende.

— Quoi ?

Incapable de composer avec son attitude hostile, elle changea de sujet :

— En tout cas, je te remercie d'être venue. J'apprécie, vraiment. J'avais la nausée ce matin. Pendant un instant, j'ai même cru que je n'arriverais pas à sortir de la maison.

Son attitude polie et courtoise sembla le calmer, ne serait-ce qu'un peu.

— Je suis navré pour tes nausées. C'était mon idée que tu voies un médecin, tu te souviens ? Le moins que je pouvais faire, c'était t'accompagner.

— Crois-moi, certains n'auraient pas pris cette peine.

« Comme mon père. »

Il lui ouvrit la portière de son monospace.

— Attache ta ceinture, ordonna-t-il.

Il attendit qu'elle soit parfaitement attachée avant de se mettre au volant. Pourquoi le fait qu'il s'inquiète de ce petit détail était-il d'un tel réconfort ?

Elle avait une telle envie de bonheur qu'elle s'accrochait au moindre élément positif. Et cela la contrariait que l'attitude de Jake l'affecte à ce point.

Tandis que Jake s'installait derrière le volant, les notes boisées de l'eau de toilette de Jake taquinèrent son odorat. Etonnamment, malgré la chaleur, cela ne lui donna pas du tout la nausée comme certains parfums. En fait, Jake sentait si bon qu'elle ne put s'empêcher de lui lancer un regard.

Elle remarqua qu'une mèche de cheveux sombres tombait sur son front. Une barbe naissante ombrait sa mâchoire, ce qui renforçait encore un peu plus sa séduction virile et ténébreuse Quoi qu'il fasse,

Jake semblait naturellement sexy. Mais pourquoi était-elle incapable de rester insensible à son charme ? Après tout, ne lui avait-il pas clairement fait comprendre qu'il ne voulait rien avoir à faire avec elle ?

Il n'avait pas eu le temps de se doucher ou de se raser, ou même de changer de jean, avant leur rendez-vous. Et il avait les yeux cernés. A l'évidence, il avait été si pressé de l'emmener chez le médecin qu'il ne s'était pas du tout occupé de lui.

— Tu as l'air fatigué, dit-elle, ressentant un peu trop de compassion à son égard.

Même épuisé, il était d'une virilité si irrésistible qu'elle éprouva une envie aussi irrépressible qu'absurde de se jeter sur lui. Ce qui était ridicule, vu qu'il la considérait comme son ennemie.

— Je n'arrivais pas à dormir, marmonna-t-il. Le matelas était défoncé et sentait le moisi. Il faisait chaud. Et je n'arrêtais pas de réfléchir.

Il lui lança un regard accusateur. Etait-ce à cause d'elle qu'il n'avait pas trouvé le sommeil ?

Il régla l'air conditionné, mais ne semblait toujours pas décidé à démarrer.

— Est-ce que la température te convient ?

Elle acquiesça d'un signe de tête.

— Et toi ? Je veux dire, en dehors de tes nausées matinales, comment te sens-tu ?

Il fit mine de se concentrer sur la circulation, comme s'il n'attendait pas vraiment de réponse.

— Tu n'as pas l'air très en forme non plus, ajouta-t-il après un petit instant de silence.

— Moi non plus je n'arrivais pas à trouver le sommeil.

Bien sûr, elle n'allait pas lui avouer que c'était un désir brûlant et irrépressible qui l'avait tenue éveillée.

Le regard qu'il posa sur elle était si inquisiteur qu'elle retint son souffle.

Soudain, elle eut même du mal à respirer. Pourquoi le fait d'être si près de lui la rendait-elle si nerveuse ? Pourquoi Jake ne démarrait-il pas ? Elle voulait rentrer au plus vite afin qu'ils ne soient plus piégés dans un si petit espace, avec des émotions qu'ils n'arrivaient pas à contrôler. Pour l'instant, elle se sentait aussi dépassée par lui que lors de leur première nuit.

— Je… je n'arrive toujours pas à croire à ce qui nous arrive, dit-elle d'une voix calme.

— Moi non plus au début, mais la réalité s'est assez vite imposée à moi. Toi et moi, nous allons avoir un bébé — que nous le voulions ou non. La question est, qu'allons-nous faire ?

— Je n'avais pas réfléchi aussi loin.

— Je parie que si. Tu es venue ici tout de suite quand tu avais besoin d'argent, non ?

— Non ! Ce n'était pas pour cette raison. Je… je ne veux pas que mon enfant soit illégitime, c'est tout.

Il se tourna vivement vers elle, le regard perçant.

— *C'est tout ?* Tu ne parles tout de même pas de… mariage ?

Elle se mordilla la lèvre et déglutit avec difficulté.

— Toi et moi… ensemble… dans une sorte

d'arrangement permanent ? supposa-t-il. Ce n'est pas comme si nous étions cent ans en arrière, et que ton père allait me conduire à l'autel avec une arme pointée dans mon dos. Ce serait d'autant plus difficile qu'il est assigné à résidence.

Etait-ce sa faute si elle voyait les choses de manière aussi simpliste ? Chaque fois qu'à l'école on lui avait demandé de dessiner l'image de sa famille, elle avait toujours dessiné un papa, une maman, et elle au milieu.

— Tu ne nous vois pas vraiment comme un couple, dis-moi ? demanda-t-il manifestement inquiet.

Elle secoua la tête, car c'était à l'évidence la réponse qu'il attendait.

— Ecoute, je crois que j'ai paniqué quand j'ai eu mes nausées. Je me sentais si mal que j'ai pensé que je ne pourrais pas y arriver seule. J'aurais peut-être été plus forte avant… mais maintenant… Je n'ai pas d'argent. Pas d'alliés. Pas de famille… sauf papa, qui a été inculpé.

— Et tu es tellement habituée à avoir de l'argent que tu ne sais pas comment te débrouiller sans.

— Ma vie n'est pas celle que tu crois. Je n'ai plus d'amis en Louisiane. Tout le monde ici me reproche ce qu'on suppose que mon père a fait.

— Ce qu'il *a* fait ! Et selon toute probabilité, ce que tu l'as aidé à faire. A qui la faute, hein ?

Elle n'en croyait pas ses oreilles. Il la croyait elle aussi coupable !

— D'accord. Tu penses que j'ai projeté de détourner des millions de dollars de Houses for

Hurricane Victims et de sa banque ? Et que j'ai sciemment décidé de détruire ta réputation ?

— Eh bien, c'est ce que ton père a fait, en tout cas.

— Je pense que mon père est innocent.

— Dans ce cas, où est passé l'argent qu'il gérait ? Pourquoi n'y a-t-il aucune preuve qu'il ait investi le moindre dollar ? Tu ignores peut-être comment fonctionne le monde caritatif, alors laisse-moi te confier un petit secret : à la première rumeur de scandales, tous les dons se tarissent. Donc, maintenant, toutes les familles qui comptaient sur moi pour reconstruire leurs maisons peuvent faire une croix dessus. A cause de mon implication dans cette affaire, les fonds pour mes propres projets professionnels se tarissent également. Avoir un quelconque lien avec toi en ce moment, ce serait un suicide financier pour moi. Et tu voudrais que je t'épouse ?

— Le gouvernement enquête sur lui depuis six semaines, et jusqu'ici, ils n'ont rien trouvé sur moi. Ça ne te suffit pas ? Je n'ai jamais été bénévole pour ton association. Je n'ai jamais travaillé dans la banque de mon père ni dans ses chantiers navals.

— Peut-être que tu es douée pour effacer tes traces.

Elle n'eut même pas la force de se mettre en colère.

— Ou peut-être que je suis innocente. J'étais rédactrice en chef, pas femme d'affaires.

— Je ne suis pas né de la dernière pluie. Tu as obtenu ce travail grâce aux relations de ton père.

— Peut-être.

— Peut-être que tu es une manipulatrice, comme ton père. Peut-être que tu es venue hier en espérant que je t'aiderais financièrement.

— Est-ce que tout est vraiment question d'argent chez toi ?

Il se pencha vers elle.

— Comment oses-tu me poser cette question ?

— Et notre enfant dans tout ça ? Je veux que mon bébé porte le nom de son père… et qu'il ait son amour, si possible. Ton amour. C'est très important pour moi. Veux-tu jouer un rôle dans sa vie, oui ou non ?

Il ne répondit rien.

— Parce que si tu ne veux pas, une de mes meilleures amies, Carol Lawton, vit à Londres. Quand elle a appris mes déboires, elle m'a proposé un travail dans une maison d'édition là-bas. Ce qui signifie que je quitterai la Louisiane…

— Non !

— Tu n'aurais pas à rester marié avec moi très longtemps pour lui donner ton nom. Tu pourrais même dire aux gens pourquoi tu m'as épousée.

— Non. Je ne pourrais pas faire ça.

Son regard semblait fuyant tout à coup.

— Alors, quel genre de mariage as-tu en tête ? Le seul avantage que nous ayons pour nous, c'est que nous nous entendons très bien sur le plan sexuel.

— Pas de sexe, s'empressa-t-elle de dire.

— Quoi ? Après la façon tu m'as embrassé hier, es-tu sûre que c'est ce que tu veux ?

— Tu veux rire ? C'est toi qui as fui dans le marais parce que tu ne pouvais pas supporter les effets de ce baiser. Si je veux t'épouser, c'est pour le bébé — pas pour nous. Je ne pense vraiment pas que nous devions compliquer notre situation en couchant ensemble.

— Vraiment ? dit-il, esquissant un sourire. Tu sembles si… déterminée.

Elle aurait bien voulu. Jake avait un effet si dévastateur sur elle qu'elle se demandait si elle pourrait lui résister, s'il choisissait d'exploiter cette faiblesse un soir où elle se sentirait particulièrement seule et malaimée.

— Donc, il s'agit d'un mariage de convenance, conclut-il. Naturellement, tu exigeras une pension alimentaire conséquente quand nous divorcerons.

— Non, aucune.

— Eh bien, une Butler qui n'en a pas après l'argent. Etonnant !

— Je signerai un contrat prénuptial si tu le souhaites. Si tu m'aides à trouver un emploi quelque part… ou si tu m'aides à m'installer à Londres, ce serait merveilleux. Nous… nous n'aurions même pas à vivre ensemble pendant que nous sommes mariés. Je veux juste que le bébé sente que son père le désirait.

— Alors, pas de sexe et pas de pension ?

— Je te l'ai dit, il ne s'agit pas d'argent ou de sexe. Il s'agit de ce qui est le mieux pour le bébé. J'ai grandi avec tout l'argent du monde, mais…

— Mais avec pour père une véritable ordure, qui ne s'est jamais souciée de toi. Pauvre petite fille riche.

— S'il te plaît… ne le dénigre pas.

Elle s'interrompit, dépassée par les sentiments douloureux que ses mots avaient réveillés trop facilement en elle. Son enfance avec son père avait peut-être été sans amour, mais cela ne voulait pas dire qu'elle pouvait supporter que d'autres le jugent. Surtout maintenant qu'il était assigné à résidence et qu'elle-même ne savait pas s'il était coupable ou innocent.

Elle observa un couple qui sortait de la clinique médicale, et se détourna pour que Jake ne voie pas la tristesse qui montait en elle. Les deux jeunes gens riaient et se tenaient par la main. Quand ils atteignirent leur petite voiture cabossée, l'homme prit la femme dans ses bras et l'embrassa avec ferveur. Peut-être qu'eux aussi avaient appris qu'ils allaient avoir un bébé — sauf qu'eux étaient ravis.

« Comme je les envie. »

Du coin de l'œil, elle vit que le manège du jeune couple n'avait pas non plus échappé à Jake. Elle le sentit se raidir à côté d'elle. Pourtant, quand il reprit la parole, son ton était plus doux.

— Désolé… pour ce que je viens de dire sur ton père, s'excusa-t-il.

— Ça ne fait rien. Notre mariage serait loin d'être un conte de fées. Et crois-moi, mon père ne sera pas ravi du tout quand il apprendra la situation.

— Si tu es décidée à te marier, alors nous vivrons ensemble, grommela Jake.

Elle ne put masquer sa surprise.

— Pourquoi ? Alors que tu ne voulais même pas passer la nuit avec moi hier ?

— Est-ce que je sais ? Peut-être parce que je ne

te fais pas confiance. Tant que tu seras ma femme, je veux que tu sois près de moi, pour que je puisse garder un œil sur toi. D'ailleurs, qui veillera sur toi si je ne suis pas là ?

Malgré elle, cette dernière phrase lui réchauffa le cœur.

— Ma maison est grande, dit-il. Tu peux continuer à utiliser la chambre du rez-de-chaussée. Je vivrai au premier, comme je l'ai toujours fait. Mais tant que nous serons mariés, tu ne devras avoir aucun contact avec ton père.

— Mais, Jake…

— C'est non négociable. Je ne fais confiance ni à lui ni à toi — et encore moins quand vous êtes ensemble.

— Mais il a été arrêté. Il est seul, et il a des ennuis. Je sais ce qu'il traverse, je ne peux pas lui tourner le dos maintenant.

— Aussi longtemps que tu seras ma femme, tu n'auras aucun contact avec lui. Pas même un coup de fil. Tu dois aussi te tenir à l'écart de son procès. Est-ce clair ?

Elle regarda en silence les voitures qui défilaient devant le parking. Et si son père était innocent ?

— Veux-tu m'épouser, oui ou non ? insista-t-il d'un ton déterminé.

Elle se sentait incertaine, tout à coup, pleine de confusion.

Mais elle finit par hocher la tête.

— Mais uniquement pour le bien du bébé.

— Donc tu acceptes de rester loin de ton père tout le temps que nous serons mariés ?

— Oui, dit-elle si doucement que sa réponse fut presque inaudible.

— Il ne peut pas y avoir d'autres hommes dans ta vie pendant notre mariage.

— Quoi ? murmura-t-elle, blessée qu'il la pense capable d'une attitude aussi légère.

A sa décharge, tout ce qu'il savait d'elle, c'était qu'elle avait couché avec lui sans retenue, alors qu'elle le connaissait à peine. Comment pouvait-il savoir à quel point cela avait été exceptionnel, à quel point elle s'était sentie profondément liée à lui ?

— Puisque notre mariage va perturber beaucoup de gens, y compris mes clients et employés, je veux qu'il ait l'air respectable. Je ne veux pas donner à la presse ou à tes nombreux ennemis le moindre os à ronger. Alors il faut que tu acceptes de ne pas être vue en compagnie d'autres hommes.

— Evidemment, dit-elle d'un ton calme alors que la colère bouillonnait en elle. Mais toi ? Est-ce que la même règle s'appliquera à ta personne ?

— Oui, je me plierai à la même règle — pour les mêmes raisons.

— Et non par loyauté envers moi. Mais pourquoi devrais-tu te sentir loyal, après tout ? Tu ne veux pas plus te marier avec moi que je ne le veux.

— Peut-être que finalement nous commençons à nous comprendre. Seras-tu fidèle ?

— J'ai déjà dit oui ! s'emporta-t-elle. As-tu vraiment passé la nuit seul hier soir ?

Il sourit.

— Donc, tu t'en soucies un peu ?

Elle secoua la tête avec beaucoup trop de vigueur,

car son sourire, ce magnifique sourire qui l'avait séduite, s'agrandit, la troublant plus que de raison.

— Etais-tu vraiment seul ? insista-t-elle.

Elle était maintenant incapable de contenir sa fureur. Contre lui qui était si irrésistible, et contre elle-même qui était si sensible à son charme.

— Oui, j'étais seul. Quand tu seras mon épouse, une épouse qui, soit dit en passant, refuse de coucher avec moi, t'attendras-tu à ce que je réponde à de telles questions si je choisis de ne pas rentrer certains soirs ?

Sa colère retomba d'un coup.

— Ecoute… je n'aurais pas dû te poser cette question. Oublie ça ! Je me fiche de ce que tu fabriques…

— D'accord. Mais juste au cas où tu t'y intéresserais… j'ai passé la nuit seul, comme je te l'ai dit. J'étais sur une péniche dans le marais, près de Belle Rose.

— Il fallait que je m'éloigne, ajouta-t-il. Le fait de renvoyer des employés… toi qui venais m'annoncer une possible grossesse… c'était trop pour une seule journée. Je ne voulais pas être avec toi… ni avec aucune autre femme. Je sais que ça peut sembler bizarre, d'aller se réfugier dans la nature sur une impulsion, mais c'est quelque chose que je fais souvent quand j'ai besoin de me retrouver. Je le referai sans doute durant notre mariage — si nous nous marions. Satisfaite ?

— J'aimerais bien.

— Bon, revenons-en à notre plan. Nous nous marions. Et quelque temps après la naissance du bébé, nous nous séparons. Pas de pension. Pas de droits de visite stricts.

— Bien, dit-elle.

Mais au fond cette perspective la déprimait.

— C'est vraiment tout ce que tu veux ?

— Je ne veux rien de tout ça ! ne put-elle s'empêcher de répondre.

— Tu me voulais cette nuit-là, lui rappela-t-il.

Le souvenir de cette nuit, ravivé par le fait qu'elle désirait encore Jake, n'avait plus rien d'agréable.

— Tu savais à quel point j'étais triste ce soir-là… parce que mon père venait juste de me dire qu'il était au bord de la faillite, et qu'il pourrait tout perdre, y compris sa banque. Quand tu m'as appris que tu étais associé avec lui dans ton œuvre de charité, je t'ai fait part de mes inquiétudes à son sujet. Je ne soupçonnais pas que tu projetais de t'allier à Hayes Daniels pour l'accuser de tous ces méfaits, ou que peut-être tu t'intéressais à moi uniquement pour obtenir d'autres informations.

— Je ne projetais rien du tout. Je n'avais aucune idée que ton père était coupable de quoi que ce soit. Hayes ne m'a fait part de ses doutes sur Mitchell que le lendemain. Cela dit, quand tu m'as parlé des problèmes financiers de ton père, je me suis dit que tu étais vraiment très au courant de ses affaires, et que tu y étais impliquée. Alors, oui, le lendemain matin j'étais furieux après toi pour m'avoir trompé… et m'avoir séduit. J'ai pensé que tu avais couché avec moi pour acheter mon silence, pour que je te laisse une chance de te défendre.

Comme tu refusais de prendre mes appels, j'en ai déduit que tu étais coupable.

Elle n'avait pas répondu au téléphone parce qu'elle avait pensé que Jake était l'homme le plus fourbe qui soit.

— Je me sentais très seul ce soir-là, moi aussi, malgré tous ces gens venus au mariage de Logan et Cici. Ces réunions de famille me donnent toujours le sentiment de ne pas être à ma place. Et tu étais très, très belle.

Elle rougit, se sentant flattée malgré elle. Et ce qu'il ajouta ensuite acheva de la troubler.

— Tu m'as fait perdre la tête, comme tu le sais sans doute.

Avait-il, comme elle, ressenti cette incroyable excitation ? Elle voulait tant le croire.

— Ensuite, je me suis demandé si tu m'avais tendu un piège, dit Jake, ruinant ainsi l'élan de sympathie qu'elle venait d'éprouver envers lui. Et cette grossesse ? Es-tu tombée enceinte exprès ? Peut-être pour m'acheter ?

— Bien sûr que non ! Jamais je n'embarquerais un bébé dans un tel chaos ! Tu semblais si gentil ce soir-là, et idiote que j'étais, je t'ai fait suffisamment confiance pour me confier à toi… et coucher avec toi.

Il la fixa dans les yeux un long moment.

— D'accord, murmura-t-il quand il démarra enfin la voiture. D'accord.

— Le lendemain de notre nuit ensemble, tu m'as appris qu'il manquait de l'argent de Houses for Hurricane Victims. Mon père m'a affirmé que c'était toi qui l'avais volé, et qu'ensuite tu lui avais fait porter le chapeau.

— Eh bien, c'est faux. Tu crois toujours tout ce que ton père te raconte ?

— J'essaie de me mettre à sa place… parce que c'est mon père, et le seul parent qui me reste.

— Ecoute, répliqua-t-il visiblement furieux, j'étais gentil avec toi ce soir-là parce que… Bon sang, je t'ai déjà dit pourquoi…

Il jura dans sa barbe.

— Si je suis déjà maudit à tes yeux, pourquoi perdrais-je mon temps à me défendre ?

L'épais silence qui tomba entre eux était tendu.

Elle repensa à la manière dont Jake l'avait incitée à se confier à lui ce fameux soir. Il avait fait mine d'écouter et de comprendre ses craintes concernant son père ; il avait fait semblant de se soucier d'elle. Trop contente d'avoir un peu d'attention, elle avait fini dans son lit.

Mais pas avant de lui en avoir dit un peu trop. Feignant l'empathie et la passion après ses confidences, Jake l'avait embrassée avec ardeur, jusqu'à ce qu'elle se sente en sécurité et folle de désir.

— Tout ira bien, avait-il murmuré d'une voix douce. Les moments difficiles font partie de la vie. Ils nous enseignent des leçons que nous avons besoin d'apprendre.

Très vite, elle s'était accrochée à lui, espérant plus que sa compassion. Oubliant son père et ses ennuis, elle avait supplié Jake de lui faire l'amour. Et il avait comblé tous ses désirs.

Puis, au petit matin, il était parti. Un peu plus

tard, son père l'avait appelée et l'avait informée que Jake Claiborne et Hayes Daniels l'avaient dénoncé à la police.

Son père avait été anéanti, et Jake était au moins en partie responsable. Chaque fois qu'elle repensait à la façon dont elle avait mis son âme à nu et offert son corps à un homme qui l'avait trahie, elle revivait son humiliation avec la même intensité. Elle s'était dit alors qu'elle ne devrait plus jamais revoir Jake, ni même répondre à ses coups de fil.

Mais ce n'était pas si facile, quand il avait continué de lui téléphoner, et que tous ses amis lui tournaient le dos.

Elle se força à revenir au présent, et à leur nouvelle réalité. Jake roulait si vite qu'instinctivement elle s'agrippa aux accoudoirs pendant que les maisons et les centres commerciaux défilaient devant ses yeux. Quand ils atteignirent sa vaste maison, une demi-douzaine de reporters étaient encore sur le trottoir.

Quand Jake s'engagea dans l'allée, des journalistes sortirent de leurs vans et coururent vers le véhicule. Sans leur prêter attention, Jake conduisit lentement vers le portail automatique qui se referma derrière eux, les mettant à l'abri de la horde invasive.

Une fois dans son garage, il coupa le moteur et se tourna vers elle.

— Donc, tu m'as dit ce que tu voulais et ce que tu penses de moi ?

— J'imagine, dit-elle.

— Alors, voilà ce que moi je veux retirer de cette désastreuse affaire. D'abord, nous n'impliquons que le minimum de personnes dans notre plan. Je ne veux pas que mon grand-père en souffre. Il se sent seul. Je ne veux pas qu'il nourrisse un attachement inadéquat envers une femme que je ne compte pas garder dans ma vie plus longtemps que nécessaire. Et je ne suis pas en très bons termes avec Logan. Moins ma famille en saura, mieux ce sera.

— Mais il était si gentil avec moi lors de son anniversaire. Tu veux vraiment que je sois impolie avec lui ?

— Sois polie, mais froide. Au cas où tu ne l'aurais pas remarqué, tu es naturellement douée pour ça.

— Merci… pour ce non-compliment, murmura-t-elle.

— Oh, tu peux me remercier, ma chère. J'ai accepté de t'épouser, non ? Pour moi, c'est un grand pas.

— Pour moi aussi.

L'expression méfiante de Jake lui indiqua qu'il ne la croyait pas.

— Tu m'as demandé en mariage, pourtant.

— Pas parce que j'en avais envie, assena-t-elle, choquée par la manière dont il présentait les choses.

— Donc… j'imagine que la prochaine étape sera la cérémonie. Es-tu prête à t'en charger, ou veux-tu que je demande à Vanessa de s'en occuper ?

Quand elle était petite, sa mère l'avait autorisée à faire la décoration de toutes ses fêtes. Avec enthousiasme, elles avaient découpé des étoiles en carton, et les avaient décorées de paillettes multicolores. Elles avaient accroché des posters, et envoyé des invitations. Une fois, sa mère avait loué un poney, et Alicia et toutes ses amies l'avaient monté dans le jardin. Mais après la mort de sa mère, ses anniversaires, quand son père daignait s'en souvenir, et les fêtes pour les grandes étapes de sa vie avaient toujours été organisés par les employés de son père.

Il était hors de question de laisser son mariage, quels qu'en soient les termes, être organisé par le personnel de Jake.

— Je m'en charge, murmura-t-elle.

Un bébé. Un mariage de convenance avec Jake Claiborne.

Les prochains mois s'annonçaient explosifs.

- 6 -

Quelle ironie que St. Anthony's Garden, l'endroit qu'Alicia avait choisi pour leur mariage, ait autrefois été le lieu de duel le plus populaire de La Nouvelle-Orléans. Dommage que le XXIe siècle soit plus civilisé. Si Jake avait pu défier le père d'Alicia et le tuer, il l'aurait fait.

Aujourd'hui, pourtant, la paix régnait. Des oiseaux piaillaient dans les chênes. La célèbre sculpture de Jésus trônait au milieu du jardin ombragé, dans lequel régnait une douce odeur d'olives. Au-delà du jardin, dans Pirate's Alley, des touristes discutaient entre eux, tandis que d'autres se faisaient prendre en photo. Plus loin, des musiciens de rue jouaient des airs de jazz.

Jake aurait bien voulu détester Alicia de l'avoir mis dans une telle situation, mais il savait bien qu'il était tout aussi responsable qu'elle. Il ne voulait pas l'épouser, mais à chaque mot que le prêtre prononçait le liant à Alicia Butler, son désir pour elle s'intensifiait, jusqu'à en devenir étouffant. Depuis qu'il avait accepté ce mariage, des pensées d'une Alicia nue et alanguie dans son lit le consumaient.

Pourquoi fallait-il qu'elle soit si près de lui, et qu'à chaque souffle il respire son parfum ?

« Certains disent qu'un bout de papier ne compte pas ; que cela ne change rien.

» Ils parlent sans savoir. »

Il se sentait piégé. Condamné, même.

Et pourtant, son corps brûlait de posséder Alicia. Ses sentiments pour elle étaient irrationnels, et plus forts que ce qu'il avait jamais ressenti pour aucune autre femme.

Pour se distraire, il fixa les trois flèches de la cathédrale St-Louis, qui dominait leur petite cérémonie. Ils étaient tous massés derrière les arbres ravagés par les ouragans. Vanessa et un de ses fils constituaient les seuls invités, et l'adolescent était concentré sur sa console de jeux.

Heureusement, aucun membre de sa famille ou de celle d'Alicia n'était présent pour assister à cette mascarade.

Le fait qu'Alicia sembla tout aussi malheureuse que lui ne le consolait pas. La main qu'elle avait posée sur son bras pour garder l'équilibre tremblait. Son port était rigide ; son si joli visage était comme éteint.

Son cœur tressauta. Il n'avait aucune obligation envers elle, et encore moins celle de s'apitoyer sur son sort et de lui témoigner de la sympathie. Après tout, ce mariage platonique qui risquait de le rendre fou, c'était son idée à elle.

Non seulement il était contraint de l'épouser, mais en plus il n'en tirerait aucune contrepartie. Même s'il avait conscience du caractère grossier de ses interrogations, c'était un fait : il regrettait de ne pas avoir exigé un véritable mariage. Un mariage qui impliquerait du sexe.

Tout en ruminant ses sombres pensées, il jeta un nouveau regard vers Alicia.

Le soleil de fin d'après-midi qui filtrait à travers les chênes caressait son front haut et classique, et mettait en valeur sa peau laiteuse. Chaque fois que leurs regards se croisaient, ses grands yeux bruns étincelaient. Pourquoi ne cessait-elle de passer sa langue sur ses lèvres sensuelles ? Cette vision lui rappela aussitôt tous les endroits érotiques que sa langue et ses lèvres humides avaient caressés, par petites touches habiles.

Son regard se porta sur son nez droit et fin, son menton délicat, son cou gracile. Sa robe, un fourreau de dentelle, était comme une seconde peau, et soulignait sa silhouette parfaite, tandis que la pureté du blanc lui donnait un air presque virginal. Sa grossesse était indétectable.

— Jake, voulez-vous épouser cette femme, jurez-vous de l'aimer, de la consoler, de l'honorer et de la protéger, en renonçant à toutes les autres, jusqu'à ce que la mort vous sépare ? demanda le père Alex.

Alicia le regarda avec émotion, et il sentit son pouls s'accélérer.

— Je le veux, dit-il d'une voix rugueuse.

Il eut beau essayer d'ignorer la douceur de sa réponse quand elle se promit à lui pour toujours, quand sa voix émue prononça les mots « Je le veux », il fut touché, et le besoin de la posséder surgit de nouveau.

Soudain, il était impatient de lui glisser la bague au doigt. Il ne voulait pas que d'autres hommes la regardent ou la touchent, sans savoir à qui elle appartenait.

Elle était sa femme. La sienne. Point final.

Tandis que le prêtre continuait de réciter les formules d'usage, il fut pris d'une impérieuse envie. Il voulait au moins l'embrasser. Un baiser ne faisait-il pas partie de cette fichue cérémonie ?

Après un interminable discours, le prêtre les déclara enfin mari et femme.

— Vous pouvez embrasser la mariée, annonça-t-il.

Alicia tenta de se détourner, mais il l'agrippa par la taille et la piégea dans ses bras puissants. Interrompant son cri de protestation, il prit possession de ses lèvres.

Elle tenta fermement de le repousser, mais dès que leurs lèvres se touchèrent, elle soupira, puis murmura son nom.

— Jake, oh, Jake…

Ses yeux sombres étaient enflammés d'un désir aussi profond que le sien. Elle enroula les bras autour de son cou et se plaqua contre lui.

Son corps était si doux, si chaud contre le sien. Des vagues de plaisir l'envahirent. Elle entrouvrit les lèvres, l'invitant à aller plus loin.

Peut-être que tout dans leur mariage était faux, mais ce baiser était réel. Trop réel.

Quand il inséra la langue dans sa bouche chaude au goût de miel, elle trembla, ce qui le bouleversa.

Son baiser était inutilement agressif, possessif et primitif. Maintenant qu'il avait commencé à l'embrasser, c'était comme si une force extérieure le possédait, l'empêchant de s'arrêter.

Il l'avait épousée, non ? Elle était à lui, à présent.

Depuis qu'il l'avait embrassée le jour où elle s'était montrée sur le seuil de sa porte avec armes et bagages, il avait voulu réitérer l'expérience. C'était même devenu une obsession. Sa petite retraite dans le marais pour reprendre ses esprits n'y avait rien changé.

Il la serra contre lui. Il voulait qu'elle gémisse, qu'elle appuie son corps svelte et ses seins lourds tout contre lui, qu'elle devienne languide et le supplie d'aller plus loin. Plus il l'embrassait, plus il en voulait.

— Jake, nous sommes en public, murmura-t-elle d'une petite voix.

Elle le repoussa doucement, puis le regarda avec un mélange de désir et d'embarras.

Lentement, le sens de ses paroles s'infiltra dans son cerveau embrumé, et il se rendit compte qu'il avait largement dépassé les limites.

Que lui arrivait-il ?

Tout en se reprochant sa maudite faiblesse envers elle, il la relâcha.

Les joues un peu trop rouges, Alicia recula d'un pas. De toute évidence mal à l'aise, elle lui tourna le dos et lissa ses cheveux d'une main tremblante.

Quand le regard incisif et interrogateur de Vanessa chercha le sien, il se sentit comme un idiot. Si elle pouvait s'occuper de ses affaires, pour une fois ! A sa grande surprise, elle ne fit aucun commentaire et les regarda avec douceur.

Vanessa n'était pas la seule à les observer avec fascination. Son fils avait cessé de jouer avec sa console, et le père Alex, qui avait fait tomber sa bible, la ramassait d'un geste malhabile.

Il fallait absolument qu'il reprenne la situation en main. Il prit l'air le plus dégagé possible et se tourna vers Alicia.

— Eh bien, maintenant que nous en avons fini avec la cérémonie, Vanessa peut te reconduire à la maison. Je retourne au bureau.

Elle rougit, comme si elle était piquée dans sa fierté.

— Mais nous sommes samedi.

— Et ?

— Eh bien… quand rentreras-tu ?

Il ne voulait pas qu'elle sache à quel point elle l'avait troublé. Il voulait que personne ne le sache.

— Ce n'est pas un vrai mariage, chuchota-t-il. Alors ne m'attends pas. Regarde un film ou lis un livre. Occupe-toi de ton chat. Franchement, je me fiche de ce que tu feras.

Elle devint si pâle qu'il crut qu'elle allait s'évanouir. Il allait la rattraper quand Vanessa vint les rejoindre.

Plus que tout au monde, il voulait prendre Alicia dans ses bras. La conduire chez lui, et passer la nuit avec elle, mais ses sentiments étaient trop bruts et puissants.

L'air blessé d'Alicia lui donnait l'impression d'être un pauvre type.

Mais pourquoi se sentait-il coupable ? C'était le père d'Alicia qui avait volé de l'argent destiné à des milliers de gens innocents. Et elle était sans doute complice de son plan.

Quoique.

Mais il refusa de s'aventurer sur cette pente. Il ne voulait même pas envisager qu'elle puisse être innocente.

— Quelle lune de miel, n'est-ce pas ? dit Vanessa une fois arrivée sur le seuil de chez Jake. Je rentrerais bien pour vous tenir un peu compagnie, mais Rick m'attend dans la voiture.

— Ça ira, merci.

— Ecoutez, j'ignore ce qui se passe avec mon patron, et je ne vous connais pas vraiment, en dehors de ce que j'ai lu à votre sujet, mais si vous avez envie de parler à quelqu'un, mon numéro est enregistré dans le téléphone de Jake Claiborne. Je serai à la maison avec mes garçons toute la soirée, dit-elle en souriant.

— Merci.

Elle éprouva une vive reconnaissance à l'égard de Vanessa. Le simple fait de savoir que quelqu'un était là pour elle était rassurant.

— Et merci d'être venue aujourd'hui, ajouta-t-elle. Je… j'ai toujours rêvé d'une autre sorte de mariage.

— N'est-ce pas le cas de toutes les femmes ? J'ai eu droit à une somptueuse cérémonie, et à une union minable. Peut-être aurez-vous l'inverse. Jake est quelqu'un de bien, vous savez. Mais ce n'est qu'un homme. Bien sûr, il a ses limites. Croyez-moi, il avait déjà des tas de soucis avant que vous ne resurgissiez dans sa vie.

— Je sais. Et il pense que tout est ma faute.

— Je commence à douter de votre culpabilité. Accrochez-vous, et il verra qui vous êtes vraiment. Soyez patiente… Mais qui suis-je pour vous donner des conseils ? Je suis tout sauf romantique.

Elle la serra brièvement dans ses bras.

— Bonne chance. Vous le méritez. Pour ce que cela vaut, vous étiez une magnifique mariée. Je pense que vous avez ébloui Jake. Il reviendra, sans doute plus vite que vous ne le pensez.

— J'espère que tu appelles pour me dire que tu n'as pas fait ça ! rugit Mitchell.

Alicia s'adossa à un mur en serrant fermement le téléphone. Pourquoi son père ne pouvait-il pas, pour une fois, être de son côté ? Vanessa, qui ne la connaissait même pas, avait au moins essayé de ne pas la juger.

— Mais papa…

Même si Jake lui avait interdit tout contact avec son père, elle lui avait téléphoné. Elle avait profité de l'absence de Jake la veille pour laisser un message à son père, l'informant de son intention d'épouser Jake aujourd'hui. D'ailleurs, où était le mal ? Elle ne lui avait pas dit où ni quand. Elle ne prenait donc pas grand risque. Ce n'était pas comme s'il pouvait venir empêcher le mariage.

Comme à son habitude, Mitchell n'avait même pas pris la peine de la rappeler dans un délai décent.

— Alors, tu l'as épousé ?

— J'ai appelé parce que je ne voulais pas que tu l'apprennes par les journaux ou par internet.

— Comme si la façon de l'apprendre importait ! Où est-il en ce moment ? Est-ce qu'il nous écoute ? Est-ce qu'il jubile ?

— Non. Il est parti… juste après la cérémonie. Je ne sais pas où il est, ni s'il va rentrer. Ce n'est pas comme s'il avait eu vraiment envie de m'épouser.

— Quoi ? Alors pourquoi diable… Peu importe ! Tu as été assez stupide pour l'épouser, alors tu mérites tous les malheurs qu'il t'apportera — et il y en aura beaucoup, je peux te l'assurer. Comme on fait son lit, on se couche !

Et sur ces mots, son père, qui n'était pas connu pour sa patience ou sa gentillesse, lui raccrocha au nez, la laissant seule dans la grande maison de Jake pour profiter de ce qui restait du jour de son mariage.

Comme si elle pouvait apprécier quoi que ce soit en cet instant, piégée dans cette maison, sachant qu'elle avait épousé un homme qui se fichait d'elle, sachant qu'en l'épousant, elle s'était mis son père à dos !

Alors qu'elle prenait conscience de la situation dans laquelle elle se trouvait, une bouffée d'angoisse l'envahit.

Qu'avait-elle fait ? Pourquoi avait-elle pensé une seconde qu'épouser Jake, même pour une courte période, résoudrait quoi que ce soit ? Elle s'était totalement mis son père à dos à présent, et cela l'emplissait d'un mélange de culpabilité et de regret. Peut-être n'avait-il pas été le plus attentif des pères, mais il avait toujours été là, au moins en arrière-plan.

Jusqu'à maintenant.

Il allait sans doute aller en prison, et elle avait épousé l'homme qui était responsable de son inculpation. Des larmes lui montèrent aux yeux mais elle les refoula. Elle refusait de céder à l'émotion ou aux doutes. Elle avait fait ce qu'elle devait faire, pour le bien de son bébé.

Dans la cuisine, elle se servit un verre d'eau avec des glaçons, puis avala trois cornichons et une tranche de fromage. Ensuite, elle regagna la chambre.

Elle avait prévu de passer la soirée à regarder la télévision, et à lire les livres et magazines rangés dans la table de chevet. Tous les magazines avaient trait aux loisirs en pleine nature. Surtout en Alaska, qui lui semblait être un enfer glacé avec bien trop de moustiques, sans parler des ours. Jake lui avait dit lors de leur première rencontre qu'il se rendait parfois en Alaska pour être seul, quand la pression était trop forte.

Plus tard, alors qu'elle s'allongeait seule dans le grand lit et remontait les draps jusqu'à son cou, un sentiment de solitude s'empara d'elle. Elle désirait Jake, ce qui était stupide et illogique, étant donné les circonstances. Il l'avait embrassée, oui. Passionnément. Et ensuite, il s'en était voulu, et lui en avait voulu à elle aussi.

Pourquoi avait-elle pensé qu'elle pourrait compter pour lui, alors qu'il ne l'avait épousée que par obligation et qu'il était l'ennemi de son père ? Elle n'avait compté pour personne avant. Pas même pour son père.

« Sauf pour maman. »

Un sentiment de tristesse bien trop familier s'empara d'elle, et elle s'efforça de penser à autre chose. Le passé, le présent, il fallait qu'elle s'en moque. Seuls comptaient l'avenir et son futur enfant.

La simple pensée de son bébé la rasséréna un peu. Elle désirait vraiment cet enfant, et elle était décidée à se battre pour lui offrir la meilleure vie possible — et cela incluait de lui donner un père. Comme sa mère, elle créerait une magnifique chambre d'enfant. Comme sa mère, elle passerait autant de temps que possible avec lui. Et… peut-être qu'avec le temps son père serait innocenté. Alors, l'attitude de Jake envers elle et leur enfant changerait.

Lors de leur nuit d'amour, il l'avait écoutée avec attention quand elle s'était confiée à lui. Le jour où elle était venue lui annoncer sa grossesse, il lui avait ouvert sa maison. Et aujourd'hui, il l'avait embrassée passionnément. Peut-être n'était-ce pas si stupide de croire qu'il avait l'étoffe d'un bon père et d'un bon mari.

Elle devait s'accrocher à cette idée… et se battre pour elle.

- 7 -

Lorsqu'elle se réveilla le lendemain matin, Alicia se sentait un peu mieux, plus forte, plus confiante — jusqu'à ce qu'elle respire l'odeur de boudin, d'œufs à la poêle et de café à la chicorée qui s'infiltrait sous la porte.

Manifestement, Jake était rentré. Elle sourit, car elle était contente qu'il soit là. Elle s'assit et le mouvement, trop rapide, lui souleva le cœur. Sa bouche fut soudain très sèche. Elle courut vers la salle de bains, avec l'intention de passer de l'eau fraîche sur son visage.

Dans sa hâte, elle se cogna contre une table basse. La tasse en porcelaine et la soucoupe qu'elle avait laissées là, la veille, se brisèrent sur le parquet de chêne. Poussant un petit cri, elle se précipita vers la salle de bains.

Alors qu'elle se passait un peu d'eau sur le visage, des bruits de pas dans la chambre la firent sursauter.

— Jake ?

— Qui d'autre ? Est-ce que tout va bien ? s'enquit-il.

— J'ai juste mal au cœur, mais ça va. Ou du moins, ça ira… bientôt. Donne-moi une minute. Je ne veux pas que tu me voies dans cet état.

— Tu es nue ?

Sa voix semblait indiquer qu'il l'espérait.

— Quelle idée de penser à ça !

— Je suis un homme. Tu es une belle femme, qui est à présent mon épouse. Une femme avec qui j'ai couché. Bien sûr que je t'imagine nue. Sans arrêt.

— Belle ? Je ne suis pas coiffée et j'ai des traces de mascara sous les yeux, gémit-elle.

— J'essayais juste de te faire oublier ta nausée.

— Je préférerais que tu me laisses.

Mais il n'en fit rien, au contraire, il vint la rejoindre dans la salle de bains. Elle s'aperçut que Gus l'accompagnait.

— S'il vous plaît, laissez-moi, vous deux.

La présence de Jake la troublait, et le fait qu'il ait posé une main sur son épaule, comme pour la réconforter, n'arrangeait rien.

— Ça va. Vraiment ! Va prendre ton petit déjeuner… et donne à Gus du thon ou quelque chose. Oh !

A la simple pensée du thon, elle réprima un haut-le-cœur.

— Donc, c'est l'odeur de notre petit déjeuner qui t'a rendue malade.

— En partie, mais je me réveille souvent dans cet état.

— Je suis navré. Je n'aurais pas dû te laisser seule hier soir.

Jake mouilla une serviette, puis la passa doucement sur son visage et ses lèvres, sous le regard attentif de Gus.

— Comment savais-tu que je me sentais mal ?

— J'ai entendu un bruit, et je voulais m'assurer que tu allais bien.

— Sans doute la tasse que j'ai cassée au passage en courant ici. Je suis désolée…

— Ce n'est rien. Je vais balayer ça en un rien de temps.

Elle leva enfin les yeux vers lui et remarqua alors que son visage était marqué. De gros cernes ornaient ses yeux.

— Tu es rentré très tard hier soir, dit-elle.

Elle se reprocha aussitôt cette remarque. Elle venait ni plus ni moins que de lui avouer qu'elle avait guetté son retour. N'avait-elle plus aucune fierté ?

— Oui, il était tard. Ta lampe était éteinte, je ne pensais pas que tu m'avais entendu rentrer.

Elle n'allait pas lui avouer qu'elle ne l'avait pas entendu. Pourtant, après avoir visionné les films, elle était restée allongée dans le noir pendant des heures, à l'affût du moindre bruit. Comment avait-elle pu manquer son retour ?

— Je ne voulais pas te déranger, dit-il.

Une fois de plus, il l'avait blessée. C'était lui qui avait insisté pour qu'ils vivent sous le même toit. Pourquoi alors se comportait-il comme si sa seule présence était une torture qu'il ne pouvait supporter ?

— Je n'ai pas beaucoup dormi, parce que ton chat s'est invité dans ma chambre.

— Tu aurais dû le faire sortir.

— Je l'ai fait, mais il a miaulé et gratté à ma

porte jusqu'à ce que je le laisse revenir. Puis il est resté allongé sur moi et a ronronné toute la nuit.

Il l'observa longuement, faisant naître des émotions confuses en elle, puis il esquissa un sourire.

— J'ai le sentiment qu'il va se rendre vraiment insupportable tant que nous serons mariés. C'est drôle, j'ai apprécié sa compagnie hier soir. Je n'avais pas envie de dormir seul.

Malgré elle, une pensée lui vint à l'esprit. Si Gus arrivait à le conquérir si vite, peut-être avait-elle une chance elle aussi…

« Une chance de quoi, pauvre idiote ? Ce n'est pas un vrai mariage. Jake a perdu des fortunes et sa réputation est en miettes. Il t'en veut. Ton père a été inculpé à cause de lui. Tu ne peux pas oublier ça — jamais ! »

Mais d'un autre côté, n'était-il pas bien connu que les crises étaient faites pour être surmontées ? N'avait-elle pas toujours pensé qu'il fallait avancer dans la vie et non rester bloquée sur les mêmes griefs.

— Je vais bien maintenant, alors tu peux me laisser, dit-elle tout en tentant de se lever.

— Tu en es sûre ?

La chaleur de ses mains qui s'attardaient sur son épaule était une telle caresse qu'elle fut tentée de s'abandonner au plaisir de ce contact. Mais aussitôt, elle se souvint comment il l'avait abandonnée après la cérémonie, la laissant seule toute la soirée. En tremblant, elle se redressa et le repoussa fermement.

— Je sais que tu ne m'aimes pas, dit-elle.

— Est-ce une façon détournée de chercher les compliments ?

— Non ! Bien sûr que non !

— Je crois que si, alors je vais devoir en trouver un.

Il fit mine de se gratter la tête.

En d'autres circonstances, elle aurait trouvé son petit sourire absolument attendrissant.

— A t'entendre, c'est une tâche difficile, dit-elle.

Il fit courir sa main sur sa taille puis effleura le bout de ses doigts.

— Pas aussi difficile que tu le crois. Il m'est impossible de te détester… sachant que tu portes mon enfant, murmura-t-il.

Il serra sa main dans la sienne.

— Tu étais très belle hier. Voilà. Assez pour les compliments.

Il esquissa un petit sourire puis, redevenant sérieux, il la fixa un petit instant avant de reprendre :

— Il est tôt, trop tôt pour chercher les ennuis. Prends une bonne douche. Tu te sentiras mieux, et ensuite tu ne seras peut-être plus aussi décidée à faire ressortir le pire chez moi.

Une demi-heure plus tard, Alicia entra dans la cuisine et fut surprise de trouver Jake à table, vêtu d'un jean et d'une chemise blanche, l'air bien trop détendu et séduisant. Il buvait une tasse de café tout en lisant son journal.

La table était déjà débarrassée, indiquant qu'il avait fini de déjeuner. Alors pourquoi traînait-il encore ici, lui qui semblait si déterminé à l'éviter ? Ce n'était sûrement pas parce qu'il mourait d'envie de passer du temps avec elle, son épouse. Epouse qu'il n'avait accepté d'épouser qu'à contrecœur et pour une durée bien déterminée, songea-t-elle avec amertume.

Le soleil inondait la pièce aux murs blancs d'une lumière dorée. Jake semblait si serein que, l'espace d'un instant, elle oublia presque leur différend. Son air sombre durant la cérémonie, ou le fait qu'il ait disparu toute la soirée. Elle pouvait presque s'imaginer en heureuse épouse.

Mais la réalité ne tarda pas à la rattraper. Il était son ennemi juré. La gentillesse de Jake, elle devait s'en méfier. Aussi, quand il leva les yeux vers elle, un sourire aimable aux lèvres, elle fronça les sourcils.

— Quoi ? dit-il.

Il se redressa et passa une main dans ses cheveux avant de reprendre :

— Suis-je coupable d'un nouveau crime horrible ou ai-je juste une miette sur ma lèvre ? Ou mon nez ?

Tandis qu'il essuyait son visage avec une serviette, elle rit malgré elle.

— Tu veux que je parte, pour avoir la cuisine pour toi toute seule ? Eh bien, je refuse d'être chassé de ma propre maison.

— Je croyais que tu serais au bureau, pour m'éviter encore… comme hier soir.

— C'est juste. Nous sommes d'étranges jeunes mariés qui ont autrefois exploré sur cette table de très intéressantes variations sur le sexe — des positions qui sont sans doute encore illégales dans certains Etats —, mais maintenant nous sommes censés avoir une aversion pour la chose.

Elle se souvint avoir été allongée nue sur cette table, criant le nom de Jake pendant qu'il ondulait en elle. A chaque caresse, chaque coup de langue, il avait attisé un feu en elle dont elle avait ignoré jusqu'à l'existence, et les braises de ce feu n'étaient pas encore éteintes.

Jake fixait la table, et elle fut traversée de petits frissons et se sentit devenir écarlate.

Son trouble n'échappa pas à Jake car il avança la main d'avant en arrière sur la surface lisse de la table, comme il aurait pu le faire pour caresser une femme.

— Tu sais, tu pourrais changer d'avis sur la question. Je n'y verrais aucune objection.

— Mais tu ne m'apprécies même pas.

— Je ne suis qu'un homme.

Il passa de nouveau la main sur la table en un geste lent et sensuel.

— Je peux compartimenter, reprit-il. Disons juste que mon corps apprécie le tien et qu'il se demande… de temps en temps, plutôt fréquemment — d'accord, tout le temps —, ce que ton corps ressent envers le mien. Si tu veux la vérité, je ne pense pas avoir dormi une seconde hier. Je n'arrêtais pas de penser à toi, dans ton lit, et moi à l'étage, dormant avec un chat.

Elle alla poser une bouilloire sur la plaque de cuisson.

— A t'entendre, nous ne valons pas mieux que des animaux, dit-elle.

— Tu es dans ma maison, incroyablement sexy… disponible. Je ne serais pas normal si tu ne me tentais pas.

— Même si tu détestes mon père ?

— Il n'est pas là. Avec un peu de chance, il sera envoyé dans un endroit où il ne pourra plus faire de mal à personne.

Heureusement, la bouilloire se mit à siffler, mettant momentanément un terme à cette discussion. Avec des mains tremblantes, elle sortit un œuf du réfrigérateur et le posa au milieu d'une casserole. Pendant qu'elle versait de l'eau bouillante dessus, l'œuf se fendit. Elle posa tout de même la casserole sur le feu.

Elle était presque contente que Jake lui ait rappelé la détresse de son père et la satisfaction qu'il prenait à le savoir dans cet état. Cela l'aidait à aiguiser ses défenses.

— Je suis juste honnête, continua-t-il. Il y a une part animale en chacun de nous. Sinon, pourquoi devrions-nous passer des années à civiliser la jeunesse ? Pourquoi nous sommes-nous comportés comme nous l'avons fait cette nuit-là ? Sur cette table, précisément ?

— Arrête…

— Tu as fait ressortir la bête en moi. Je pense que tu as aimé, toi aussi. En fait, je sais que tu as aimé.

Troublée, elle passa la langue sur ses lèvres, et

ne manqua pas de remarquer le regard avide qu'il lui jeta.

Durant six semaines, elle avait été comme une prisonnière dans son appartement, rejetée de tous. Elle s'était sentie si seule qu'à présent elle avait désespérément besoin de contacts humains. Et si Jake restait dans la même pièce qu'elle, une pièce dans laquelle ils avaient fait l'amour de façon si passionnée, elle n'était pas sûre de pouvoir résister bien longtemps à l'affolante promesse qu'elle lisait dans son regard.

— Pouvons-nous changer de sujet, s'il te plaît ? suggéra-t-elle.

Le journal bruissa quand il le mit de côté.

— Tu veux dire… le sexe ? murmura-t-il d'une voix rauque.

Craignant qu'il la voie rougir de nouveau et qu'il comprenne à quel point il la troublait, elle garda le dos tourné.

— Oui.

— D'accord, marmonna-t-il. Si tu veux. Tiens, j'ai de bonnes nouvelles pour toi, qui n'ont rien à voir avec le sexe. Je n'ai vu nulle part dans ce journal la moindre mention de notre mariage. Quand la nouvelle se répandra, je serai assailli au bureau. Impossible de dire combien de gens voudront se passer de mes services.

— Désolée de gâcher ta vie. Si tu as fini ton petit déjeuner, tu n'as pas à rester juste pour me tenir compagnie, tu sais.

— Je voulais te parler de quelques autres choses — autres que le sexe.

Le mot provoqua de nouveaux frissons en elle.

— Tu n'abandonnes jamais, à ce que je vois ? ironisa-t-elle.

Il rit.

— Je crois que tu es aussi excitée que moi. Peut-être plus.

— De quelles choses voulais-tu parler ? dit-elle entre ses dents serrées, consciente que son cœur battait plus vite.

— Pour commencer, demain, je veux prendre quelques dispositions financières pour toi. Je vais t'ouvrir un nouveau compte, pour que tu ne te sentes pas trop dépendante de moi.

— Pourquoi feras-tu cela, alors que tu veux, j'imagine, te venger de tous les délits supposés de mon père et moi ?

— Je ne me fais aucune illusion sur toi. Ou sur lui. Surtout sur lui. Mais, comme tu l'as souligné, tu n'as ni argent ni alliés. Tu es ma femme, et tu portes mon enfant. Tu as besoin d'acheter des choses pour toi et pour notre bébé.

— Je ne peux pas accepter…

—… quoi que ce soit de ma part, parce que je suis ton ennemi ? Je crains que tu n'aies pas le choix. Et moi non plus d'ailleurs. J'aimerais bien te laisser dans l'indigence, mais cela me ferait une bien mauvaise publicité. Tu aimerais me traiter comme ton ennemi, mais tu n'as personne d'autre que moi. Notre bébé a besoin d'une chambre. De couches, d'un berceau, que sais-je encore ? Ai-je raison ?

Elle soupira.

— Oui, je veux créer une jolie chambre d'enfant. J'imagine que, puisque j'ai toujours eu de l'argent, je n'ai jamais vraiment pensé à cette question. Mon travail de rédactrice ne payait guère, mais cela n'avait pas d'importance. J'adorais écrire, et je pouvais me reposer sur mes rentes. Alors, maintenant que l'argent a disparu, je vais devoir m'habituer à une nouvelle façon de vivre. Et de penser. Il va falloir que je songe à retrouver un emploi.

— Exact. Mais pas maintenant. Jusqu'à la naissance du bébé, je vais prendre soin de toi. Et de lui. C'est non négociable.

— Tes employés font-ils toujours ce que tu dis quand tu le dis ?

— Tu es ma femme. Une épouse fauchée et enceinte. Tu es sous ma responsabilité, tu n'as pas le choix. Pourquoi est-ce si difficile à comprendre ?

La réponse n'était-elle pas évidente ? Surtout pour lui qui lui rappelait sans cesse à quel point leur mariage était une mascarade.

— Peut-être parce que notre mariage est loin d'être réel.

— Exact. Alors, assurons-nous de ne pas nous rendre plus malheureux à la moindre occasion. Est-ce ton but ?

Non, ce matin, elle avait juste envie d'être loin de ses bras… et de son lit. Sa conversation sur le sexe l'avait remuée.

Sans attendre sa réponse, il prit son journal et se leva.

Tant mieux. Elle voulait qu'il parte, et le plus tôt serait le mieux. La gentillesse et la prévenance dont il avait fait preuve ce matin, en dépit de son arrogance, la perturbaient. Elle n'avait pas envie de s'adoucir.

Elle n'ignorait pas qu, pour lui, tout cela n'était qu'une question d'attirance physique. Pour elle en revanche, ce serait bien différent s'ils couchaient ensemble. Elle tisserait toutes sortes d'émotions autour d'un acte qui ne signifiait quasiment rien pour lui, et chaque fois qu'elle se coucherait à son côté, ses sentiments pour lui s'approfondiraient. Et ensuite, elle ne tarderait pas à croire qu'ils avaient une vraie relation. Elle s'imaginerait qu'il allait devenir un vrai père et un vrai mari. Lui au contraire ne songerait qu'à la remplacer au plus vite lorsque l'enfant serait né.

Leur union était un mariage de convenance, il ne fallait pas qu'elle perde cela de vue. Elle vivait avec lui pour le bien du bébé, pour laisser la possibilité à Jake de remplir son rôle de père. Point.

Pour sa propre sécurité émotionnelle, elle devait garder ses distances.

Mais y parviendrait-elle ?

- 8 -

Lundi matin à 8 heures, tous les gens influents à La Nouvelle-Orléans savaient que Jake Claiborne avait épousé Alicia Butler. Leurs ennemis, et ils étaient légion, faisaient peser sur leur mariage une immense suspicion, exactement comme Jake l'avait prévu. Tels des vautours, les plus hardis et les plus mesquins furent les premiers à fondre sur eux pour les mettre en pièces.

Dès qu'il approcha du bureau de Vanessa, son attaché-case à la main, Jake entendit ses téléphones sonner. Comme à son habitude, Vanessa répondait de façon rapide et efficace, mettant un interlocuteur en attente pour passer au suivant.

Quand il entra dans le bureau, elle pivota sur sa chaise, les sourcils froncés, et couvrit le combiné d'une main.

— C'est Coulter, le directeur général de la ville, sur la deux, chuchota-t-elle. Troisième fois qu'il appelle, il dit que c'est urgent. Et j'ai Davis sur la un.

Blake Davis était un gros donateur pour Houses for Hurricane Victims.

— Il a l'air vraiment contrarié, commenta-t-elle.

Et ce n'est pas le seul. Les téléphones font trembler les murs depuis ce matin.

Elle lui tendit une longue liste de noms et de numéros.

Il s'était attendu à des ennuis, et il s'était préparé à les affronter. En aucune circonstance, il n'aurait envisagé d'abandonner Alicia et leur bébé. Avec le temps, la situation finirait bien par se tasser.

— Je vais les prendre dans mon bureau.

Sans préambule, Coulter annonça à Jake que des contribuables inquiets lui avaient appris son mariage avec Mlle Butler, et qu'il était au regret de lui annoncer qu'il allait devoir engager un nouvel architecte pour terminer la salle de concert près du Quartier Français.

— Navré, Claiborne, je sais qu'elle n'est pas son père, mais avec son nom de famille et son association avec vous via Houses for Hurricane Victims, il y aurait trop de retombées politiques si nous ne mettions pas un terme à notre contrat. Nous ne pouvons nous permettre le moindre soupçon, surtout après Katrina.

Résigné, Jake prit l'appel suivant.

— J'ai été très déçu par la nouvelle de votre mariage avec la fille de Mitchell Butler, lâcha Davis sans s'encombrer de formules de politesse. Très déçu. Jusqu'à maintenant, je me disais que vous n'étiez pas impliqué dans tous ces détournements de fonds. Cela va sans dire, le fait que vous ayez épousé la fille de Butler sèmerait le doute chez les donateurs plus naïfs. J'aurais l'air d'un idiot, si je ne mettais pas un terme à notre collaboration, évidemment.

Avant que Jake puisse défendre Alicia, Raymond Lewis, son architecte en chef, entra en trombe et jeta un document sur son bureau.

Jake agita son téléphone pour indiquer qu'il était en ligne.

— Je n'ai rien à voir avec ces disparitions d'argent, poursuivit-il. Ni ma femme. Elle n'est impliquée dans aucune des activités illégales de son père.

— Gardez cela pour les jurés. George va vous appeler tout à l'heure et retirer son soutien lui aussi. Sans nous, Houses for Hurricane Victims, c'est de l'histoire ancienne.

— Vous savez que ceux que vous punissez, ce sont les gens qui attendent des maisons depuis deux ans ?

— C'est vous que cela devrait empêcher de dormir la nuit — pas moi !

Jake soupira. Il avait su en épousant Alicia qu'il y aurait des conséquences. Ce qu'il n'avait pas prévu en revanche, c'était à quel point il serait déterminé à protéger sa femme.

Dès que Davis eut raccroché, Lewis se pencha au-dessus du bureau, l'air menaçant.

— Quoi ? dit Jake en posant le combiné. Quel est le problème ?

— Ta femme, pour commencer. Ma lettre de démission est sur ton bureau.

Jake parcourut rapidement le document, puis le déchira en deux.

— C'est ridicule.

— Pas pour moi. Quand tu as licencié les meilleurs éléments de mon équipe l'autre jour, je croyais encore que tu étais un homme intègre, injustement accusé par les médias. Mais quand j'ai entendu que tu t'étais marié en secret, je me suis vite réveillé.

— Dommage que tu voies les choses ainsi. Je pense que ma femme est innocente.

— Qui penses-tu duper ? Mitchell a dû t'acheter. Tu es mouillé jusqu'au cou, et il a menacé de te dénoncer, à moins que tu ne promettes de prendre soin de sa fille pendant qu'il sera derrière les barreaux

— Tu as tout faux. Je ne ferais jamais rien pour ce salaud.

Lewis ne resta pas pour discuter ce point. Il sortit d'un pas déterminé, et donna un coup de poing dans le mur, causant un tel raffut que les gens sortirent de leur bureau pour voir ce qui se passait.

Vanessa courut dans le bureau de Jake.

— Votre visage est dangereusement rouge. Je vous dirais bien de vous asseoir, mais vous êtes déjà assis. Que s'est-il passé ici exactement ?

— Lewis m'a traité d'escroc et a démissionné. Malheureusement, cela devient un refrain familier. Cependant, je m'attendais à ce genre de réactions après l'annonce de mon mariage.

— Navrée que la lune de miel se soit terminée si vite.

« Quelle lune de miel ? » songea-t-il, morose.

— Si nous nous remettions au travail ? dit-il. A

moins que vous ne me traitiez d'escroc et que vous m'abandonniez, vous aussi ?

— Je ne peux pas me permettre d'avoir des principes. J'ai trois garçons à nourrir. Vous devriez voir mon budget alimentation, plaisanta-t-elle en lui adressant un sourire encourageant.

— Content que quelqu'un croie en mon honnêteté.

— Allons, dit-elle en riant. Quand on tombe aussi bas, on ne peut que remonter. Votre épouse est une belle femme. Et elle semble gentille, aussi. Vous auriez pu faire pire.

La compréhension et la gentillesse de Vanessa à l'égard d'Alicia l'étonnèrent.

— Vous le pensez ?

Elle hocha la tête.

Etrangement, la bonne opinion que son assistante semblait avoir d'Alicia l'apaisa un peu. Vanessa avait un excellent instinct.

— Et elle fera une bonne mère, ajouta-t-elle. J'en suis sûre. Votre enfant sera plus heureux si ses parents parviennent à s'entendre. J'espère que vous lui laisserez une chance.

Cette fois, elle allait quand même trop loin.

— Vous n'êtes pas mon psy ! Dehors.

— Compris.

Elle le salua et sortit.

« Vous auriez pu faire pire. » « Et elle fera une bonne mère. »

Il s'adossa à son fauteuil et se massa le front. Il était marié depuis à peine quelques jours.

A la vérité, il ne se sentait pas exactement marié. Non, il se sentait plutôt frustré et seul.

D'habitude pourtant, il ne se sentait jamais seul. Au contraire, il aimait la solitude. Et avec cette histoire d'abstinence sexuelle, Alicia et lui s'étaient à peine croisés. Pourquoi cela dérangeait-il tant, alors qu'il n'avait même pas voulu l'épouser ?

Hier, après le petit déjeuner, même si elle s'était enfermée dans sa chambre, il n'avait pas eu envie de la laisser seule. Pour qu'elle ait le champ libre, il était resté dehors, et avait effectué quelques travaux d'entretien et débarrassé quelques vieilleries. Et tout ce temps, il s'était demandé si elle pensait à lui autant qu'il pensait à elle.

Drôle de façon de passer sa première journée de mariage, qui plus est quand sa femme était si séduisante.

Ce matin, il avait espéré qu'une fois au bureau elle cesserait de l'obnubiler. Contrairement à elle, il avait quelque part où aller, un endroit où il pouvait s'occuper l'esprit. Mais même ici, il n'avait pas cessé de songer à elle.

Il avait su que leur mariage lui causerait encore plus de problèmes, du moins à court terme. Bien sûr, ce n'était pas drôle d'être attaqué de toutes parts. Mais Alicia et lui allaient avoir un bébé. Et chaque fois qu'il repensait à son visage pâle et tourmenté dans cette voiture de police, il se sentait plus déterminé que jamais à la soutenir.

Quand le téléphone sonna de nouveau, il se hérissa. Heureusement, c'était seulement son frère jumeau.

— Tu es un sacré veinard, dit Logan.

— Content de savoir que quelqu'un pense ça de moi.

— Alicia ne savait rien des agissements de son père.

— Qu'est-ce qui te rend si catégorique ?

— Mitchell a trompé et manipulé tout le monde. J'ai vu comment il était avec elle… quand nous nous fréquentions, dit Logan d'un ton embarrassé.

— Ah.

Il n'appréciait pas que Logan lui rappelle qu'il avait été le premier avec Alicia, tout comme il n'avait jamais aimé que son frère lui dise quoi faire ou quoi penser.

— Chaque fois que je l'emmenais quelque part, les gens m'enviaient, dit Logan.

— Eh bien, dit Jake en fronçant les sourcils, elle est mariée avec moi maintenant.

— C'est juste. Et comment se fait-il que tu te sois marié si vite ? La dernière fois que nous avons parlé d'elle, après l'anniversaire de grand-père, tu disais qu'elle ne voulait fréquenter personne.

S'il s'était senti plus proche de Logan, peut-être lui aurait-il parlé de son futur bébé, et du sentiment de responsabilité qu'il éprouvait envers Alicia. Mais cela faisait bien longtemps que son frère ne savait quasiment rien de sa vie. Et pour l'heure, il préférait que cela reste ainsi.

— Ecoute, je suis désolé de ne pas t'avoir invité au mariage. Si ça peut te consoler, nous n'avons invité personne. Hormis mon assistante et son fils… mais seulement parce que nous avions besoin de témoins. Pour être franc, Alicia et moi voulions garder notre mariage secret aussi longtemps que possible. Ce n'est pas facile quand les caméramans et les photographes campent devant chez nous. Ils me considèrent tous comme un escroc de l'espèce de Butler. Alors tu vois pourquoi je ne voulais pas ébruiter la chose.

— Cela va se tasser. Alicia est une femme merveilleuse.

Même s'il ne l'avoua pas, Jake appréciait la marque de confiance de son frère.

— Quoi que cela te coûte, elle en vaut la peine.

Même si par le passé sa relation avec Logan avait été difficile, Jake respectait son opinion.

— Prends soin d'elle, d'accord ? Un jour, vous aurez peut-être des enfants.

A la pensée du bébé qu'Alicia portait déjà en secret, une onde de chaleur le traversa.

— Comme si tu savais tout parce que tu es plus vieux de dix minutes.

— Etre le premier, ça change tout, plaisanta Logan. Cici compte téléphoner à Alicia pour vous inviter à dîner à Belle Rose. Comme ça, nous pourrons fêter votre mariage avec grand-père, qui est ravi, soit dit en passant. Vous pourriez passer le week-end là-bas.

Il lui faudrait alors partager une chambre avec Alicia. Sans la toucher. C'était une très mauvaise idée.

— Ce n'est pas nécessaire.

— Bien sûr que si. Nous sommes une famille. Il est grand temps que nous commencions à agir en conséquence.

« Une famille. » Un mot chargé de sens, venant

de la part de Logan, songea Jake avant de lui dire au revoir et de raccrocher.

Il venait à peine de reposer le téléphone que déjà ses pensées se tournaient vers Alicia. Que pouvait-elle bien faire, toute seule dans cette grande maison ? Il avait bien envie de l'appeler, pour voir comment elle allait. Avait-elle toujours ses nausées ?

« Ne pense pas à elle. Tu as fait ce qu'elle t'a demandé. Tu l'as épousée, non ? C'est tout ce que tu lui dois. »

Pourtant au fond de lui, il y avait toujours cette étrange impression que cela ne suffisait pas. Il se sentait… désolé pour elle… inquiet même.

Il éprouvait même une certaine forme de compassion. Quand son père avait été inculpé, le monde d'Alicia s'était effondré. Elle avait perdu son travail et ses amis en Louisiane. A présent, il avait lui aussi son lot de difficultés, mais ses batailles n'étaient rien comparées aux siennes.

Elle lui avait semblé si sincère et gentille le soir où ils s'étaient rencontrés pour la première fois. Elle n'avait pas agi comme si elle avait quelque chose à cacher. Pas plus que lors de leur nuit d'amour, le soir du mariage de Logan.

Si seulement il pouvait cesser de se rappeler cette nuit avec une précision si douloureuse.

Il la désirait encore — terriblement.

Alicia décida de se lever, sûre que si elle restait devant l'ordinateur, à lire le blog révoltant de Basil

Bienville ainsi que les commentaires cinglants postés par ses lecteurs, sa nausée reviendrait.

> Ceux qui ont suivi les scandales impliquant Butler Bank et Houses for Hurricane Victims ne devraient pas être surpris d'apprendre qu'Alicia Butler vit ouvertement avec Jake Claiborne. Surtout maintenant que nous savons pourquoi. Selon nos sources, Claiborne a épousé samedi soir à St. Anthony's Garden la fille de l'homme qu'il a dénoncé à la police, et qu'il prétend publiquement détester.
>
> Pourquoi un tel mystère ? Qui est vraiment responsable du détournement de fonds de Houses for Hurricane Victims ? Ce mariage confirme-t-il ce que nous soupçonnions déjà — que Claiborne est une aussi grande fripouille que Butler ?

« Pour moi, ça ne fait aucun doute », avait commenté un lecteur en colère.

Si Jake ne l'avait pas épousée, personne n'aurait eu envie de le clouer au pilori.

Elle se mit à faire les cent pas. Elle se sentait si seule dans cette maison qui n'était pas la sienne. D'autant plus qu'elle était bouleversée et qu'elle avait désespérément besoin de parler à quelqu'un — n'importe qui. Chez elle, elle avait toujours eu un million de choses à faire pour se distraire.

Dans la maison de Jake, ce n'était pas le cas — à moins qu'elle ne décide de lire ses magazines d'aventures ou de répondre au téléphone, qui n'avait pas cessé de sonner depuis que Jake était parti au bureau.

Si, durant les six semaines précédant son mariage, elle avait eu le sentiment d'être morte pour tous les gens qu'elle connaissait, à présent, elle avait l'impression d'être enterrée vivante.

Si seulement Carol, la seule amie qui l'ait soutenue, ne vivait pas à Londres…

Tant pis pour le décalage horaire. Elle avait besoin de parler à une vraie amie, décida-t-elle en décrochant le téléphone.

Malheureusement, elle tomba sur son répondeur.

Elle écouta le message de son amie jusqu'au bout, et faillit rappeler, rien que pour réentendre sa voix. Au lieu de cela, elle lui laissa un message, puis appela Kimberly, qui avait été sa plus proche amie parmi ses anciens collègues. Autrefois, elles allaient au cinéma, au concert, sortaient dîner ou prendre un verre.

— Kim, c'est moi, Alicia.

Il y eut un blanc significatif.

— Je… j'ai lu dans le journal que tu t'étais mariée ce week-end, dit enfin Kim.

— Il ne faut pas croire tout ce qu'on raconte sur mon mariage, tu sais.

— Je sais. Cependant… Eh bien, j'espère que tu es très heureuse.

— Merci. Alors, comment vas-tu ?

— Je suis débordée. Les bouclages. Les journalistes sont en retard. Tu sais comment c'est.

— Tu m'as manquée. Et le travail, aussi. J'avais vraiment besoin de parler à quelqu'un.

— Tu m'as manquée aussi… Ecoute, Alicia, j'adorerais discuter avec toi, mais Sam me fait signe de raccrocher, alors… je dois vraiment te laisser.

— Attends, Kim, s'il te plaît…

— Au revoir Alicia. Désolée. Je t'appelle quand j'aurai une minute, promis.

Et elle raccrocha. Alicia avait l'impression que toute sa vie d'avant l'abandonnait.

Elle ferma les yeux et laissa le silence de la maison vide l'emplir pendant dix bonnes minutes. Quand enfin elle rouvrit les paupières, elle se sentait un peu moins pessimiste.

Certes, les choses semblaient aller très mal ces derniers temps, mais cela pouvait aussi évoluer. Elle était enceinte. Son bébé signifiait qu'elle avait un avenir. Un avenir qu'elle ne pouvait peut-être pas encore imaginer, mais un avenir tout de même. Au lieu de s'appesantir sur le passé, elle ferait mieux de faire des projets pour le futur. Bien sûr, c'était plus facile à dire qu'à faire. Elle était assiégée dans une maison qui n'était même pas la sienne, sans occupations, et son cœur était un bloc de plomb dans sa poitrine. Mais elle pourrait y arriver.

Par où commencer ? Que faisaient les gens qui n'avaient pas d'activité professionnelle ?

Elle connaissait la réponse à ces questions. Ils sortaient avec leurs amis, ils faisaient les boutiques. Ils allaient au club de sport, ils faisaient la fête. Cela dit, ils pouvaient faire toutes ces choses parce qu'ils avaient encore des amis et que leur compte bancaire n'était pas bloqué. Et parce qu'on ne les soupçonnait pas de complicité avec leur père inculpé pour détournement de fonds.

Dans la cuisine, elle regarda par la fenêtre le jardin à l'abandon et les massifs de fleurs, et une idée lui vint à l'esprit. Quand elle était enfant, elle adorait jardiner avec sa mère. Plus tard, son travail prenant et son appartement en ville ne lui avaient pas permis de s'adonner à ce passe-temps. Mais ici, pourquoi pas ? Elle n'allait tout de même pas passer ses journées devant la télévision.

Sans trop réfléchir, elle alla se changer. Puis elle rejoignit le jardin à l'arrière de la maison.

Curieux, Gus la suivit. Dans le garage, elle fouilla les tiroirs et les étagères, et dénicha un grand chapeau de paille, une paire de vieux gants de jardinage un peu trop grands, et quelques outils.

Elle commença par un massif de fleurs. Après avoir taillé les plantations, elle retourna le sol riche et friable.

Le jardin était ombragé grâce aux magnolias et aux chênes. C'était agréable d'être dehors. Ici au moins, elle n'entendait plus le téléphone et les messages de haine laissés sur le répondeur.

Une fois ou deux, elle fit une pause, en avalant un grand verre d'eau, installée dans la chaise à bascule de la terrasse. Elle se fit la réflexion qu'il serait bien agréable d'allaiter son bébé ici.

A l'heure du déjeuner, elle fit juste une courte pause pour avaler un sandwich mais se remit aussitôt à la tâche.

En dépit de son dos douloureux, elle était ravie d'être à l'extérieur.

Elle souriait à cette pensée quand le bruit de branchages qui se brisent la fit sursauter. Elle se tourna vivement, en direction de la haie qui bordait le jardin.

— Nom de Dieu, fulmina une voix bourrue.

Des jurons étouffés furent suivis par le bruit de pas lourds et mal assurés.

Une pelle boueuse dans la main, elle se leva juste au moment où un homme aux yeux exorbités surgit des buissons d'azalées.

— Eh bien ! Regardez qui est là ! s'exclama-t-il. Je vous ai attrapée !

— Vous n'avez rien à faire ici, allez-vous-en !

— Sinon quoi, madame Claiborne ? Vous crierez ? Pour appeler votre nouveau mari ? Eh bien, il n'est pas là, comme vous le savez sans doute. Vous refusez de décrocher le téléphone. Vous refusez d'ouvrir la porte. Comment pouvais-je vous parler autrement ?

Elle ignorait s'il était dangereux ou non, mais son pouls battait de manière affolée dans sa gorge et la panique menaçait de la submerger. Elle recula rapidement vers la porte de la cuisine.

— Qui êtes-vous ? demanda-t-elle, décidée à le faire parler aussi longtemps que possible.

— Juste un des clients de votre père qui a tout perdu. Maintenant je ne peux plus nourrir ma femme et ma fille. Ou envoyer mes enfants à l'université. Mais ça, vous vous en fichez…

— Pas du tout.

— Tout cet argent, il l'a probablement dépensé pour vous ! J'avais espéré être vengé quand ils vous ont jetée à la rue. Mais vous êtes retombée sur vos pattes, hein, en vivant dans cette belle maison avec votre tout nouveau mari ! Vous vous croyez assez intelligente pour ne pas avoir à payer pour ce que vous avez fait !

— Que voulez-vous ?

— Mon argent ! Voilà ce que je veux ! Je veux que vous me remboursiez ce que votre père m'a volé !

— Je n'ai pas d'argent.

— Menteuse. Regardez cette maison.

— Elle est louée.

Alors qu'il avançait vers elle, le portail automatique s'ouvrit. Une seconde plus tard, Jake remonta rapidement l'allée dans son véhicule puis freina d'un coup sec. Il bondit hors de la voiture.

Elle n'avait jamais été plus heureuse de le voir.

— Hé ! cria-t-il.

Il se précipita vers elle.

— Qui êtes-vous ? tonna-t-il, s'interposant entre elle et l'intrus. Et que faites-vous chez moi ? Déguerpissez ! Et vite !

L'individu fixa Jake, dont le corps semblait massif et puissant même dans son costume sur mesure. Après un instant, l'homme hocha lentement la tête, comme s'il retrouvait peu à peu la raison.

— Je m'en vais, dit-il péniblement. Son père et elle ont détruit ma famille. Vous feriez mieux d'être prudent, mon gars, avant qu'elle ne vous détruise vous aussi. Ou peut-être que vous êtes aussi corrompu qu'elle.

Alicia observa Jake pendant qu'il refermait le portail derrière l'intrus. Les journalistes, avides de toute nouvelle information, se pressèrent autour de lui et pointèrent leurs micros sous son nez.

— Tu es rentré tôt, dit Alicia en tremblant.

Jake se tourna enfin vers elle.

— Comme tu ne répondais ni sur ton portable ni sur la ligne fixe, je me suis inquiété. Alors j'ai décidé de passer voir si tout allait bien. Et je suis bien content de l'avoir fait.

— Moi aussi, approuva-t-elle d'une voix faible.

— Ce type a perdu la boule.

— Il a de bonnes raisons, souligna-t-elle. Il a perdu les économies de toute une vie.

— Eh bien, on ne sait pas de quoi il aurait été capable.

— Je crois qu'il voulait juste exprimer sa colère.

— Les gens sont vraiment très remontés. Je vais engager un chauffeur, qui te servira aussi de garde du corps.

— Non…

Elle était déjà un fardeau pour lui, inutile d'en rajouter.

— Pour que tu puisses sortir. Que tu ne sois pas seule tout le temps.

— Non !

— Je crains de devoir insister. C'est pour le bien du bébé, pas le tien.

— Oh.

Cela lui fit mal de savoir qu'il ne s'inquiétait pas pour elle. Toutefois, la bonne nouvelle, c'était qu'il se souciait du bébé. N'était-ce pas pour cela qu'elle avait accepté toute cette mascarade ?

— Ah, je vois que tu as jardiné.

— Comment le sais-tu ?

Il essuya une tache de terre sur son nez et son

menton. Puis il afficha un sourire en coin, ce qui eut pour effet de le rendre encore plus irrésistible.

— Pas besoin d'être Sherlock Holmes.

— J'ai eu très peur avant que tu n'arrives, dit-elle avec une gratitude sincère.

— Et moi je devenais fou au bureau, à me demander pourquoi tu ne répondais pas.

Il sembla mal à l'aise, tout à coup, d'avoir avoué son inquiétude.

— En parlant de bureau, je ferais mieux de retourner travailler.

— Oui, excuse-moi de te causer tant d'ennuis. Je vais essayer d'être plus prudente.

Il sourit.

— Alors promets-moi que tu ne retourneras pas dans le jardin toute seule, jusqu'à ce que j'engage quelqu'un pour veiller sur toi. Et achète-toi un nouveau téléphone portable sur lequel je pourrai te joindre.

Elle acquiesça, troublée. Le fait que Jake se montre si protecteur lui réchauffait le cœur.

Elle le regarda s'éloigner par la fenêtre. Longtemps après qu'il eut disparu, elle continua de fixer les arbres, de l'autre côté de la rue.

Lorsque, enfin, elle se détourna, elle dut faire face à la maison vide. Elle ne se sentait pourtant plus aussi seule que tout à l'heure. Son cœur était plus léger, son humeur plus gaie. La perspective de pouvoir faire des emplettes pour le bébé la réjouissait.

Jake était revenu à la maison pour elle. Il les avait protégés, elle et le bébé.

Et il lui avait souri.

Certes, il ne tenait pas vraiment à elle. Pourtant… c'était si agréable de faire comme si elle comptait pour lui.

- 9 -

Plus Alicia tentait d'ignorer Jake, plus elle était fascinée par lui.

Elle prêtait attention à ses moindres faits et gestes.

Elle savait qu'il n'y avait pas de photographies ni de souvenirs personnels dans sa maison. C'était comme s'il ne voulait garder aucun lien avec son passé. Pourquoi ? Avait-il eu une enfance difficile, lui aussi ?

Elle connaissait l'heure exacte à laquelle il partait travailler. 7 h 30. Précises.

Elle savait l'heure exacte à laquelle il rentrait. 18 h 30.

Elle savait aussi qu'il avait du mal à trouver le sommeil, qu'il faisait souvent les cent pas la nuit, en s'arrêtant devant la porte de sa chambre. La poignée tournait, et elle s'asseyait, plongée dans l'obscurité, partagée entre l'espoir et la crainte qu'il ouvre la porte.

Elle savait ce qu'il mangeait pour le dîner — des plats préparés, parce qu'elle retrouvait les emballages dans la poubelle. Des pizzas, surtout. Bien trop de pizzas.

« S'il ne mange pas de légumes, ce n'est pas ton problème. »

Une véritable épouse cuisinerait au moins des plats plus sains pour lui. Mais c'était dangereux de penser ne serait-ce qu'un instant qu'elle pourrait être cette femme-là.

Trop souvent, elle repensait au moment où Jake l'avait sauvée de l'individu qui s'était introduit dans le jardin. Etrange, qu'il soit arrivé au moment précis où elle avait eu besoin de lui. C'était comme s'il était lié à elle par un sixième sens.

Quand elle se repassait cette scène, elle regrettait de ne pas l'avoir embrassé.

C'était stupide. Un baiser ne changerait rien. Elle était la femme qu'il avait épousée à contrecœur et qu'il avait cachée à ses associés, ses amis et sa famille ; la femme avec qui il avait choisi de ne jamais apparaître en public.

Cela faisait deux semaines qu'ils menaient des vies complètement séparées et elle avait l'impression de devenir folle. Elle rêvait de discuter avec lui, de le connaître mieux, de savoir pourquoi il paraissait de plus en plus tendu.

— Il semble plus gentil que je ne l'imaginais, dit Carol.

Cette dernière l'avait appelée alors qu'Alicia était en train de préparer un ragoût de bœuf pour le dîner.

— Et sur les photos que j'ai trouvées sur internet, il est absolument irrésistible.

« J'en sais quelque chose. »

— Revenir comme ça, au moment précis où cet intrus était dans ton jardin… Pas étonnant que…

Elle interrompit Carol :

— Que quoi ?

— Que tu nourrisses ces fantasmes et que tu commences à t'attacher à lui.

Elle avait oublié combien Carol la connaissait bien.

— Je ne nourris pas de fantasmes et je ne suis pas en train de m'attacher, marmonna-t-elle.

Etait-il si facile de lire en elle, même par téléphone ?

— Si tu le dis, chérie.

Alicia eut bien envie de répliquer, de se défendre, mais, pour une raison étrange, elle n'en fit rien.

Depuis le message qu'Alicia lui avait laissé quelques jours plus tôt, Carol l'appelait très régulièrement.

— Tu n'aurais jamais dû rester en Louisiane, affirma Carol. Tu aurais dû venir vivre à Londres et accepter ce travail.

— Je sais. Mais j'ai senti que je devais lui laisser une chance… pour le bébé. Vivre chez lui signifie au moins que le bébé fait partie de sa vie.

— Eh bien, c'était très généreux de ta part, en ces circonstances.

— Je sais ce que c'est que de ne pas avoir de parents. Et si je mourais, et que le bébé atterrissait chez des étrangers ?

— N'empêche, tu ne m'ôteras pas l'idée que tu aurais été plus heureuse si tu étais partie loin de toute cette pagaille, et que tu avais pris un nouveau départ en Angleterre. Tu sais bien qu'ici personne n'a entendu parler de l'inculpation de ton cher père.

— C'est tentant, je l'avoue. Jake pense que mon père est un criminel, et puisqu'il me voit uniquement comme la fille de mon père, eh bien… il pense sans doute que je suis coupable aussi.

— En es-tu sûre ?

— Il l'a répété assez souvent.

Pas récemment, cependant. Mais c'était sans doute seulement parce qu'ils se parlaient à peine.

— Eh bien, quand ton bébé sera assez grand pour voyager, je vous ramène tous les deux ici et je m'occupe de toi. J'ai des tas d'amis, dont de nombreux hommes, et ils vont t'adorer. Tu oublieras Jake en un rien de temps. Tu rencontreras un bel Anglais, tu tomberas follement amoureuse, et tu vivras heureuse pour toujours.

L'attitude positive de Carol la réconfortait. L'idée que son enfant grandisse loin de son père, beaucoup moins.

Ce soir-là, Jake rentra tôt, alors qu'elle était toujours en train de jardiner derrière la maison. Victor, le garde du corps-chauffeur, l'avait emmenée acheter un berceau pour la chambre de bébé, de nouvelles azalées, une cage à oiseaux pour abriter une hirondelle blessée qu'elle avait trouvée dans le jardin, ainsi que plusieurs mangeoires. Victor avait installé la cage, le berceau et les mangeoires, mais elle n'avait pas encore fini de préparer le sol pour planter les azalées. Elle était fatiguée et mourait d'envie de déguster le ragoût qu'elle avait préparé, mais elle tenait à finir ce qu'elle avait commencé.

Jake approcha d'elle, et elle sentit son regard sur elle. Mais puisqu'il n'avait pas encore manifesté sa présence, elle fit mine d'ignorer son arrivée et lança une pleine pelletée de terre sur ses mocassins italiens de luxe.

— Hé, doucement, protesta-t-il en riant tout en secouant sa chaussure. Sinon, nous devrons prendre une douche ensemble.

Elle se tourna vivement vers lui. Jake avait le regard amusé et néanmoins sombre. Il semblait épuisé, à la fois physiquement et mentalement.

Mais quand leurs regards se croisèrent, il afficha ce sourire rapide et sexy qui provoquait toujours un nœud dans son ventre… mais un nœud agréable.

Sans réfléchir, elle lui rendit son sourire. L'idée de se doucher avec lui était bien trop séduisante.

Il s'agenouilla et posa la main sur son bras.

— Ça peut attendre demain. Tu ne dois pas te fatiguer, dit-il.

— Comment se fait-il que tu sois rentré si tôt ? demanda-t-elle, troublée.

— J'ai apporté du travail à finir.

— Oh.

Elle se retourna vers sa plate-bande et reprit son travail, mais pas aussi vigoureusement que tout à l'heure. Elle était trop submergée par la chaleur électrique provoquée par la main de Jake sur son bras, par sa proximité, par le désir qui menaçait de la submerger.

— Tu sais, je pense qu'il y a moins de journalistes dehors. Peut-être que l'intérêt des médias s'érode enfin.

— Je l'espère.

— J'ai vu Victor, dit-il en se relevant. Je lui ai

dit qu'il pouvait rentrer, et que je veillerai sur toi cet après-midi.

Elle aurait aimé qu'il s'agenouille de nouveau près d'elle et la touche. Et pas seulement sur le bras.

Au lieu de cela, il recula d'un pas. Il s'était montré poli, voilà tout.

— Eh bien, j'imagine que je vais rentrer et travailler, dit-il, en lui lançant un dernier regard.

Sans nul doute, il allait disparaître à l'étage et s'enfermer dans son bureau. Gus le suivrait probablement comme il le faisait toujours, et elle serait aussi seule qu'elle l'était chaque soir. Encore plus seule, même, après que Jake se fut montré si gentil.

Si elle allait dans la cuisine, elle verrait les emballages de nourriture dans la poubelle, et elle ne pourrait s'empêcher de s'inquiéter du mauvais régime alimentaire de Jake. Même si elle savait pertinemment qu'il n'avait pas envie d'être choyé par une épouse.

Lorsqu'elle entendit la porte de la maison claquer derrière elle, elle se releva et rentra à son tour. Tout en se dirigeant vers la cuisine, elle ralentit le pas. Il était hors de question que Jake s'imagine qu'elle cherchait à le rattraper — même si c'était la vérité.

Lorsqu'elle pénétra dans la cuisine, elle fut étonnée de l'y trouver.

— Ça sent bon, dit-il, l'air presque dépité.

— Ragoût de bœuf. Rien de sophistiqué.

— Cela me rappelle que j'étais si fatigué et pressé de rentrer que j'ai oublié de prendre quelque chose à manger ce soir. Les pizzas tous les soirs, je commence à m'en lasser.

Etait-ce une demande déguisée ?

— Est-ce que tu veux un peu de ragoût ? Il y en a assez pour deux.

— Volontiers… si ça ne te dérange pas. Si tu allais te débarbouiller pendant que je mets la table ?

Son attitude sereine, presque avenante, la surprit. Il semblait soudain si plein de bonne volonté. Etait-il prêt à conclure une trêve ?

— D'accord. Je n'en aurai que pour une minute, murmura-t-elle d'une voix bien trop enthousiaste.

Il afficha un large sourire.

— Je pense que cela te prendra plus de temps que ça.

— Ai-je l'air si horrible ?

— Question piège, ma chère. Mais non, tu n'as pas l'air horrible. Tu es jolie comme ça.

« Comme ça ? » Elle courut vers sa chambre, et poussa un petit cri quand elle vit son reflet dans le miroir. Des taches de terre noire parsemaient son visage, son short et ses bras. Il lui sembla entendre Jake rire.

Elle s'empressa d'ôter ses chaussures et ses vêtements pleins de terre. Après une douche rapide, elle attacha ses cheveux avec un ruban, puis passa un corsaire rouge et une chemise blanche. Ensuite, elle enfila de petites créoles dorées et une paire de sandales assorties. Enfin, elle parfuma l'intérieur de ses poignets.

Quand elle revint dans la cuisine, l'étincelle dans les yeux bleus de Jake et son sourire malicieux lui indiquèrent qu'elle était maintenant bien plus présentable.

Il s'était versé un verre de vin et lui avait préparé un verre d'eau pétillante agrémentée d'une tranche de citron. Elle remarqua qu'il avait dressé la table dans la salle à manger et qu'il avait même mis un peu de musique en fond sonore. Gus, ravi, était au milieu de la cuisine, et agitait paresseusement sa queue sur le sol carrelé, en attendant que le ragoût soit prêt. Toute cette scène, un peu trop idyllique, ressemblait dangereusement au mariage de ses rêves.

— Alors, comment était ta journée ? demanda-t-il.

Son regard intense éveilla aussitôt en elle une série de délicieux petits frissons.

— Comme toujours, répondit-elle.

Elle sirota son eau glacée, le temps de reprendre ses esprits et de reconstruire ses défenses.

— Le jardin est joli, répliqua-t-il visiblement mal à l'aise.

— Au moins, cela m'occupe. Et cela me fait du bien d'être dehors. Et toi, comment était ta journée ?

— Je suis encore en train de réparer les dégâts causés par mon association avec ton père, et par notre mariage, dit-il beaucoup plus froidement. Aujourd'hui, c'était une journée particulièrement mauvaise. Tout le conseil d'administration de Houses for Hurricane Victims est passé pour exiger ma démission. Après ce rendez-vous, j'ai décidé de rentrer.

— Je suis désolée.

— C'était une cause qui était chère à mon cœur… donc… si nous changions de sujet ?

— De quoi préférerais-tu parler ?

— De *toi*.

Ce fut à son tour à elle de se braquer.

— Nous l'avons déjà fait. Lors de notre première nuit ensemble, quand je t'ai stupidement confié toute ma vie… avant de savoir qui tu étais vraiment, et ce que tu allais faire à mon père. Tu te souviens ?

Un éclair de colère passa dans les yeux de Jake, et elle regretta de l'avoir provoqué.

— D'accord. Alors choisis le sujet.

— Toi.

— Sujet ennuyeux.

— Pas pour moi.

— Bon. Que veux-tu savoir ?

— Pourquoi as-tu coupé les ponts avec ta famille pendant neuf ans ?

Il tressaillit, et l'espace d'un instant elle crut voir de la douleur dans ses yeux. Puis ses traits se durcirent, se transformant en un masque neutre qui lui était bien trop familier. Elle avait l'impression que Jake voulait toujours garder les gens à distance.

— Mon frère a séduit la femme que j'aimais depuis toujours, alors je suis parti, dit-il, d'un ton si amer qu'elle eut le cœur serré.

« Quand on pose une question difficile, on obtient une réponse douloureuse. »

— Tu veux en parler ?

— Pas vraiment.

Il tira sur le nœud de sa cravate de soie, comme s'il étouffait tout à coup. Puis il ouvrit les deux premiers boutons de sa chemise.

En apercevant sa peau bronzée à la naissance de son cou, elle prit une profonde inspiration

— C'était Cici, n'est-ce pas ?

— Oui. *Cici*. Il l'a séduite et l'a abandonnée pour me sauver de ses griffes. Il lui a brisé le cœur, puis a ensuite épousé une jeune femme riche et convenable, comme tu le sais.

D'un geste rageur, il suspendit sa cravate sur le dossier d'une chaise.

— J'ai trouvé ça un peu difficile à pardonner.

Elle le comprenait. Son cœur, le cœur qu'il gardait si jalousement, avait été brisé.

— Sa femme est morte dans un accident de voiture, peu après, c'est ça ? dit-elle.

— Oui.

— Et toi… Es-tu encore amoureux de Cici ? demanda-t-elle d'une voix qui trembla malgré elle.

— Non. Mais ça ne signifie pas que je fais confiance à mon frère.

Aussitôt des questions l'assaillirent. Et s'il mentait ? S'il était encore amoureux de Cici ?

Elle ne devrait pas s'en soucier. Pourtant, elle avait l'impression que l'étau autour de son cœur s'était resserré un peu plus.

— Mais tu es revenu, murmura-t-elle d'une voix à peine audible.

— C'est ici que sont mes racines. Quand l'ouragan Katrina a frappé, et que tant de gens ont eu besoin de maisons, j'avais les compétences requises pour les aider. Je me sentais obligé de revenir. Même si je n'étais pas prêt à renouer avec une famille que je pensais être impitoyablement matérialiste et cruelle. Tu comprends pourquoi j'avais de la sympathie pour tes problèmes avec ton père, ce soir-là ? Mais à ce moment-là, Hayes Daniels ne m'avait pas encore tout dit sur lui.

Soudain, la colère brilla de nouveau dans ses yeux.

— Je vais chercher le ragoût, dit-elle calmement.

Elle n'avait pas envie de l'entraîner sur un sujet aussi épineux. Une seule pensée occupait son esprit pour le moment : c'était à elle que Jake avait fait des avances, le fameux soir où Logan était parti avec Cici.

— Si nous mangions sur la terrasse ? J'ai besoin d'air, dit-il.

— D'accord.

En silence, il porta les boissons et les couverts à l'extérieur pendant qu'elle sortait le plat du four. Il ne la regarda pas et ne lui adressa pas la parole pendant qu'ils se servaient.

Malgré l'humidité, c'était une agréable soirée. De larges nuages roses se profilaient à l'ouest. Ignorant les orages qui se préparaient, les oiseaux chantaient dans les arbres avant la tombée de la nuit. Dans un jardin alentour, un enfant jouait avec un chien. Mais elle était surtout concentrée sur Jake, assis en face d'elle. Il semblait sombre, tourmenté même, et l'effluve de son après-rasage la troublait.

D'abord, ils mangèrent dans un silence pesant. Elle retenait son souffle.

Et la même question la taraudait encore et encore : Jake était-il encore amoureux de Cici ? Il avait affirmé le contraire, mais elle avait du mal à le croire sur parole.

— Et où es-tu allé ? dit-elle enfin.

Il lui lança un regard si intense qu'elle dut inspirer pour se calmer.

— Quoi ?

— Quand tu as quitté la Louisiane, durant toutes ces années, où es-tu allé ? Qu'as-tu fait ?

— Tu ne laisses jamais tomber, hein ?

— J'étais journaliste. C'est dans ma nature.

A sa grande surprise, il afficha un sourire prudent.

— Toi, tu m'as tout dit lors de notre première nuit.

— Sauf l'emplacement embarrassant de ma marque de naissance en forme de cœur.

Quand son sourire se fit malicieux, et que son regard dériva vers son sein gauche, elle se sentit rougir. Mais pourquoi donc avait-elle évoqué ce sujet ?

— Je l'ai découverte moi-même, non ? Une découverte hautement délicieuse, d'ailleurs. Mais je suis sûr que je te l'ai dit quand je t'ai fait l'amour.

Sa dernière phrase sembla flotter dans l'air. Le feu ardent qui la consuma n'avait rien à voir avec la chaleur estivale et tout à voir avec le souvenir de sa bouche sensuelle mordillant ses seins et aspirant ses tétons, de son corps puissant et viril ondulant contre le sien.

Tout en s'efforçant d'effacer ces images de son esprit, elle se redressa sur sa chaise.

— Tu étais sur le point de me dire où tu étais allé, lui rappela-t-elle.

— Là où tous les jeunes Américains qui ont quelque chose à prouver vont habituellement. Vers l'Ouest. L'Utah, l'Arizona, le Colorado, le Nouveau-Mexique… la Californie. Et enfin, l'Alaska. J'ai voyagé avec un ami… Paul… pendant quelque temps.

Sa voix s'assombrit.

— Nous faisions des randonnées, du canoë, nous campions dans la nature. Et pour payer nos frais, nous effectuions des travaux manuels.

— Où est Paul aujourd'hui ?

— Il est mort. Un jour, j'ai stupidement voulu escalader une montagne. Paul est tombé.

Il marqua un temps, et elle fut frappée par la soudaine douleur qui s'alluma dans ses yeux, qui étaient maintenant d'une teinte bleu nuit.

— Je suis vraiment navrée.

— C'était il y a longtemps. Je m'en suis remis, dit-il, l'air froid et détaché.

Etait-il vraiment remis ? Et était-il remis de Cici aussi ? La culpabilité, comme l'amour, pouvaient laisser des cicatrices très profondes.

— Néanmoins, c'est dommage qu'il ait…, commença-t-elle d'une voix douce et réconfortante.

— Sa mort m'a fait prendre conscience que la vie est trop courte pour être gâchée. Alors j'ai ravalé ma colère. J'ai repris mes études, et j'ai découvert que j'aimais bâtir des choses. Je crois que je suis devenu architecte parce que je voulais construire des maisons qui deviendraient le foyer de couples heureux, même si je ne sais pas ce que c'est que d'appartenir à une famille heureuse. Après mon diplôme, j'ai commencé à travailler, et j'ai eu de la chance. Ou peut-être que la chance sourit aux ambitieux. Tout ce que je sais, c'était que tant que je travaillais, j'étais heureux, du moins sur le plan professionnel. Et puis un jour, ma chance a tourné.

— Quand était-ce ?

Sa réponse tomba comme un couperet.

— Le jour où j'ai nommé ton père au conseil d'administration de Houses for Hurricane Victims. La seule raison pour laquelle il a été élu à l'unanimité, c'était parce que je l'avais recommandé.

La soudaine dureté de sa voix et de ses yeux fut comme une gifle. Peut-être parce qu'elle n'avait pas vu le coup venir, elle était plus vulnérable que d'habitude.

— Il sera toujours entre nous, n'est-ce pas ? Tu me détesteras toujours pour ce que tu penses qu'il a fait.

Peut-être que Cici serait toujours entre eux aussi, d'ailleurs. Mais elle n'osa pas lui lancer cela à la figure. Elle craignait trop ce qu'il risquait de lui répondre : que oui, il aimait encore Cici.

— Il l'*a* fait. Ce n'est même plus une hypothèse, affirma-t-il.

Elle ferma les yeux, désarçonnée. Comment pouvait-elle douter de son propre père ?

— Donc, même dans mille ans, tu ne pourras jamais me pardonner d'être la fille de l'homme que tu crois responsable de tous tes problèmes.

Inspirant brusquement, il serra les poings.

— Ai-je raison ? insista-t-elle.

L'air furibond, il détourna le regard.

— Tu ne me pardonneras pas, conclut-elle. Je l'accepte. Ecoute, je… je crois que j'ai eu tort de manger avec toi. J'ignore pourquoi j'ai pu croire que nous pourrions avoir une conversation civilisée… même le temps d'un repas. Je mangerai plus tard. Seule.

Elle se leva, mais il l'imita d'un mouvement brusque.

— Oh que non, marmonna-t-il.

Il semblait si furieux qu'elle sentit sa poitrine se serrer. L'air lui manqua.

Comment en étaient-ils arrivés là ? Ils mangeaient et discutaient tranquillement, et l'instant d'après, leur conversation s'était transformée en violente dispute. A présent, elle était prise dans un tourbillon d'émotions contradictoires.

— Je ne comprends pas ce que tu veux de moi, murmura-t-elle. Tu m'ignores depuis notre mariage, et maintenant…

— J'ai été très clair sur le fait que je te veux dans mon lit.

— Et moi, je t'ai dit que ce n'était pas possible. Bonne nuit, Jake.

— Tu restes là, ordonna-t-il.

Elle voulut passer devant lui et filer se barricader dans sa chambre, mais il fut plus rapide, et la rattrapa en un seul pas. Il l'attrapa par le bras et l'attira vers lui.

Elle était trop surprise pour se débattre et, bientôt, elle se retrouva prise au piège entre son grand corps musclé et le mur.

Le masque d'indifférence de Jake était tombé. Il la dominait de toute sa haute taille et ses yeux bleus brillaient d'un désir incandescent.

— Des jours durant, j'ai voulu te toucher,

t'étreindre. Dieu, comme c'est bon de te sentir contre moi.

Pour elle aussi, c'était bon ! Elle avait l'impression que chaque cellule de son corps se dissolvait et se mêlait aux siennes.

— Je ne veux pas te désirer, mais je te désire. De plus en plus chaque jour, avoua-t-il.

— Vraiment ?

— Mais quand je pense à ce que ton père a fait, je me sens tiraillé.

En ce qui concernait son père, elle se sentait tiraillée, elle aussi. Elle avait toujours su qu'il était d'une ambition impitoyable. En affaires, il était si facile pour les puissants de marcher sur les plus faibles. Ces derniers temps, il lui était de plus en plus difficile de croire que son père était innocent, pourtant elle s'accrochait à cette idée.

— Tu me rends fou, dit Jake. Il y a toi et le bébé d'un côté, et de l'autre les méfaits de ton père et leurs conséquences. J'ai l'impression de vivre en enfer.

— Moi aussi.

— Il est temps d'en finir, murmura-t-il.

Il prit son visage entre ses mains. Pendant un long moment, il scruta son regard comme s'il allait lui demander quelque chose. Puis il prit ses lèvres dans un baiser brûlant.

— Arrête, dit-elle, le repoussant. Nous allons divorcer au final, tu te souviens ? Je ne veux pas compliquer une situation déjà pénible.

— Tais-toi, ordonna-t-il d'une voix rocailleuse.

Puis il posa de nouveau la bouche sur la sienne, prenant possession d'elle dans un acte brut pendant que ses mains et son corps la maintenaient prisonnière.

Quand il eut fini d'explorer la douceur de sa bouche, elle vibrait de désir. Après des semaines de solitude, c'était merveilleux d'être étreinte et embrassée dans un abandon total, surtout par un homme d'habitude si déterminé à contrôler ses émotions.

Au fond d'elle, elle avait voulu ce baiser, elle aussi. Elle désirait Jake, jusqu'à l'obsession. Mais surtout, elle voulait qu'il ait envie d'elle. Quand elle sentit son sexe en érection contre ses cuisses, la preuve de son désir fut comme un baume cicatrisant sur la blessure profonde causée par l'indifférence de son père. Au moins, Jake n'était pas indifférent. Elle voulait tant être aimée. Etre désirée… même si ce n'était que sur le plan physique.

Quand le baiser de Jake se fit plus sensuel, elle ne protesta pas. Bien au contraire, elle enroula ses bras autour de son cou pour le sentir encore plus près d'elle. Son corps entier fut parcouru de frissons, et elle poussa un gémissement de plaisir. Elle était sur le point de s'abandonner tout entière quand elle entendit un bruit de verre qui se brise venant de l'avant la maison. Puis, il y eut des cris.

Haletant et furieux, Jake recula.

— Bon sang, que se passe-t-il maintenant ?

— On dirait qu'une autre brique a traversé ta fenêtre.

Il lui caressa doucement les cheveux, mais il semblait toujours en colère.

— Ne bouge pas, chérie. Je reviens tout de suite finir ce que j'ai commencé.

Et il disparut.

Incapable de se remettre de son trouble, elle resta paralysée durant de longues minutes, le cœur battant à se rompre. Puis, alors que les minutes passaient, sa raison reprit peu à peu le contrôle.

Etant donné le lourd passif qui existait entre eux, elle ne pouvait se laisser dominer par ses émotions. Elle ne rendrait pas les armes si aisément.

Redressant les épaules, elle regagna sa chambre.

- 10 -

Lorsque Jake fut enfin de retour sur la terrasse, il se consumait encore de désir.

Mais Alicia avait disparu. Où était-elle passée ?

Le souffle court, il se dirigea vers la chambre d'enfant, et s'arrêta devant la porte. Chaque soir, après avoir essuyé des attaques constantes dans son travail, il avait pris l'habitude de venir trouver du réconfort dans cette chambre, en observant le linge de lit jaune poussin et les frises ornées de petits lapins bleus. Il imaginait Alicia en train d'allaiter leur enfant, de lui parler, de lui lire des histoires. Il s'imaginait les rejoindre, pour jouer sur le tapis tous les trois. Il mettrait son bras autour d'Alicia, et elle le regarderait avec des yeux pleins de tendresse.

Etrangement, il était à présent impatient de rentrer le soir, rien que pour voir ce qu'Alicia avait accompli dans cette pièce. Il s'était mis à souhaiter qu'elle passe du temps avec lui, et à regretter de ne pas l'avoir traitée avec plus de douceur dès le départ. En vérité, il avait eu des préjugés à son égard, et lui avait reproché chaque délit que son père avait commis. Or, il commençait à se demander sérieusement s'il n'avait pas eu tort.

En deux petites semaines, elle avait fait de cette

pièce une véritable chambre d'enfant. Leur futur bébé était devenu plus réel pour lui, et infiniment précieux.

Même s'il avait encore du mal à accepter la présence d'Alicia chez lui, et même si cela lui coûtait cher sur le plan professionnel, cela en valait la peine. Chaque soir, quand il passait la porte, c'était comme entrer dans un monde totalement nouveau, un monde empli de possibilités… et d'espoir.

Etait-ce si ridicule de rêver d'un tel futur avec Alicia, quand il y avait tant de rancœurs entre eux ?

A pas de loup, il s'éloigna en direction de la chambre d'Alicia. La porte était fermée, mais la lumière était allumée. S'était-elle réfugiée ici pour lui échapper ?

Après l'attitude qu'il avait eue tout à l'heure, ce ne serait guère étonnant. Il s'apprêta à frapper à sa porte, mais, comme il l'avait déjà fait de nombreuses fois au cours des nuits précédentes, il se retint. La dernière chose qu'il voulait, c'était l'effrayer de nouveau.

— Alicia ? murmura-t-il.

Pour toute réponse, il entendit un bruissement. Puis, à son grand étonnement, la porte s'ouvrit. Juste un peu.

Il eut un aperçu de ses grands yeux brillants de confusion, de ses cheveux noirs qui tombaient en cascade sur ses épaules. Elle était diablement sexy. Et cela n'était pas pour lui déplaire que ses lèvres rouges et légèrement gonflées portent encore la marque de ses baisers.

Et elle semblait avoir bien besoin d'être embrassée encore.

Son pouls s'accéléra de nouveau, et une décharge de désir le traversa.

Comment pourrait-il vivre une nuit de plus sous le même toit qu'elle sans la toucher ? songea-t-il en tentant de contrôler sa respiration saccadée.

— Je regrette mon comportement d'homme des cavernes, s'entendit-il murmurer.

— Je comprends, dit-elle d'une voix douce qui trancha son cœur comme du verre. Tu es pardonné.

Elle ne semblait pas plus remise de leur baiser que lui, mais il se garda de le souligner.

— C'est très généreux de ta part, dit-il.

Au moins, elle ne lui avait pas claqué la porte au nez.

— Alors, quel était ce raffut ?

— La routine. Un autre client mécontent et ivre qui a jeté une pierre par la fenêtre.

— La même fenêtre ?

— Je le crains. Heureusement, deux journalistes se sont rendus utiles pour une fois, ils l'ont maîtrisé. J'ai dit au vandale de rentrer se coucher. Ensuite, ils ont tous voulu m'interviewer.

— Tout est ma faute.

— Non… c'est fini maintenant. Je vais dans le garage chercher une planche et des clous pour couvrir la vitre.

— Je vais t'aider, si tu veux, proposa-t-elle d'une voix presque enthousiaste.

Son offre lui fit plaisir. Bien trop à son goût, mais il hocha la tête.

— Je vais chercher mes chaussures, dit-elle.

C'était agréable de la sentir à son côté tandis qu'ils se dirigeaient vers le garage. En dépit des flashes des photographes et des invectives, il apprécia également le fait qu'elle l'assiste pendant qu'il clouait la planche de bois.

— Demain, je ferai venir quelqu'un pour la réparer, dit-il quand ils furent rentrés.

— Non, je m'en charge. Je suis à la maison toute la journée, c'est le moins que je puisse faire.

Elle était si gentille, si désireuse de plaire. Etait-ce bon signe ?

— D'accord. Merci.

Pensant sans doute qu'il la congédiait, elle tourna les talons. Il avait envie de la retenir et de l'embrasser de nouveau. Mais, en dépit du désir qui lui vrillait la poitrine, il se retint.

Il suivit des yeux sa silhouette mince et solitaire qui se mouvait avec grâce tandis qu'elle s'éloignait dans le couloir. Le doux balancement de ses hanches l'hypnotisait littéralement. Le souvenir de leur récent baiser était encore trop fort, trop brûlant. Cela le rendait si fou, et c'est sans doute pour cela qu'il ne put se résoudre à la laisser partir.

— Alicia…, appela-t-il, incapable de s'en empêcher.

Il reprit vite contenance, pour ne pas qu'elle sache à quel point il avait envie d'elle.

Elle se tourna vivement. La lumière du salon éclairait son cou gracile. Son regard était aiguisé, presque perçant. Pourquoi fallait-il qu'elle soit si diablement belle ?

Trop belle pour la détester.

D'ailleurs, il ne la détestait pas. En réalité, il ne l'avait jamais détestée, se rendit-il compte. Pas même au début.

Ce qu'il ressentait pour elle n'était plus une simple envie physique — et ne l'avait peut-être jamais été. Alors, qu'était-ce ?

Les sentiments qui soudain se faisaient jour en lui le bouleversèrent. Que lui arrivait-il ?

Il avait cru aimer Cici, mais ce qu'il éprouvait à présent pour Alicia était encore plus puissant.

Il ne s'était pas battu pour Cici. Mais pour Alicia, il était prêt à donner sa vie pour la protéger. Même si elle était la fille de Butler.

Pour être honnête, jamais il ne l'aurait choisie pour épouse, mais à présent qu'elle était sa femme, il ne pouvait imaginer personne d'autre prendre sa place, pas plus qu'il ne pouvait s'imaginer la laisser partir. Comment avait-il pu penser un instant qu'il pourrait divorcer sans la moindre arrière-pensée ?

Peut-être devrait-il simplement accepter qu'il y ait des choses entre un homme et une femme qui ne pouvaient s'expliquer. Il ignorait pourquoi et quand elle en était venue à compter pour lui à ce point. Mais elle comptait, pour sûr. Et chaque jour davantage.

Les conditions de leur mariage, qui incluaient de ne jamais la toucher et de divorcer aussitôt que possible, lui semblaient désormais infernales et impossibles.

— Alicia…

Sa voix se brisa.

— Oui, Jake ? dit-elle de cette voix douce qui le faisait fondre.

— Je me disais... que peut-être... je veux dire si tu veux...

On aurait dit un adolescent maladroit et débordant d'hormones abordant une fille pour la première fois.

— J'aimerais t'inviter à dîner... demain soir.

Une lueur passa dans ses yeux.

— Ce n'est pas nécessaire, Jake. Je t'ai causé autant d'ennuis que tu m'en as causés.

— Là n'est pas la question. Je veux que les choses changent entre nous. En mieux. Nous allons avoir un bébé. Tu ne penses pas que nous devrions au moins être cordiaux l'un envers l'autre. Etre amis ?

Il ne pourrait jamais être ami avec elle, mais ça, il n'allait pas le lui dire.

— Dans ce cas, d'accord. J'accepte ton invitation.

— Il me tarde.

Au prix d'un effort, il se retint de la prendre dans ses bras.

Au lieu de cela, il la regarda baisser les yeux et tourner les talons.

Son mariage, songea-t-il amèrement, était devenu un enfer.

— Au revoir, Jake, dit Alicia en le suivant dans le couloir.

Depuis un mois, elle avait pris l'habitude bien agréable de l'accompagner à sa voiture chaque matin.

Il se retourna. La cravate pourpre qui ornait son large torse était de travers. Si elle avait été une vraie épouse, elle l'aurait redressée. Peut-être même qu'elle aurait embrassé sa joue hâlée, puis lui aurait murmuré à l'oreille qu'aujourd'hui c'était son anniversaire.

Il lui aurait demandé ce qu'elle voulait comme cadeau, et elle aurait répondu qu'elle préférait qu'il la surprenne.

— Ta cravate est de travers, dit-elle plutôt.

Après un rapide regard, il marmonna un merci et la remit en place.

— C'est droit maintenant ? demanda-t-il avec un sourire.

Une myriade d'émotions l'envahit quand ils échangèrent un regard. Ils étaient sur la terrasse et elle se tenait à l'endroit même où il l'avait embrassée, un mois plus tôt.

— Parfait, dit-elle avec un soupir.

Bien qu'ils soient en meilleurs termes qu'à l'époque, elle ne lui avait pas dit que c'était son anniversaire aujourd'hui.

Elle avait pourtant eu envie de lui en parler. Si elle s'était retenue, c'était à cause de son père, qui avait toujours oublié ou ignoré ses anniversaires. Or elle craignait trop que Jake ne fasse de même. S'il n'était pas au courant, comment pourrait-il la décevoir ?

— Qui a le temps pour les anniversaires ? avait dit son père les quelques fois où elle avait osé se plaindre.

Oui, un mois entier s'était écoulé depuis que Jake l'avait embrassée malgré elle. Le lendemain, il s'était excusé en l'emmenant dîner dans le restaurant français préféré d'Alicia. Ce soir-là, il avait fait de gros efforts pour se montrer gentil et courtois, en répétant qu'il voulait une relation moins hostile avec la mère de son futur enfant.

— Mais pourras-tu jamais me pardonner ? avait-elle demandé, en observant la lumière dorée que projetait la chandelle sur le visage de Jake.

— Pourras-tu me pardonner d'avoir dénoncé ton père ? avait-il rétorqué.

Aucun n'avait répondu par l'affirmative. Malgré cela, depuis, Jake s'était montré exceptionnellement aimable. Elle était à présent impatiente de le retrouver chaque jour, et redoutait ses soirées seule, quand Jake partait pour un de ses fréquents voyages d'affaires à Orlando.

Plongée dans un état mélancolique, elle resta sur la terrasse jusqu'à ce que le portail se referme et que le monospace de Jake disparaisse de son champ de vision. Quand le téléphone se mit à sonner, elle courut dans la cuisine pour répondre, et s'arrêta net quand elle vit un nom familier s'afficher sur l'écran.

Elle décrocha tout de même.

— Bonjour, papa.

— Joyeux anniversaire, chaton, dit-il.

Elle en resta abasourdie.

— Tu t'en es souvenu, murmura-t-elle enfin, contente malgré elle.

Apparemment, son père commençait à accepter son mariage.

— Je t'inviterais bien à déjeuner ou à dîner… ou je t'emmènerais bien choisir un cadeau… mais tu comprends pourquoi ce n'est pas possible.

Puisqu'il ne mentionna pas qu'il était assigné à résidence, elle n'en parla non plus.

— Je sais. Et ça ne fait rien. Je veux dire, c'est dommage, mais…

— J'aimerais te voir. Tu me manques. Nous pourrions déjeuner ensemble, si tu amenais une pizza, ou un plat à emporter du restaurant de ton choix.

— Je… je crains de ne pouvoir venir, bredouilla-t-elle.

La promesse faite à Jake l'en empêchait.

— Oh, dit-il, semblant désemparé. Est-ce à cause de lui ?

— Oui, avoua-t-elle. Il pense que je ne devrais pas te voir. Je suis navrée.

— Ce n'est pas grave.

Si, ça l'était. Son père semblait abattu. Et, en de telles circonstances, elle ne pouvait guère lui en vouloir.

— Est-ce que tu vas bien ? demanda-t-elle.

— Non. C'est ton anniversaire… et Dieu sait que j'ai assez manqué tes anniversaires par le passé. Ta mère en faisait toute une cérémonie. Cela me manque autant qu'à toi. Je m'étais dit que, cette année, je pourrais me rattraper.

Il semblait si triste ! Elle serra le combiné tellement fort que ses doigts lui firent mal.

— Je serai là dans moins d'une heure, promit-elle.

Il fallait qu'elle se débrouille pour que Jake n'en sache rien.

— Tu as besoin de quelque chose ? demanda-t-elle.

— Des rasoirs. Du dentifrice. Des chewing-gums sans sucre.

Il semblait si diminué. Comment pouvait-elle refuser ?

— J'ai l'impression d'être une espionne, dit Alicia en passant le seuil de la maison familiale.

Son père s'empressa de fermer la porte derrière elle.

Elle ôta son écharpe et ses lunettes de soleil, puis secoua ses cheveux. Quand elle tendit à son père un sac contenant les produits demandés, son regard sévère la mit mal à l'aise. Un garde s'avança pour inspecter les articles. Hochant la tête, il recula pour la laisser passer.

— Le mariage, ça ne te va pas, commenta son père. Tu sembles épuisée.

Par le passé, il avait rarement prêté attention à son apparence, sauf s'il devait s'afficher avec elle en public : il avait toujours été très égocentrique.

Elle aurait pu rétorquer qu'il semblait fatigué, lui aussi, parce que c'était le cas. Elle était même inquiète. Le père fort et puissant qu'elle avait admiré et craint avait disparu. L'homme qui se tenait devant elle avait des cernes sous les yeux et s'était tellement tassé qu'elle était à présent plus grande que lui de plusieurs centimètres. Et ses cheveux étaient blancs comme neige.

— Papa, sommes-nous obligés de nous disputer ? Aujourd'hui ?

— Je suppose que non... puisque c'est ton anniversaire.

Elle n'avait pas beaucoup de temps devant elle. Elle avait dit à Victor qu'elle voulait faire des courses dans le Quartier Français pour la chambre d'enfant. Elle avait réussi à le semer, et avait pris un taxi pour rejoindre la maison de son père, située de l'autre côté de la ville. Elle doutait que son écharpe et ses lunettes teintées aient caché son identité au journaliste qui campait devant la maison.

Elle se sentait coupable d'avoir fait faux bond à Victor et de mentir à Jake. Il fallait qu'elle retourne au Quartier Français dans moins d'une heure. Sinon, son chauffeur alerterait Jake. Et si Jake découvrait qu'elle était partie seule, il renverrait sans doute son employé.

— Comment as-tu pu me trahir en épousant Claiborne ? l'accusa son père.

— Tu ne laisses jamais tomber.

— Et lui, est-ce qu'il laisse tomber ?

— Ecoute, je ne voulais pas exactement l'épouser, d'accord ?

Elle s'interrompit. Elle n'avait surtout pas envie de parler de Jake ou de sa grossesse.

— Eh bien, au moins, tu n'as pas totalement perdu la raison. Pourquoi l'as-tu épousé alors ? Comment a-t-il fait ? Quel est son pouvoir sur toi ?

— Ne parlons pas de Jake ou des raisons pour lesquelles je l'ai épousé. C'est un sujet trop sensible entre nous.

— C'est le moins que l'on puisse dire.

— Je t'ai apporté une pizza, lança-t-elle, changeant de sujet. *Pepperoni*, ta préférée.

C'était aussi la préférée de Jake, mais, bien sûr, elle se garda de le mentionner.

Il observa longuement la boîte de carton puis haussa les épaules. Ils s'installèrent dans la salle à manger, et le garde resta dans le salon. Son père mangea dans un silence lugubre pendant qu'elle sirotait un thé.

La maison était bien plus calme et vide qu'autrefois. On aurait dit un mausolée. Son père avait toujours été un homme d'action, qui travaillait toute la journée et sortait toute la soirée. Quand il était chez lui, les téléphones sonnaient constamment. Comment supportait-il le silence et l'inactivité ?

— Tu ne manges pas ? demanda-t-il après quelques instants.

— Plus tard.

Elle ne pouvait pas lui dire que les pizzas lui donnaient la nausée si elle les mangeait si tôt dans la journée. Son père n'était pas bête, il ferait vite le rapprochement.

— J'ai un cadeau pour toi, annonça-t-il après une tasse de café.

— C'est inutile, vraiment.

Jetant un coup d'œil vers le garde, occupé à téléphoner, il sortit une boîte noire d'un tiroir et la lui tendit. Alicia se souvenait très bien de cet objet, il avait appartenu à sa mère.

Quand elle souleva le couvercle, elle retint son souffle. Avec des doigts tremblants, elle souleva la broche en diamant étincelante en forme d'étoile de mer. Souriant à son père, elle caressa chaque pointe de l'étoile du bout des doigts, juste pour s'assurer qu'elles étaient toutes là.

— Ta mère la portait tous les jours, dit-il d'une voix rude.

— Je sais.

— C'était celle de sa mère, et peut-être de sa mère avant elle.

Des larmes soudaines lui montèrent aux yeux, mais elle les réprima. Elle se souvenait très bien de cette broche sur le col de sa mère. Alicia avait toujours adoré ce bijou. Enfant, elle se glissait parfois dans la chambre de sa mère pour jouer à se déguiser, et ouvrait la boîte laquée juste pour voir le bijou étinceler et en compter les branches.

— Non, elle a trop de valeur, dit-elle, reposant le bijou sur son lit de velours noir. Et puis, les autorités ont dit qu'elles possédaient tous tes biens, non ?

— Oublie-les.

Il jeta un coup d'œil vers le garde, qui était encore au téléphone.

— Ils nous prendraient tout, si nous les laissions faire. Ce sera notre petit secret. Je sais que tu adorais ta mère. Je l'aimais aussi. Chaton, une des raisons pour lesquelles je t'évitais après sa disparition, c'était parce que tu me la rappelais trop.

— Oh.

Etait-ce vraiment la vérité ?

— Et puis, je me disais qu'il fallait que je gagne beaucoup d'argent pour que tu ne manques de rien.

— Papa, je ne peux pas accepter.

— Elle aurait voulu qu'elle te revienne. Après tout, c'est ton anniversaire. Si je finis en prison, ce sera peut-être le dernier cadeau que je pourrai te faire.

— Ne dis pas ça.

— Je sais que j'ai manqué de trop nombreux anniversaires. Je ne voulais pas oublier celui-là… parce que c'est peut-être ma dernière chance…

— Papa, c'est vraiment gentil, mais si je la prenais, cela pourrait te causer encore plus d'ennuis.

— D'accord, je comprends.

Il ferma la boîte et la reposa dans le tiroir.

Il semblait si déçu qu'elle se leva et le prit dans ses bras.

— Papa, merci d'avoir pensé à moi !

Il se raidit et refusa de la regarder. Sans doute parce qu'elle ne faisait pas ce qu'il attendait d'elle.

— Peut-être que tu n'iras pas en prison, avança-t-elle en lui caressant la joue. Il se peut que tu sois innocenté.

— C'est ça. Beaucoup de menteurs comme ton mari conspirent pour me piéger, et rien ne les arrêtera.

— Jake m'a parlé de l'argent qui avait disparu des caisses de Houses for Hurricane Victims, dit-elle d'un ton hésitant. Selon lui, c'est toi qui avais la tâche d'investir ces fonds. Si tu n'as pas pris cet argent, alors tu dois savoir qui l'a fait.

— Bien sûr qu'il dit cela ! Et tu es si crédule que tu as gobé son histoire.

Il se dégagea de son étreinte et la dévisagea comme si elle était une étrangère.

— Il t'a manipulée, hein ? Il te monte contre moi ?

— As-tu pris cet argent, papa ? As-tu volé l'association caritative ? Et les clients de ta banque ?

Il se détourna vivement.

— Pour qui te prends-tu… pour m'accuser ainsi ? Tu es mariée au vrai coupable. Quand il en aura fini avec toi, il te jettera comme une vieille chaussette.

— Tu n'as pas répondu à ma question.

— Parce que jamais je n'aurais cru voir le jour où ma propre fille me poserait une telle question ! Tu me connais.

— Vraiment ?

Son père se rembrunit et ne répondit pas. Ils se rassirent, mais après avoir tenté en vain de faire la conversation pendant quelques très longues minutes, elle baissa les bras, et annonça qu'elle devait partir. Il hocha la tête d'un air indifférent.

Elle était déjà à la porte, le garde vérifiant son sac à main et ses achats, lorsque son père la rappela d'une voix plus douce, presque tendre. Incapable de se résoudre à partir sur une dispute, elle revint pour le serrer dans ses bras. Mais il eut un geste de défiance, comme pour refuser son accolade et, ce faisant, il fit voler son sac à main et ses paquets, répandant le contenu sous le canapé et le fauteuil.

— Désolé, marmonna-t-il tandis qu'il s'agenouillait pour ramasser ses affaires.

— Je vais le faire, murmura-t-elle.

— Non ! Reste où tu es, tonna-t-il en ramassant un bâton de rouge à lèvres. Tu m'as causé assez d'ennuis comme ça.

Quand il se releva, il était essoufflé. Il lui colla ses affaires dans les mains.

— Au revoir, murmura-t-elle à la fois effrayée et bouleversée par cette scène.

Sans lui répondre, il s'affala de nouveau sur son fauteuil.

Elle prit un taxi pour retourner au Quartier Français, où elle retrouva rapidement Victor. De retour à la maison, elle alla dans le bureau, pour ranger les factures de ses derniers achats pour le bébé.

Dans l'un des sacs, elle eut la surprise de découvrir la boîte contenant le bijou de sa mère. Très émue, elle ouvrit le couvercle, et la jolie broche étincela sous la lumière.

— Oh, non !

Elle s'affala contre sa chaise, le cœur battant, partagée entre la joie et la colère. Pourquoi son père était-il si têtu ? Il était assigné à résidence. Ne se rendait-il pas compte que c'était sérieux ? Même si cette broche avait appartenu à sa mère, il devait se soumettre aux conditions de sa détention.

Elle adorait cette broche, et il le savait. Alors il avait trouvé une façon de la glisser dans un des sacs après que le garde les avait vérifiés. Si elle ramenait la broche, il aurait encore plus d'ennuis. Et Jake aussi, par ricochet.

Ne sachant que faire, elle referma la boîte et la fixa pendant une éternité. Enfin, elle se leva, et la cacha sous son matelas. Plus tard, elle déciderait quoi faire.

Pour l'instant, elle voulait se concentrer sur des

choses plus positives… comme Jake et son bébé. Elle ramassa ses sacs, et se hâta vers la chambre d'enfant afin de déballer les vêtements qu'elle avait achetés pour le bébé.

- 11 -

Alicia était en train de ranger la chambre d'enfant quand le téléphone sonna.

Aussitôt, son cœur s'emballa. Les autorités avaient-elles déjà remarqué l'absence de la broche ? Ou était-ce Jake qui appelait pour prendre de ses nouvelles ?

Comment pourrait-elle lui parler sans mentionner sa visite à son père et le bijou, qui pesaient si lourd dans son esprit ? Elle devrait bien le lui dire. Il le fallait.

En tout cas, cela lui ferait du bien d'entendre sa voix, songea-t-elle en allant décrocher le téléphone.

— Alicia ?

La voix féminine et mélodieuse à l'autre bout du fil lui était vaguement familière.

— Oui, c'est moi.

— C'est Cici ! La femme de Logan. Vous vous souvenez de moi ?

Comment pourrait-elle l'oublier ?

— Oui, je me souviens de vous.

Même si Jake avait affirmé ne plus aimer Cici, Alicia se sentait encore trop peu sûre d'elle pour être totalement à l'aise avec une femme dont il avait été amoureux. Elle aurait bien voulu rayer de sa mémoire la façon si érotique dont Cici avait dansé avec Logan, à l'anniversaire de Pierre.

— Logan et moi voudrions vous inviter Jake et vous à dîner. Ici à Belle Rose, avec Pierre.

— Oh. C'est très gentil à vous.

D'un ton qui semblait sincèrement amical, Cici enchaîna en disant que Logan et elle avaient une bonne nouvelle à annoncer. Elle lui proposa plusieurs dates possibles, en fin de semaine, pour qu'ils puissent passer la nuit à Belle Rose et éviter de rentrer tard à La Nouvelle-Orléans.

— Je vais en parler à Jake, et je vous tiens au courant.

— Génial. Nous sommes impatients de vous voir tous les deux pour vous féliciter. Nous sommes tous très heureux que vous fassiez partie de la famille.

— Merci.

Elle demanda des nouvelles de Pierre puis, après quelques banalités échangées, raccrocha.

Elle se sentait plus confuse que jamais. La broche cachée sous son matelas l'inquiétait, comme l'enthousiasme de Cici à l'idée de fêter son entrée dans la famille. Et si voir Logan et Cici ensemble réveillait les sentiments de Jake pour son amour de jeunesse ?

Pourtant, il faudrait bien qu'elle lui passe un coup de fil pour lui parler de cette invitation.

Non, elle irait plutôt à son bureau, décida-t-elle. Elle voulait voir son visage quand elle lui annoncerait que Cici avait téléphoné.

*
* *

Jake parcourait un rapport annuel concernant une construction à Orlando tout en conversant au téléphone avec son chef de projet, quand Vanessa arriva en trombe dans son bureau. Encore porteuse de mauvaises nouvelles, probablement.

— Désolée de vous déranger, mais votre femme est ici, dit-elle d'une voix basse et tendue. Elle attend depuis un moment et, je dois le dire, les employés s'agitent. Plus tôt vous la recevrez, mieux ce sera.

Jake était trop stupéfait pour répondre. Rapidement, il mit fin à son appel et se hâta de rejoindre le bureau de Vanessa.

— J'espère que tu n'es pas trop occupé, commença Alicia en se levant, lançant un regard incertain à Vanessa avant de reporter son attention sur lui. Dans l'ascenseur, certains de tes employés n'étaient pas ravis de me voir.

— Pardon si mon personnel a été impoli. C'est autant ma faute que la tienne s'il règne une telle tension ici. En ce qui me concerne, ta visite est une agréable surprise.

Jetant un regard réprobateur à son assistante, qui les observait avec un intérêt non dissimulé, il prit Alicia par le bras et la conduisit dans son bureau.

— Nous aimerions avoir un café, si ce n'est pas trop demander, Vanessa.

Cette dernière sembla hésiter, puis sourit à Alicia.

— Tout de suite, monsieur.

— Un déca pour moi, s'il vous plaît, précisa Alicia.

Ses cheveux étaient retenus sur les côtés par deux pinces plates dorées, ce qui révélait son visage aux traits fins. Le tailleur anthracite qu'elle portait était élégant, mais il soulignait sa maigreur. Ce qui l'inquiéta aussitôt. Les femmes enceintes étaient censées prendre du poids, et non en perdre.

S'était-elle mise en frais pour lui ? Il se posait la question parce que Victor avait téléphoné depuis le Quartier Français, pour l'informer qu'il l'avait perdue de vue. Il avait décrit ses vêtements, et n'avait pas mentionné de tailleur.

Jake n'aurait pas vraiment prêté attention à ce détail s'il n'avait appris que Butler avait reçu une mystérieuse visite aujourd'hui. Une femme portant un foulard. Basil Bienville, le célèbre blogueur à l'affût des moindres scandales, avait lancé une rumeur selon laquelle cette femme serait sa fille, en étayant sa thèse par le fait que c'était l'anniversaire d'Alicia.

Vanessa apporta les cafés.

— Quel bon vent t'amène ? demanda-t-il à Alicia quand ils furent seuls.

Allait-elle lui dire où elle était passée quand Victor avait perdu sa trace ?

— Je suis venue parce que…

Elle rougit en s'emparant de sa tasse de décaféiné, et le regarda avec une intensité qui le mit mal à l'aise. Elle semblait coupable de quelque chose.

— Cici a téléphoné.

— Cici ?

Alicia passa la langue sur ses lèvres et attendit. Comme il ne trouvait rien à ajouter, elle poursuivit :

— Logan et elle veulent nous inviter à dîner

à Belle Rose. Elle suggère que nous y allions un week-end, pour pouvoir y passer la nuit.

— Veux-tu y aller ?

— C'est ta famille. C'est à toi de décider.

— Ils s'attendraient à ce que nous partagions une chambre… et un lit… comme un couple normal. Serais-tu vraiment prête à cela ?

— Oh. Je n'y avais pas songé, dit-elle en rougissant.

Une onde de chaleur monta en lui. L'invitation à dîner commençait à lui plaire. Cependant…

— Nous projetons de nous séparer après la naissance du bébé, dit-il. A mon avis, ce ne serait pas sage de nous compliquer la situation en impliquant des gens, en particulier ma famille. Nous en avons déjà parlé.

— Très bien, je vais lui téléphoner et décliner.

— Non, laisse-moi me charger de Cici.

Une émotion qu'il ne put définir passa dans ses yeux. Et elle rougit de plus belle.

— Bien sûr, je comprends. Tu prendrais n'importe quelle excuse pour lui parler, hein ?

— Qu'est-ce que je suis censé comprendre ?

— Rien.

Elle pâlit et se détourna.

Elle semblait perturbée. Cela la dérangeait-elle qu'il ait été amoureux de Cici autrefois ? Pourquoi serait-elle jalouse d'une relation morte depuis des années ?

— Tu penses toujours que nous devrions vivre selon les règles que nous avons établies, non ? dit-il doucement, en espérant qu'elle répondrait non.

— Oui. Ce sont des règles parfaitement logiques.

Sa voix était un peu trop calme pour être convaincante.

— Comme si quoi que ce soit dans notre situation était logique, ironisa-t-il.

Elle était la fille de son ennemi, mais il la désirait davantage chaque jour. Au point qu'il était prêt à l'emmener passer un week-end dans sa famille rien que pour pouvoir partager un lit avec elle.

— Es-tu sûre que tout va bien ? demanda-t-il.

— Très bien.

— Les chambres séparées, c'était ton idée, tu te souviens ?

Elle se tourna vivement vers lui.

— Oui, je sais !

— Alors pourquoi sembles-tu si contrariée ?

— Je l'ignore. Je ne suis plus sûre de rien. C'est comme si ma vie m'échappait totalement. Mon père qui a des ennuis avec la justice. Toi. Ma grossesse. Notre mariage. Tout est confus dans ma tête.

— Pourquoi le coup de fil de Cici te perturbe-t-il tant ? insista-t-il.

— Cela ne me perturbe pas.

— Si, je le vois bien.

— Je ne sais pas. Tu es si gentil ces derniers temps qu'il m'est impossible de te détester. Et si je ne peux même pas me raccrocher à ça, alors que me reste-t-il ?

— Une chance pour un nouveau départ, peut-être. Au fait, j'ai entendu dire que c'était ton anniversaire aujourd'hui ?

Elle baissa la tête, et il eut alors la réponse à toutes ses questions.

— Pourquoi ne me l'as-tu pas dit ?

— Nous nous connaissons à peine. Ce n'était pas censé se produire.

— Quoi donc ?

— Je ferais mieux de rentrer et de te laisser travailler, dit-elle en se levant.

— Attends une minute, dit-il en se levant à son tour, tu ne peux pas commencer une phrase et t'enfuir comme ça. Alicia, je veux savoir ce qui se passe. Es-tu jalouse de Cici ?

— Non !

Elle se dirigeait vers la porte d'un pas décidé, mais il la rattrapa par le bras.

— C'est toi que je veux. Pas elle.

Il lui releva le menton, puis regarda ses lèvres, qui étaient si près des siennes, si tentantes. Il mourait d'envie de les embrasser. Tout de suite.

— Est-ce qu'il t'arrive de repenser à cette nuit ? murmura-t-il. Moi oui. Je veux refaire toutes les choses que nous avons faites ce soir-là.

Quand elle regarda sa bouche, il ajouta :

— Je pense qu'il est grand temps que nous changions la dynamique de notre mariage. Les gens normaux avec des relations normales ne laissent-ils pas les choses suivre leur cours, parfois ? Comme nous l'avons fait cette nuit-là ?

— C'est comme ça que nous nous sommes retrouvés dans ce pétrin, fit-elle valoir.

— C'est ce qui nous a rapprochés, rétorqua-t-il.

Nous avons pris des risques parce que nous avions envie l'un de l'autre.

— Tous ceux qui travaillent pour toi me détestent. Alors pourquoi voudrais-tu m'emmener dans ta famille ?

— Ecoute, tu es ma femme, une femme avec qui j'ai très envie de bien m'entendre. Certes, ce qui nous a réunis, c'est le bébé, mais nous pourrions trouver d'autres raisons d'être ensemble. Je voulais laisser ma famille à l'écart, parce que je pensais notre mariage temporaire. Mais si je changeais les règles ?

— Pourquoi ferais-tu cela ?

— Parce qu'à mon avis, c'est stupide de prévoir un échec. Notre bébé aura encore plus besoin de nous une fois qu'il sera né. Si nous laissions une chance à notre mariage ? Je pourrais appeler Cici, et lui proposer que nous fêtions ton anniversaire avec eux ce samedi. Il y aurait un gâteau, des bougies, des cadeaux, toute la panoplie… avec toute la famille. Je leur dirai à quel point je suis fier de toi. Et puis, ce soir, je t'emmène dîner. Rien que toi et moi, pour fêter ton anniversaire. Qu'en dis-tu ?

Elle secoua la tête, visiblement perdue.

— Je… je n'arrive pas à croire que tu sois sérieux. Je serai toujours la fille de mon père, et tu seras toujours l'associé qu'il a soi-disant spolié. On ne peut rien y changer…

— Je suis las de me battre. Il est grand temps que nous commencions à explorer d'autres voies que l'affrontement.

Il allait la prendre dans ses bras, mais ils furent interrompus par un coup frappé à la porte.

Vanessa entra avec une pile de documents.

— Oh, pardon ! s'exclama-t-elle. Est-ce que je tombe mal ?

— Non, j'allais partir, dit Alicia en rougissant.

Et voilà, le charme était rompu, songea-t-il en serrant les poings.

— Ne pars pas, murmura-t-il à l'attention d'Alicia.

— Je suis désolée, s'excusa Vanessa en posant les documents sur le bureau.

— Moi aussi, marmonna-t-il.

Quand Vanessa sortit de la pièce à pas de loup, il se retourna vers Alicia.

— J'aimerais vraiment que nous prenions un nouveau départ, insista-t-il.

— Moi aussi. Si seulement c'était possible.

— Je crois que nous devrions nous créer nos propres possibilités, conclut-il.

Posant de nouveau son regard avide sur ses lèvres, il l'attira contre lui.

— Joyeux anniversaire, murmura-t-il, caressant ses bras dans un geste qu'il voulait apaisant.

Les yeux d'Alicia s'illuminèrent.

C'était le moment de saisir sa chance. Sans attendre, il prit possession de sa bouche. Sa réponse ne se fit pas attendre, elle poussa un délicieux soupir, et l'étreignit.

Le baiser dura longtemps. Enfin, elle rouvrit ses yeux sombres et les leva vers lui.

— Délicieux, dit-il en caressant sa joue.

Bien après qu'elle fut partie, il respirait encore

son parfum et avait encore la saveur de ses lèvres sur les siennes.

Les heures s'étirèrent.

Il était très impatient de rentrer pour retrouver sa femme.

- 12 -

Le monospace filait sur la route bordée de chênes recouverts de mousse, de cyprès, et de quelques usines chimiques ici et là. Mais Alicia ne prêtait guère attention au paysage. Toutes ses pensées étaient tournées vers Jake, assis au volant. Depuis son anniversaire, il n'avait pas fait mystère de son désir pour elle.

Un désir qu'elle partageait, mais elle n'oubliait pas que c'était précisément cette attirance, cette sensualité brûlante entre eux qui était à l'origine de leurs problèmes. En tant que futurs parents, ils devraient bâtir leur relation sur un élément plus profond que la simple attraction physique. Elle voulait que Jake l'apprécie et la respecte. Qu'il lui fasse confiance.

Toutefois, cela ne l'avait pas empêchée de passer un temps fou à se coiffer, se maquiller, et à choisir sa tenue, une robe de lin blanc toute simple mais qui lui allait bien.

— Pourquoi tritures-tu la lanière de ton sac ? demanda-t-il.

— Je ne la triture pas.

Elle posa son sac de paille à ses pieds.

— Nous ne sommes pas obligés d'aller à Belle

Rose, tu sais. Ma famille me donne toujours l'impression de…

— De quoi ?

— Disons juste que je préférerais passer le week-end seul avec toi. Je vais faire demi-tour, et nous appellerons Cici de mon portable.

— Tu n'y penses pas ! Le dîner est sans doute déjà prêt.

— Eh bien, ils le mangeront sans nous, et cela leur fera plus de restes pour demain.

— Tu sais bien que les gens se mettent toujours en quatre pour leurs invités. Ils passent des heures à préparer des tas de plats qu'ils ne cuisinent jamais en temps normal.

— Des plats que personne ne les a obligés à faire.

— Je n'ai pas envie d'être impolie avec ta famille juste parce que je suis nerveuse à l'idée de faire comme si j'étais ta femme.

— Mais tu *es* ma femme. Je t'ai dit que je voulais donner une chance à notre couple.

Une vague brûlante monta en elle, qu'elle tenta aussitôt de refouler. Heureusement, il n'insista pas comme il le faisait d'habitude. Elle aurait dû lui en être reconnaissante, mais comme il garda le silence jusqu'à ce qu'ils arrivent devant la vaste demeure coloniale, elle n'en fut que plus nerveuse.

L'allée ombragée et les lits de fleurs qui habillaient le jardin impeccablement entretenu donnaient une allure majestueuse à la maison. Elle fut tout de suite sous le charme. Mais se sentirait-elle un jour chez elle, ici ?

— J'avais oublié à quel point ta maison était belle.

Cette fois c'était lui qui arborait un air tendu.

— Moi, je n'ai jamais oublié, même pendant mes années d'exil. Et crois-moi, ce n'est pas faute d'avoir essayé. Parfois, je me suis même dit que je ne reviendrais jamais. Il y avait trop d'émotions à gérer.

— Eh bien, nous y sommes, dit-elle d'un ton qu'elle voulut léger.

Il se gara aussi loin que possible de la maison, peut-être pour que sa famille n'entende pas la voiture. Sans doute essayait-il de gagner du temps, de repousser le moment.

Le soleil filtrait à travers les arbres, et les feuilles mortes craquaient sous leurs pieds tandis qu'ils marchaient dans la chaleur humide.

— Il ne fait pas aussi chaud qu'en ville, fit-elle remarquer, essayant toujours de détendre l'atmosphère.

Il se contenta de hocher la tête.

Dès qu'il posa le pied sur l'escalier menant à la galerie extérieure, une femme d'un certain âge ouvrit la porte en hâte et descendit prendre Jake dans ses bras.

— Monsieur Jake, vous ne venez pas ici très souvent, s'exclama-t-elle, les yeux brillants de joie.

Il accepta un instant cette affectueuse accolade, puis se dégagea pour faire les présentations :

— Vous connaissez ma femme, Alicia ?

— Oui, je me souviens d'elle, dit-elle en souriant chaleureusement à Alicia.

Sans doute avertis par le bruit, les autres membres de la famille les rejoignirent. Hayes Daniels, meilleur ami de Logan et directeur adjoint de sa société, les accompagnait. Alicia n'était pas ravie de le voir, puisqu'il avait joué un rôle clé dans l'arrestation de son père. A en juger par le regard froid qu'il lui lança, il n'approuvait pas sa présence. Logan, quant à lui, gardait ses distances — sans doute à cause de leur liaison passée, et de la façon peu glorieuse dont elle s'était terminée.

Cici, qui avait une personnalité exubérante, arborait une écharpe rouge dans sa volumineuse cascade de boucles blondes, de grandes créoles dorées, et des bracelets à breloques. Elle portait une longue robe blanche, qui tourbillonnait autour de ses chevilles fines chaque fois qu'elle bougeait — et elle bougeait beaucoup. Elle était d'une beauté sauvage, et semblait un peu trop ravie de voir Jake au goût d'Alicia. Ou peut-être était-elle simplement exubérante parce qu'elle était jeune mariée elle-même.

Difficile d'avoir l'esprit clair quand on était tenaillée par la jalousie.

Tout le monde parlait et riait en même temps — avec nervosité, remarqua-t-elle. Etait-ce parce qu'ils faisaient tous trop d'efforts ?

D'autres accolades s'ensuivirent, et il sembla à Alicia que Jake embrassait Cici bien plus longtemps que tous les autres. Quand enfin il la relâcha, il serra à peine la main de Logan. Il était en effet mal à l'aise avec sa famille, en particulier avec son frère jumeau.

Logan prit leurs sacs et les monta dans leur chambre. Même si Alicia avait toujours rêvé d'une famille aimante et soudée, elle ressentait un douloureux pincement au cœur chaque fois que Cici souriait à Jake.

Du haut de ses quatre-vingts ans, Pierre se dirigea vers Alicia en s'appuyant sur sa canne. Il semblait sincèrement ravi de la revoir, et ne manqua pas de le lui dire. Lui seul semblait détendu et inconscient des tensions familiales cachées.

Il prit sa main dans la sienne et la conduisit à l'intérieur où il l'invita à s'asseoir à côté de lui. Jake les rejoignit, suivi de Logan, qui avait un bras protecteur sur les épaules de sa femme. Cici rejeta ses boucles blondes en arrière et embrassa son mari sur la joue. A dire vrai, elle semblait profondément amoureuse de Logan. Ce qui rassura un instant Alicia.

Tous les membres de la famille lui posèrent des questions sur sa nouvelle vie de femme mariée, mais Alicia se sentait si timide et mal à l'aise que ce fut Jake qui fit l'essentiel de la conversation. Il leur raconta comment elle avait mis en valeur le jardin, puis enchaîna sur leurs dîners dans les meilleurs restaurants de La Nouvelle-Orléans, en faisant comme s'ils étaient un vrai couple harmonieux.

Consciente du rôle qu'elle était censée jouer, elle s'efforça de sourire pendant qu'il parlait. Peut-être voulait-il vraiment que leur mariage fonctionne. Petit à petit, elle se détendit. De tout son cœur, elle voulait qu'ils ressemblent au couple heureux et insouciant qu'il décrivait. Mais pourraient-ils jamais l'être ?

— Quand allez-vous partir en lune de miel ?

demanda Hayes Daniels pendant que Marguerite servait le premier plat.

— Qu'en penses-tu, chérie ? dit Jake en embrassant sa main. Quand les choses se seront tassées un peu ? Peut-être dans huit ou neuf mois ?

Déroutée par son regard attentif et le contact inattendu de ses lèvres sur sa main, elle ne sut que répondre. Le bébé serait peut-être en âge de voyager, à ce moment-là, si Jake et elle étaient toujours ensemble. *Si* était le mot-clé de leur histoire.

— Qui sait ? murmura-t-elle.

— Vous semblez très heureux ensemble, commenta Logan. Et dire que je n'avais rien vu venir.

Il semblait si sincèrement content pour eux qu'Alicia se sentit un peu coupable.

— Cela nous a pris par surprise nous aussi, dit Jake.

— C'est drôle comme les choses s'arrangent parfois, observa Hayes en se tournant vers Jake. La fille de Mitchell Butler et toi ensemble. Tu étais pourtant furieux le matin où nous sommes allés voir la police.

— C'est vrai.

— Eh bien, je suis content que tu sois revenu en Louisiane, Jake, intervint Logan. Maintenant que tu es installé, tu penses rester quelque temps ? Il y a encore beaucoup à reconstruire.

— Il y a encore un an, j'aurais répondu par un non catégorique, dit Jake.

— Et maintenant ?

Alicia ne put s'empêcher de noter la tension qui régnait encore entre les deux frères.

— Qu'est-ce que cela changerait pour toi ? Tu as toujours été accaparé par Claiborne Energy. Tu n'as jamais eu besoin de moi.

— Tu te trompes. C'était juste ta perception des choses, tempéra Logan. A la vérité, grand-père et moi regrettons le rôle que nous avons joué dans ton exil. Nous sommes heureux que tu sois revenu en Louisiane, et nous voulons tous que tu restes. A ce propos, nous avons besoin d'un plus grand bâtiment pour notre siège en ville, et nous voulons que ce soit toi qui le construises.

— C'est merveilleux, approuva Alicia en souriant.

Elle se tourna vers Jake, et constata que lui ne souriait pas du tout.

— Je préférerais ne pas discuter du passé ou des affaires ce soir, dit-il d'une voix neutre.

— Dans ce cas je t'appelle lundi, proposa Logan.

— D'accord.

Cici sourit à Alicia.

— Nous sommes tous si heureux que vous fassiez partie de la famille. Logan, est-ce que je peux leur annoncer la nouvelle ?

Son mari hocha la tête, et elle rayonna.

— Je suis enceinte ! Nous avons senti le bébé bouger ce matin !

Avec mélancolie, Alicia posa instinctivement la main sur son ventre. Elle n'avait pas encore connu ça.

Le geste n'avait pas échappé à Jake.

— Félicitations, dit-il.

Il porta un toast.

— Au futur. Et à d'autres bébés dans la famille.

Tous les regards se portèrent sur Alicia, qui se sentit devenir cramoisie.

Comme elle l'avait prévu, Cici et Marguerite n'avaient pas ménagé leurs efforts, et le dîner fut aussi copieux qu'excellent. Lorsqu'à la fin Marguerite apporta un gâteau d'anniversaire surmonté de bougies, tout le monde entonna « joyeux anniversaire ».

Leurs visages radieux et souriants se brouillèrent devant ses yeux. L'émotion la submergeait.

— Merci, murmura-t-elle. Je n'ai jamais eu d'anniversaire aussi merveilleux.

Cici lui tendit une petite boîte blanche entourée d'un ruban doré.

Sur la minuscule carte qui y était jointe, elle lut : « Avec amour à notre nouvelle sœur, Alicia. Ces boucles d'oreilles appartenaient à l'arrière-grand-mère de Jake et Logan. »

Quand elle ouvrit l'écrin, elle retint son souffle en découvrant de magnifiques boucles d'oreilles en diamant.

— Françoise, notre grand-mère, ne voulait pas être accusée de fierté ou de vanité, alors elle les a fait peindre en noir, l'informa Logan. C'était il y a environ cent ans.

Alicia sourit, la gorge nouée par l'émotion.

— Les boucles d'oreilles, c'est l'idée de Pierre, mais Jake était de mèche, ajouta-t-il.

— Mais elles devraient revenir à Cici, protesta-t-elle.

— J'ai déjà sa bague, dit Cici.

— Tout de même, je… je ne peux pas les accepter.

— Pourquoi ? demanda Jake.

— Parce que ce n'est pas… vrai ! Parce que…

— Qu'est-ce qui n'est pas vrai ? demanda Logan, l'air confus. Je peux t'assurer que ce sont de véritables diamants. Nous les avons fait décaper par un professionnel.

— Ce n'est pas ce que je voulais dire !

Jake serra sa main et la fixa en fronçant les sourcils.

— Ecoutez… c'est très gentil à vous tous, bredouilla-t-elle. Mais je… j'ai besoin d'aller me rafraîchir. Où est notre chambre ?

— A l'étage, dit Cici. La première porte sur la droite. Tout va bien ? Voulez-vous que je vous accompagne ?

— Non ! Si vous voulez bien m'excuser, je reviens dans une minute.

Après avoir plié sa serviette en carré parfait, elle se leva. Dès qu'elle fut sortie de la salle à manger aux éclairages somptueux et de leur champ de vision, elle prit une profonde inspiration pour tenter de se calmer.

D'abord, Jake qui voulait donner une chance à leur mariage, et maintenant, sa famille qui l'acceptait à bras ouverts. Tout cela lui faisait perdre la tête. Elle commençait à rêver d'avoir tout cela — l'amour, un vrai mariage, un avenir.

Malgré tout, son père et les délits dont il était accusé se dressaient toujours entre Jake et elle. Elle avait désespérément envie de se lancer dans l'aventure, d'accepter la proposition de Jake quant à l'avenir de leur mariage, mais d'un autre côté, elle craignait de beaucoup souffrir en s'abandonnant à ses espoirs les plus fous.

Une fois dans la chambre d'amis, elle s'assit sur le lit. Elle ferma les yeux, et s'efforça de reprendre le contrôle sur les émotions conflictuelles qui faisaient rage en elle.

Elle entendit la porte s'ouvrir et se refermer, et des pas lourds se diriger vers elle.

— Quel est le problème ? demanda Jake.

— Je ne peux plus mentir, assena-t-elle en se tournant vers lui, en tout cas pas à ta famille. Je ne peux certainement pas accepter des cadeaux de leur part.

— Tu es la mère de mon enfant. Ça, c'est bien réel. Je veux que les boucles te reviennent.

— Non. Ce sera plus facile si nous nous séparons. Ne comprends-tu pas que ce sera une chose de moins à perdre ?

Il l'étudia intensément, comme s'il voulait sonder son âme.

— D'accord, finit-il par dire. Je peux le comprendre. Je vais parler à ma famille. Mais puisque que nous parlons de mensonges, j'ai une question à te poser.

Son regard s'était soudain durci.

— Es-tu allée voir ton père le jour de ton anniversaire ?

Inspirant brusquement, elle ferma les yeux puis détourna la tête.

— Oui.

— Oh, Alicia !

— Je suis désolée.

— Une des conditions de notre mariage stipulait que tu devais te tenir à distance de lui.

— Je n'ai pas pu.

— Mais tu avais accepté cette condition !

— Je sais, mais il m'a téléphoné. D'habitude, il ignore mon anniversaire. Cela signifiait beaucoup pour moi qu'il y ait pensé, et qu'il veuille me voir.

— Alors, pourquoi ne t'a-t-il pas ignorée cette année ? Que voulait-il vraiment ? Parce qu'il voulait quelque chose, j'en mettrais ma main au feu.

Elle se souvint avec douleur de la broche cachée sous son matelas. Elle voulait en parler à Jake, mais cela risquerait de nuire à son père.

— Ce que nous ressentons l'un pour l'autre est trop fragile pour supporter toutes les pressions du monde extérieur. Je suis la fille de Mitchell Butler. Tu ne peux pas réellement tenir à moi…

Malheureusement, l'émotion qui avait percé dans sa voix exposait sa vulnérabilité autant que ses désirs les plus profonds.

— Je tiens à toi, dit-il, la voix soudain plus grave. Tu ne veux pas vraiment que je parte, n'est-ce pas ?

Elle devrait lui dire de partir, bien sûr. Mais cela semblait au-dessus de ses forces.

— Je n'ai pas l'intention de te laisser seule.

Il caressa son dos, et ses mains chaudes et puissantes provoquèrent un frisson en elle.

— Cela fait trop longtemps que nous résistons à cette attirance.

— Jake… il faut que tu partes.

Mais elle ne fit rien pour s'éloigner. Le contact de ses mains était trop agréable, trop réconfortant.

Trop excitant. En à peine quelques secondes, elle était déjà brûlante de désir.

— Ce qu'il faut que je fasse, c'est t'embrasser.

— Nous devons redescendre ! protesta-t-elle.

Au lieu d'obtempérer, il la fit pivoter vers lui. Sans la quitter des yeux, il commença à déboutonner sa robe.

Comment résister à l'appel torride et brut contenu dans ses yeux ?

— Ici. Maintenant, murmura-t-il.

- 13 -

Jake posa la bouche sur le sein d'Alicia.

— Délicieuse tache de naissance, dit-il.

A sa grande surprise, elle se cambra pour mieux se coller à lui. Non seulement elle ne résistait pas, mais il sentait son pouls battre de plus en plus vite.

Prenant son visage entre ses mains, elle le guida lentement vers sa bouche. Il reconnaissait le désir quand il le voyait. Et les yeux d'Alicia brûlaient d'envie. Ses doigts tremblaient contre sa mâchoire.

— Tu es aussi affamée que moi.

— Pas du tout.

— Tu veux parier ?

Il percevait une certaine tension en elle, aussi lui caressa-t-il les cheveux pour l'apaiser. Il savait bien qu'il aurait mieux fait de la laisser partir, mais il la désirait trop.

Il avait été seul si longtemps… tout comme elle. En un sens, ils étaient semblables : tous deux craignaient de s'attacher, même si leurs motifs étaient différents. Elle avait cherché l'amour sans jamais le trouver, tandis que lui avait été manipulé par ceux qui l'aimaient. Depuis, il fuyait dès que quelqu'un devenait trop proche de lui.

Elle laissa brusquement retomber ses mains.

— Je n'ai pas envie de jouer, dit-elle, mais sa voix de velours était excitante.

— Je ne joue pas.

Il posa les lèvres à la naissance de sa gorge puis traça un chemin de petits baisers jusqu'à ses seins. Il se mit à lécher son téton nonchalamment, jusqu'à ce qu'il la sente trembler entre ses bras.

— Tu ne veux de moi que pour le sexe, protesta-t-elle.

— Tu as bien de la chance, répliqua-t-il d'un ton taquin.

— Ce n'est pas un jeu. Si nous ne descendons pas bientôt, que va penser ta famille ?

— Que nous sommes de jeunes mariés. Que je ne peux pas m'empêcher de te toucher, ce qui est vrai d'ailleurs.

Il avait envie de l'embrasser, de la caresser, de s'étendre sur son corps nu, de sentir ses jambes se contracter autour de lui quand il la pénétrerait. Il rêvait qu'elle se cambre sous ses assauts et qu'ils explosent de plaisir au même moment. Il voulait la posséder, encore et encore, pour toujours.

Pour toujours ? songea-t-il, sidéré. Il n'avait pas oublié qu'elle était la fille de Butler, l'homme qui l'avait spolié et avait anéanti la réputation qu'il s'était taillée à la force du poignet. Néanmoins, pour elle, il était prêt à tout oublier, et à repartir de zéro. Même s'il était conscient que ce ne serait pas facile.

Il embrassa de nouveau ses lèvres chaudes et douces, et les mordilla jusqu'à ce qu'elle se mette à explorer son corps et à lui rendre ses baisers.

Elle entrouvrit la bouche pour accueillir sa langue. Comme toujours, elle avait la saveur du miel. Bientôt, elle gémit de plaisir et le supplia de lui donner plus que de simples baisers.

— Je te veux en moi, murmura-t-elle, la voix rocailleuse et les paupières lourdes.

C'était le seul encouragement dont il avait besoin, la seule chose qu'il avait envie d'entendre. Sans cesser de s'embrasser et de se caresser, ils se débarrassèrent de leurs vêtements. Quand, enfin, elle fut nue entre ses bras, il s'interrompit un instant pour la regarder. Pour savourer la vue de sa peau si douce et si pâle, de ses courbes harmonieuses.

Incapable de résister plus longtemps au désir impérieux qui le submergeait, il s'étendit sur elle et effleura son intimité moite avec le bout de son sexe en érection. Elle poussa un petit cri. Alors, en même temps qu'il prenait sa bouche dans un baiser passionné, il la pénétra. Leurs langues se mêlèrent, leurs corps ondulèrent à l'unisson à un rythme de plus en plus frénétique. A chaque coup de reins, elle enfonçait les doigts dans son épaule, et resserrait les jambes autour de sa taille. Elle répondait à chacun de ses assauts avec une passion qui le bouleversait. Son excitation attisait la sienne, et le poussa rapidement au bord de l'explosion. Quand l'orgasme vint, ce fut une déferlante de plaisir brûlant, mutuel et spontané.

— Je t'aime, dit-elle d'une voix étouffée.

L'espace d'un instant, il crut qu'il avait mal entendu. Mais ces trois petits mots étaient bien trop réels. Trois petits mots qui n'auraient dû avoir aucune importance, mais ils comptaient pourtant. Un peu trop, même.

Il n'avait pas envie de les entendre, alors il tenta de les effacer de son esprit. Mais elle les répéta.

— Je t'aime, Jake. Je pense que je t'aime depuis le premier jour. Je veux avoir ton enfant plus que j'aie jamais rien voulu au monde. Et je te veux… en moi… encore et encore. Je ne veux pas divorcer. Je veux être une vraie épouse, et cela me fait peur.

Il se figea, espérant qu'elle cesse de parler.

L'amour. Le mariage. Une vie ensemble. Des enfants. Des petits-enfants.

— Alicia…, l'interrompit-il, posant un index contre ses lèvres.

— D'accord, d'accord, je me tais.

Mais ses yeux brillants d'émotion contenue parlaient pour elle.

— Pardon d'avoir dit toutes ces niaiseries à l'eau de rose, s'excusa-t-elle en se blottissant contre lui.

— Ne t'inquiète pas pour cela, dit-il en suivant la courbe de son lobe.

Elle s'agita, et bientôt il se sentit happé par son corps doux et ses jambes qui s'enroulaient de nouveau autour de lui. Lentement, le besoin de lui répondre s'évanouit tandis qu'il s'enfonçait dans un oubli bienvenu.

Quand il se réveilla plusieurs heures plus tard, elle était endormie dans ses bras, plus belle que jamais.

Il avait encore envie d'elle, mais s'il l'embrassait, il la réveillerait. Et elle se mettrait sans doute à poser toutes ces questions troublantes qu'il n'était pas prêt à entendre.

C'était lui qui avait insisté pour qu'ils forment un vrai couple, et maintenant qu'Alicia répondait à sa demande, il ne savait pas comment réagir. Son mariage avec Alicia l'emmenait bien plus loin qu'il ne l'avait prévu.

— Qu'est-ce que tu fais ?

Alicia savait pertinemment que sa question était ridicule. Il était clair que Jake préparait un sac de voyage. Alors qu'ils venaient à peine de rentrer de Belle Rose !

Si seulement elle pouvait être aussi détachée que lui. Si elle avait un peu plus de jugeote, elle pourrait ignorer sa froideur, et tenir sa langue — en attendant son heure.

Hier soir, Jake lui avait fait l'amour avec passion, et elle avait été si profondément touchée qu'elle n'avait pas pu lui cacher ses sentiments plus longtemps. Elle le regrettait maintenant, mais c'était plus fort qu'elle. Depuis toujours, elle cherchait désespérément l'amour et l'affection des gens.

Quand, à son réveil, elle avait constaté que le lit était vide, elle avait su que quelque chose n'allait pas. Elle avait retrouvé Jake dans la cuisine, en train de terminer son petit déjeuner avec Cici et Logan. Dès qu'elle était entrée dans la pièce, il avait déclaré qu'ils partiraient dès qu'elle aurait mangé.

— Je t'ai demandé ce que tu faisais, répéta-t-elle pendant qu'il empoignait une boîte à pêche.

Sans même un regard, il glissa un jean et une vieille chemise en flanelle dans son sac.

— Je crois que c'est assez évident. Je fais mes bagages.

Gus était allongé au milieu du lit, et les regardait tous deux en ronronnant. Elle lui envia son bonheur simple.

— Pourquoi ? Est-ce que tu déménages ?

— Non, dit-il sans lever les yeux. Je ne serai parti que pour une semaine au maximum.

— Une semaine ? Je ne comprends pas.

— J'ai besoin de solitude. Pourquoi es-tu allée voir ton père quand il t'a téléphoné ? Parce que tu le devais. Eh bien, moi, je dois partir.

— Ne pouvons-nous pas parler d'hier soir ?

— Nous pourrons en discuter à mon retour. Peut-être qu'à ce moment-là j'aurai quelque chose à dire.

— Tu me rends folle.

— J'en suis navré. Ce n'est pas mon intention.

— Et ton travail ?

— C'est plutôt calme en ce moment.

Il n'avait pas besoin de lui expliquer pourquoi.

— D'accord, dit-elle. Dis-moi juste où tu seras.

— Sans doute dans mon chalet en Alaska, l'informa-t-il d'une voix dure.

« L'Alaska ? En d'autres mots, aussi loin que possible. »

Si elle avait pensé une seconde que cela pourrait changer quoi que ce soit, elle se serait mise à genoux pour le supplier de rester. Et elle se haïssait d'être aussi faible.

Elle voulait savoir ce qu'il pensait, ce qu'il

ressentait. Elle avait envie de lui hurler dessus, jusqu'à ce qu'il lui parle.

Pour elle, leur nuit d'amour avait été plus que merveilleuse. C'était comme si son âme avait fusionné avec la sienne, et elle avait encore l'impression qu'ils ne faisaient qu'un.

Mais Jake était déjà en train de l'exclure, en partant au bout du monde.

— D'accord, dit-elle. Je vais te laisser faire tes bagages en paix.

Tandis qu'elle sortait lentement de la pièce, son cœur se serra.

L'Alaska ! Elle avait peine à y croire.

Elle prit une profonde inspiration et décida de se préparer un thé. Quinze minutes plus tard, elle sirotait son breuvage sur la terrasse quand elle entendit Jake dans la cuisine.

Il l'avait épousée uniquement pour le bébé. C'était lui qui avait voulu qu'ils couchent ensemble, mais manifestement cela n'incluait aucune véritable affection. Eh bien, elle avait le droit d'avoir des sentiments et de les exprimer. Et elle ne retirerait rien de ce qu'elle avait dit. Il faudrait bien qu'ils composent avec la situation.

Néanmoins, l'idée qu'il parte lui donnait le cafard.

Elle entendit Jake approcher.

— Je ne veux pas me disputer, dit-il. Je pars pour essayer de comprendre ce qui se passe en moi. Vanessa t'appellera tout à l'heure pour prendre de tes nouvelles.

— Ça ira.

Elle remarqua qu'il crispait légèrement la mâchoire.

— Bien.

Elle avait le ventre noué et la bouche sèche. Néanmoins, elle parvint à murmurer :

— Au revoir.

— Au revoir.

Il hissa son sac sur son épaule et se dirigea vers le garage.

Le cœur lourd, elle le regarda partir au volant de sa voiture.

Dans l'allée, il baissa sa vitre et lui fit un signe de la main, auquel elle répondit en lui envoyant un baiser.

Il hocha la tête, mais ne fit pas mine de lui rendre son baiser.

Quand le portail se referma, elle se retrouva de nouveau seule, et le silence de la maison lui parut assourdissant.

- 14 -

Alicia ne pouvait supporter le calme qui régnait dans la vaste maison, elle décida donc de téléphoner à son amie Carol.

— Pourquoi tu ne viendrais pas à Londres ? suggéra Carol dès qu'Alicia lui eut tout raconté.

C'était vrai, après tout. Pourquoi ne pourrait-elle pas aller se ressourcer quelque part, comme Jake ? Rien ne l'obligeait à rester coincée ici pendant son absence.

— Tu as raison. Je pourrais faire un petit voyage, moi aussi.

A cet instant, on frappa à la porte.

— J'ai de la visite, dit-elle.

— C'est peut-être lui qui a retrouvé ses esprits.

— Non, il a sa clé. C'est sans doute Vanessa ou notre propriétaire.

Curieuse, Alicia prit congé de Carol en lui promettant de la rappeler ensuite.

Quand elle souleva le store, Vanessa lui fit signe.

Alicia ne put s'empêcher d'être déçue. Malgré elle, elle avait espéré que ce soit Jake.

— C'est bon, vous avez rempli votre mission, dit-elle d'un ton un peu trop agressif en ouvrant la porte. Je vais bien, vous pouvez aller retrouver vos fils.

— Ils ne sont pas là ce soir. Alors, allez-vous m'inviter à votre soirée lamentations ou non ?

— Ai-je l'air si piteux ?

— Comment pourrait-il en être autrement ? Vous êtes une magnifique épouse, et votre imbécile de mari s'est enfui en Alaska.

Alicia ne sut que répondre. Elle s'écarta pour laisser Vanessa entrer.

— Je sais que Jake vous a demandé de passer me voir, mais ce n'est pas nécessaire. Je vais bien.

— J'ai essayé de vous téléphoner, mais votre ligne était occupée. Je me suis dit que si vous étiez libre, nous pourrions sortir dîner.

— Je vous assure, c'est inutile.

— Permettez-moi d'en douter. D'ailleurs, je me ferai bien voir de mon patron si vous disiez oui.

— Il ne se soucie pas vraiment de moi.

— Alors pourquoi a-t-il détalé jusqu'en Alaska ?

— Fuir aussi loin qu'il peut, c'est une preuve qu'il tient à moi ?

— J'en mettrai ma main à couper. Qu'avez-vous fait pour lui faire peur à ce point ?

— Lui faire peur ?

— Ne faites pas ces grands yeux innocents. Si vous voulez mon avis, je dirais qu'il est amoureux. C'est juste qu'il ne le sait pas encore.

Etait-ce vrai ? Des images de Jake lui faisant l'amour surgirent dans son esprit. La sensation avait été si merveilleuse. Si naturelle. Tout avait été parfait... jusqu'à ce qu'elle lui dise qu'elle l'aimait.

Mais elle ne pouvait pas raconter leur nuit d'amour à son assistante. D'autant que celle-ci était bien trop curieuse.

— Ecoutez... je...

— D'accord, j'ai compris, coupa Vanessa. Si je vous promets de ne plus m'immiscer dans votre vie amoureuse, accepterez-vous de dîner avec moi ?

Vanessa connaissait sans doute Jake mieux que personne. Peut-être qu'Alicia pourrait en apprendre davantage sur lui en dînant avec elle. De plus, c'était une femme sympathique et drôle.

— Ce n'est pas comme si j'avais mieux à faire, répondit-elle.

— Et si nous nous vengions de votre mari en allant dans un endroit vraiment très cher ? Le genre d'établissement que je ne pourrais jamais me payer avec le salaire qu'il m'octroie ?

Alicia éclata de rire.

— Je vais m'habiller.

Une idée folle commençait à germer dans son esprit.

— Savez-vous exactement où il se trouve en Alaska ? demanda Alicia.

— A votre avis, qui a téléphoné à son pilote préféré pour lui demander de le déposer lui ainsi que des provisions pour une semaine dans son chalet, au sud du parc national de Denali ? Il y va chaque année à cette période de l'été. Il dit que cela lui remet les idées en place.

— Comment s'occupe-t-il là-bas ?

— C'est une contrée sauvage. Il chasse, il pêche. J'ai du mal à comprendre, mais il en revient toujours bronzé et plus heureux. Certains étés, il arrive que sa bonne humeur dure un mois entier. L'année où il s'est cassé le genou quand il est tombé en voulant échapper à un grizzli, il était heureux pendant trois mois. Vous savez ce que je l'ai entendu dire ? « Je me suis bien amusé. J'ai failli y passer. » Ah, les hommes !

— Et si je voulais le rejoindre pour… disons… une lune de miel tardive ? Pourriez-vous prendre les mêmes dispositions pour moi ?

L'idée avait fait son chemin pendant qu'elle se préparait pour le dîner. A présent, elle savait exactement où elle voulait passer la semaine et ce qu'elle comptait faire.

— Son chalet n'a ni l'électricité ni l'eau courante. Vous devrez aller chercher de l'eau à la rivière pour prendre un bain. Et comme je vous l'ai dit, c'est une région peuplée de grizzlis.

— J'ai besoin de faire ce voyage. Pour comprendre Jake, ou du moins essayer.

— Vous êtes drôlement courageuse.

— Alors, vous allez m'aider ? demanda Alicia.

— Puis-je finir mon margarita d'abord ? Ensuite, nous retournerons au bureau, tous les numéros de téléphone y sont. Oh… et avant que nous partions, rappelez-moi de prendre une photo de ce charmant Javier.

— Qui est Javier ?

— Ma chère, c'est le beau barman qui m'a fait de l'œil toute la soirée.

— Jake dit que vous n'aimez pas les hommes.
— Faux. J'ai trois enfants, non ?

Après avoir passé quatorze heures à pêcher dans des rapides glacés, avec de l'eau jusqu'à la taille, Jake était épuisé. Tout en attendant que le poisson qu'il avait réussi à pêcher finisse de cuire, il profitait d'un peu de calme et de la beauté des paysages environnants. Et la nature autour de lui était réellement d'une beauté magnifique. Ces montagnes aux cimes couvertes de vastes nuages…

Dommage qu'Alicia ne soit pas avec lui, songea-t-il. Il aurait voulu partager avec elle l'extraordinaire sensation de liberté que ces grands espaces lui procuraient.

Voilà qu'il pensait encore à elle ! Mais qu'est-ce qui n'allait pas chez lui ? Il était venu ici pour prendre de la distance, et pour retrouver cette nature préservée qui avait toujours été d'un si grand réconfort. Mais il n'arrivait pas à oublier sa femme, même ici. Il aimait pourtant être seul. D'habitude, il n'y avait rien de mieux que quelques jours au vert pour changer sa vision du monde et lui faire relativiser ses tracas urbains.

Soudain, le faible vrombissement d'un monomoteur qui volait à basse altitude le tira de ses réflexions. Son cœur fit un bond. Hill ne devait revenir le chercher que dans quatre jours, mais s'il était venu déposer un autre chasseur Jake pourrait en profiter pour retourner auprès d'Alicia plus tôt.

Scrutant le ciel, il tenta de repérer l'avion. Mais

le bruit s'évanouit, et il marmonna un juron de frustration. Quand le silence revint, il se rassit un peu abattu. La nature lui semblait tout à coup étrangère et solitaire. Il en avait assez. Parce qu'il avait trop besoin d'Alicia.

Elle avait dit l'aimer. Ses propres sentiments pour elle étaient si puissants qu'il avait peur de les analyser. Il allait accepter de vivre avec, et tenter de s'y habituer avant de mettre un nom dessus.

Lentement, il ramassa son attirail et entama les cinq derniers kilomètres qui le séparaient de son chalet, situé au sommet d'une crête. Il ne lui restait plus qu'un kilomètre à parcourir quand il aperçut des traînées de fumée noire qui s'élevaient dans l'air. Quelqu'un était dans son chalet. Et ce quelqu'un avait fait un feu.

Les bras croisés, Alicia attendait sur le perron du chalet de Jake. Elle avait été persuadée de faire le bon choix en venant le rejoindre.

Mais cela, c'était avant qu'elle n'arrive ici, et que Hill, le pilote, ne reparte. A présent, seul le murmure des arbres lui tenait compagnie. Et Jake lui manquait terriblement.

Etait-ce il y a seulement une heure qu'elle avait vaillamment affirmé à Hill que Jake était au courant de son arrivée et qu'il était inutile qu'il l'attende avec elle ?

— Il ne m'a pas prévenu de votre arrivée, avait insisté le pilote. Il vient toujours seul.

Son cœur s'était accéléré, mais elle avait rétorqué avec assurance :

— Je n'étais pas tout à fait sûre de pouvoir venir, comme je vous l'ai dit.

Il avait haussé un sourcil et l'avait toisée d'un air suspicieux.

— Je peux passer la nuit ici si vous voulez. Je pourrais dormir dans mon avion. Vous ne sauriez même pas que je suis là, sauf en cas de problème.

— Il va venir.

— D'accord. Si vous êtes sûre de vous… Je ferai un passage demain, juste par sécurité.

Sans plus de cérémonies, il avait décollé pour Fairbanks. Lorsqu'elle s'était retrouvée toute seule, elle avait éprouvé une certaine appréhension. Mais elle avait refusé de se laisser abattre et, après avoir déposé ses affaires dans le chalet, elle s'était occupée à ramasser du bois et à faire un feu. Ce faisant, elle avait néanmoins gardé un œil au cas où un ours se montrerait.

— Rien n'est plus dangereux qu'un ours en Alaska, l'avait prévenue Hill. Ils sont sauvages et imprévisibles, surtout à cette époque de l'année. Ne laissez aucune nourriture à l'extérieur.

En dépit de sa bonne volonté, elle sentit une immense angoisse la gagner. Et si Jake était furieux ? S'il la détestait pour l'avoir suivi jusqu'ici ?

Mais après tout, il était son mari. Elle était en droit de savoir ce qu'il ressentait. C'était la raison de sa venue ici. Chaque jour, elle s'investissait davantage dans ce mariage. Il fallait qu'elle sache s'ils avaient une chance.

Soudain, elle détecta un mouvement à l'horizon. Une minuscule silhouette se dirigeait d'un pas alerte vers le chalet. Peut-être un élan égaré ou un caribou, se dit-elle, en préférant ne pas se donner de faux espoirs et imaginer que cela puisse être Jake.

Enfin, elle distingua un homme grand, aux longues jambes et à la démarche familière.

Jake. Il avait quelque chose de lourd hissé sur l'épaule, et penchait d'un côté.

— Jake ? Jake !

Elle dévala les marches et courut vers lui.

— *Jake !*

Il avait dû l'entendre. Après un temps d'hésitation, il se mit à courir aussi. Ils s'arrêtèrent à quelques mètres l'un de l'autre, essoufflés.

Sans la quitter des yeux, il s'agenouilla et posa doucement son panier à poissons sur le sol.

— Jolie prise, murmura-t-elle, se sentant hésitante tout à coup.

Il se releva et fixa le sol pendant un long moment.

— J'ai eu de la chance. Beaucoup de chance.

Son regard dériva lentement sur elle, s'attardant sur sa bouche, et elle comprit qu'il ne parlait pas seulement de pêche.

Etait-il vraiment aussi heureux de la voir qu'elle ?

Son beau visage était rougi par le froid, et des boucles brunes tombaient sur son front. Un sourire espiègle naquit au coin de ses lèvres tandis qu'il approchait d'elle. Lorsqu'il la prit dans ses bras, elle perçut nettement le frisson qui le parcourut.

Elle poussa un petit cri de surprise et posa les

lèvres contre ses cheveux qui sentaient bon le feu de bois et l'humidité de la forêt.

— Alors, qu'est-ce que tu fais dans le coin ? murmura-t-il d'une voix étrange.

Comme elle ne répondait pas, il resserra son étreinte.

Elle était ravie d'être dans ses bras, mais elle craignait encore qu'une fois la surprise passée, il se mette en colère.

— Est-ce que tu vas bien ? s'enquit-il. Et le bébé ?

— Oui ! Mais il fallait que je vienne. Je devais savoir ce que tu ressens pour moi. Je ne pouvais pas continuer à t'aimer en me demandant si tu me détestes, ou si je ne suis pas celle qui te convient. Je n'aurais pas dû te suivre, je le sais, alors je ne te dérangerai pas pendant cette semaine. Je me débrouillerai pour rester hors de ton chemin.

— Tais-toi.

Sa voix était soudain si rude et froide qu'elle craignait qu'il ne la renvoie chez eux, maintenant qu'il savait que le bébé se portait bien. Elle le sentit se raidir.

— Que vais-je faire de toi ? dit-il enfin.

— Je… je n'aurais jamais dû suggérer ce mariage, concéda-t-elle… Tu t'es senti pris au piège, et tu as dû fuir jusqu'ici.

— Quoi ?

Soudain, il s'esclaffa. Cette réaction la désarçonna complètement.

— Ne te moque pas de moi, implora-t-elle.

— Je ne me moque pas de toi. Au contraire, je suis heureux que tu sois là. Tu m'as tant manqué.

Il l'étreignit de plus belle avant de reprendre :

— J'admire ton honnêteté. J'ai été un goujat, je sais qu'il t'a fallu beaucoup de courage pour venir jusqu'ici. Et je suis content que tu l'aies fait.

— Vraiment ?

— *Très* content. Je n'arrêtais pas de dire que je voulais faire avancer notre relation vers un stade supérieur. J'imagine que j'ai obtenu ce que je voulais. Et, pour ton information, je ne parle pas seulement de sexe.

Elle s'accrocha à lui, les yeux embués par des larmes de joie.

— Ne pleure pas, murmura-t-il.

— C'est juste que je suis si heureuse.

Il posa un doux baiser sur ses lèvres tremblantes, et une joie incommensurable la submergea. Quand il approfondit le baiser, elle sentit ses genoux chanceler.

Enfin, il détacha ses lèvres des siennes.

— Entrons. A moins que tu ne veuilles qu'un grizzli assiste à nos étreintes ?

— Non, pas vraiment, dit-elle en riant.

— Je regrettais justement de ne pas t'avoir emmenée avec moi. Je voulais tant partager tout cela avec toi.

« Je t'aime », pensa-t-elle, mais cette fois elle se garda bien de le dire à voix haute.

Lui n'avait pas encore prononcé ces trois mots, et peut-être était-il sans doute loin de les penser. Mais la lueur dans ses yeux ainsi que son sourire éblouissant lui suffisaient.

Du moins, pour l'instant.

- 15 -

Jake rentra les poissons et les rangea dans sa glacière.

— Je les nettoierai plus tard, dit-il en se tournant vers Alicia. Tu ne peux rien laisser de comestible à l'extérieur ici — y compris ta délicieuse personne.

— Hill m'a prévenue.

— Ce vieux chacal… t'amener ici et te laisser seule… Qu'aurais-tu fait si j'étais parti camper plusieurs jours ?

— Il ne voulait pas me laisser seule. Et il a promis de revenir demain par mesure de sécurité.

— Eh bien, ce n'est pas toi qui donnes les ordres à partir de maintenant. Tu ne dois pas sortir sans moi. Surtout pas le soir, même s'il ne fait sombre qu'une heure par jour.

— A cause des ours ?

— Entre autres. C'est une région sauvage.

Elle était rassurée maintenant. Jake était manifestement heureux qu'elle soit là, et il se montrait très protecteur. Peut-être ne l'aimait-il pas, mais il ressentait quelque chose pour elle, c'était évident.

— Approche, dit-il.

Elle hésita, mais juste un instant.

— Tu ne meurs pas de faim ? Tu as pêché toute la journée. Et tu as marché…

— Nous mangerons plus tard. Après…

— Après quoi ? dit-elle d'un ton espiègle.

— C'est de toi et uniquement de toi dont j'ai envie maintenant. Ces deux derniers jours ont été les plus longs de toute ma vie. Tu es en train de devenir une addiction.

— C'est tout ce que je représente pour toi ?

— Ma retraite a été un enfer, dit-il en riant. Mais le pire dans tout ça, c'est que tu commences à mesurer ton pouvoir sur moi.

— Est-ce si difficile de me faire confiance ?

Jake ne répondit pas.

Elle eut alors l'impression que son père ne cesserait jamais de venir se dresser entre eux.

Quand il la prit dans ses bras, elle ferma les yeux et se laissa submerger par une vague de joie. Et lorsqu'il se mit à la déshabiller, elle oublia ses inquiétudes, ses angoisses, et ne lui opposa aucune résistance. Il prit son temps. D'abord, il déboutonna lentement sa chemise, puis son jean, qu'il fit glisser en même temps que son slip de satin sur ses cuisses. Ils n'échangèrent pas le moindre mot, seul le bruit de leurs souffles saccadés rompait le silence de la pièce. Jamais elle n'avait connu un moment aussi intense, aussi érotique. Le contact de ses doigts rugueux sur sa peau la faisait frissonner et elle retint un petit gémissement.

L'air frais sur son corps, le regard brûlant de Jake qui la fixait avec une intensité incroyable… tout cela acheva de lui faire perdre la tête. Elle le voulait maintenant… nu… contre elle… en elle. Fébrilement, elle l'aida à retirer ses vêtements et les jeta autour d'eux sans se soucier d'où ils pourraient atterrir.

Lorsqu'il fut complètement nu, elle passa la main sur son ventre plat et sur son torse musclé. Puis elle s'agenouilla et prit son sexe entre ses mains.

Lorsque du bout de la langue elle caressa son sexe en érection, il inspira brusquement.

— Pas encore, murmura-t-il d'une voix saccadée, avant de la conduire vers le lit.

— Tu as encore peur de perdre le contrôle, à ce que je vois.

— Non, je veux juste prendre mon temps… et te rendre heureuse.

— Mais je suis heureuse.

— Encore plus heureuse, dans ce cas.

Mais, en fin de compte, il ressentait la même urgence qu'elle. Quand il la pénétra, elle s'agrippa à lui avec force, comme si elle avait peur que quelque chose puisse venir les séparer. Ses premiers coups de reins furent lents, presque langoureux, mais très vite ils se trouvèrent emportés dans un rythme plus rapide. Un rythme passionné, sauvage, qui les mena très vite à l'orgasme. Ils jouirent en même temps, leurs gémissements se faisant écho dans l'intimité de leur chambre.

Ce n'est qu'un peu plus tard qu'il la laissa lui donner du plaisir avec sa bouche. Ils prirent le temps de se découvrir de mille manières possibles, se donnant du plaisir encore et encore. C'était comme s'ils n'arrivaient pas à se rassasier l'un de l'autre.

Rien ne semblait venir tarir le besoin qu'elle avait de lui, et elle pouvait voir à la fièvre de son regard qu'il en allait de même pour lui. Quand il la pénétra pour la seconde fois, le désir entre eux était encore si fort que leur corps à corps fut brutal et rapide.

Ils s'endormirent enfin, épuisés, dans les bras l'un de l'autre.

— Alicia ! Réveille-toi ! Il faut que tu voies ça !

A moitié endormie, Alicia craignit que quelque chose ne soit arrivé, mais quand Jake revint dans le chalet sans prendre la peine de fermer la porte, son inquiétude se dissipa.

L'enveloppant dans une couverture, il la prit par la main et la conduisit sous la véranda au plancher de bois brut. Il mit son bras autour d'elle, et l'étreignit.

— C'est une aurore boréale, expliqua-t-il. On n'en voit presque jamais en été. Le ciel n'est pas sombre assez longtemps.

Le spectacle qui s'offrait à eux était tout simplement magnifique. Des rubans ondoyants de lumière emplissaient le ciel. Des bandes de vert, d'orange, de jaune et de vermillon dansaient telles des flammes.

En silence, ils admirèrent cette vision miraculeuse, qui semblait avoir été conçue pour eux seuls.

— J'ai l'impression que nous sommes les derniers êtres sur Terre, dit-elle enfin.

— Adam et Eve dans le jardin d'Eden ?

— En quelque sorte. Mais, comme ils étaient nus, je les ai toujours imaginés dans un paradis tropical.

— Nous étions nus aussi.

— Oui, mais dans un chalet.

Après de longs instants, ils retournèrent au lit et firent l'amour encore une fois.

— J'aimerais ne jamais rentrer, dit-elle plus tard, blottie contre son corps nu.

— Moi aussi, approuva-t-il tout en caressant ses cheveux. Mais il le faut bien.

— Comme Adam et Eve chassés du paradis ?

— Eh bien, on dirait que je t'ai vraiment rendue heureuse.

— Très heureuse. Si heureuse.

Et pourtant, une part d'elle-même se sentait encore incertaine quand elle songeait à leur avenir.

Il était minuit. Hormis une bande de lumière argentée bordant l'horizon, des nuages sombres et bas planaient sur l'aéroport de Fairbanks.

Leur lune de miel était bel et bien terminée, et c'est à regret qu'Alicia ralluma son téléphone portable. Elle remarqua tout de suite que son père l'avait appelée plusieurs fois. Ses messages étaient de plus en plus pressants, une immense inquiétude la gagna.

— Jake, j'en ai juste pour une minute, dit-elle, désignant les toilettes pour dame.

Il hocha la tête d'un air absent et se replongea dans son journal.

Son père ne répondit à aucun des numéros qu'il avait laissés, et un message sur son téléphone fixe indiquait que la ligne avait été résiliée. Elle tenta d'ignorer le nœud au creux de son ventre. Le stress avait-il eu raison de lui ? Avait-il eu une crise cardiaque ou un autre problème ? S'il allait bien, il aurait décroché.

A contrecœur, elle glissa son téléphone dans une poche de son sac et retourna auprès de Jake.

Il leva les yeux de son journal et l'étudia avec bien trop d'intensité.

— Qu'est-ce qui ne va pas ?

Elle détourna les yeux, mal à l'aise, et enroula une mèche de cheveux autour de son index. Pour la première fois depuis des jours, elle songea à la broche que son père avait glissée dans son sac. A présent, elle regrettait amèrement de ne pas l'avoir rendue le jour même.

Si son père allait bien, elle la rapporterait dès son retour à La Nouvelle-Orléans. A partir de maintenant, elle voulait être totalement honnête avec Jake. Il était son mari, son avenir.

— Tu sembles inquiète, observa Jake en posant doucement une main sur son bras. Pourquoi ne me regardes-tu pas ?

Elle se mordilla la lèvre.

— Il s'agit de mon père. Il a tenté de me joindre — plusieurs fois. J'ai essayé de le rappeler, mais il ne répond pas. Je sais que c'est la nuit en Louisiane, mais il devrait être chez lui. Je crains que quelque chose ne lui soit arrivé.

Le regard de Jake était dur et perçant quand il sortit son propre téléphone de sa poche.

— J'appelle Logan. Il sait peut-être quelque chose.

— D'accord, murmura-t-elle d'une voix tendue.

Leur semaine en Alaska avait été encore plus idyllique qu'une lune de miel. Ils avaient fait des randonnées, de la pêche. Il lui avait montré tous ses endroits préférés. Le soir, ils cuisinaient dehors, puis faisaient l'amour devant le feu jusqu'à l'aube. Elle s'était donnée à lui corps et âme, espérant qu'il s'abandonnerait et ouvrirait son cœur. Une ou deux fois, elle l'avait senti sur le point de s'abandonner, mais quelque chose l'avait retenu.

Elle aurait voulu que ces moments merveilleux ne s'arrêtent jamais, mais c'était pourtant le cas. Et le retour à la réalité était plutôt brutal.

Tandis qu'elle le regardait composer le numéro de Logan, elle essaya de se calmer. Mais soudain, elle eut un mauvais pressentiment.

Logan décrocha rapidement. Après de brèves formules de politesse, Jake se contenta de hocher la tête tandis que, à l'autre bout du fil, Logan parlait. A un moment, Jake se tourna vers elle, le regard sombre, et elle devina que les nouvelles n'étaient pas bonnes. Le visage de Jake était de plus en plus tendu, mais ses propres réponses étaient si succinctes qu'elle ne pouvait deviner ce qui se passait.

Enfin, il raccrocha.

Elle prit une profonde inspiration avant de poser la question qui lui brûlait les lèvres :

— Que se passe-t-il ?

— Ton père a violé les conditions de son assignation à résidence et s'est enfui au Brésil. Apparemment, il avait distribué des choses de valeur aux gens dont il était proche.

— Comment ça ? répéta-t-elle d'une voix enrouée.

Sa première pensée fut pour la broche de sa mère.

— Des bijoux, des diamants, de l'argent liquide. Il est allé voir ces personnes avant son départ, et a demandé à ce qu'elles lui rendent ses biens. C'est comme cela qu'il a récupéré assez d'argent pour quitter le pays. Pour de bon. Bien sûr, la police considère que l'argent et les diamants sont la propriété de l'Etat.

— Oh, non ! Pas avant son procès ! Cela lui donne l'air si… coupable.

— Oui. En effet. Tu dois affronter le fait qu'il a fui parce qu'il *est* coupable. Il compte vendre les diamants et vivre au Brésil. La dernière chose qu'il ait jamais voulue, c'est la justice ! Et il se fiche pas mal de toi !

Les propos de Jake étaient durs, violents. Elle ferma les yeux, comme pour se protéger, mais cela ne suffit pas à lui faire oublier l'horrible vérité. Si son père n'était pas coupable, qui d'autre aurait pu faire ce dont il était accusé ? Pourquoi avait-il fui ?

— Est-ce qu'il t'a donné de l'argent ? Des diamants ? Dis-moi. Parce si c'est le cas, tu ferais mieux de prévenir la police tout de suite.

Elle se mordilla la lèvre, bouleversée par ce que Logan venait de leur apprendre.

Peu à peu, les dernières illusions auxquelles elle s'était accrochée au sujet de son père volèrent en éclats. Son père était coupable.

— Jake, pour l'instant, j'ai surtout besoin de m'asseoir et de digérer tout ça.

— Bien. Comme tu veux.

Il lui tourna le dos et fit mine de lire son journal.

Il était là, immobile, le dos rigide, à l'ignorer.

Et ce nouveau coup fut encore plus brutal que le précédent. Ce qu'elle avait pu être naïve ! Jamais ils n'avaient eu la moindre chance, elle et lui ! Elle était la fille de Mitchell Butler, par conséquent, elle était vouée à être son ennemie pour toujours. Il ne restait plus rien des merveilleux moments qu'ils venaient de passer ensemble, de la passion qui les animait, de leur complicité, du désir qui les tenait éveillés toute la nuit… Le mépris avait de nouveau tout balayé.

Dès qu'ils seraient rentrés chez eux, elle appellerait l'exécrable policier qui l'avait expulsée de chez elle et lui dirait qu'elle détenait la broche de sa mère.

Jake ne croirait jamais qu'elle n'avait pas fait exprès de la prendre. Il penserait qu'elle était sa complice.

Jamais il ne lui pardonnerait.

- 16 -

Alicia déballait ses affaires dans la chambre d'ami au rez-de-chaussée quand on sonna à la porte. Elle se dépêcha d'aller ouvrir, mais Jake avait été plus rapide qu'elle.

— J'y vais, dit-elle.

Elle savait pertinemment qui c'était. Lors de leur escale à Seattle, elle avait pris le temps d'appeler la police fédérale afin de solliciter un entretien.

— Non, laisse, rétorqua-t-il sans la regarder.

— Mais c'est pour moi.

Ils s'étaient à peine adressé la parole durant le vol et pendant le court trajet en taxi. Elle était morte de fatigue et malade d'inquiétude, non seulement pour son père, mais aussi à cause de sa relation avec Jake. Pour couronner le tout, elle redoutait l'entretien qu'elle allait devoir avoir avec la police. Gus enroula sa queue soyeuse autour de ses jambes pendant qu'elle attendait, un peu en retrait, que Jake ouvre la porte.

— FBI, annonça une voix familière. Mme Claiborne est-elle là ?

— Que lui voulez-vous ?

— Je suis ici pour la questionner sur son père, Mitchell Butler...

Jake ne lui laissa même pas la possibilité de poursuivre.

— Elle était en lune de miel en Alaska avec moi, donc elle n'est pas impliquée dans sa fuite au Brésil.

— C'est elle qui nous a appelés pour solliciter ce rendez-vous.

— Quoi ?

— De Seattle, murmura-t-elle, en s'avançant vers Jake. Dès que j'ai entendu les faits concernant mon père, j'ai su qu'il fallait que je vous confie tout ce que je savais.

Jake resta immobile, l'air froid et détaché.

Son cœur se serra. Jamais il ne croirait qu'elle n'avait pas pris la broche d'elle-même, qu'elle n'avait pas voulu aider son père à s'échapper.

— Je préférerais qu'elle parle en présence d'un avocat, dit Jake, à sa grande surprise.

L'agent, le même qui l'avait expulsée de son appartement quelques mois plus tôt, la fixa d'un air si accusateur qu'elle sentit ses genoux chanceler.

Elle avait dû pâlir, car Jake glissa un bras protecteur autour d'elle. Heureusement, celui-ci prit les choses en main et suggéra que tous aillent s'asseoir dans le salon.

— Si nous en venions au fait, commença l'agent. Pourquoi nous avez-vous contactés exactement ?

Elle sentit Jake se raidir à côté d'elle.

— Un matin, mon père m'a téléphoné, disant qu'il voulait me souhaiter un bon anniversaire. Il m'a invitée chez lui, et j'y suis allée. Là-bas, il a voulu m'offrir un cadeau, une broche qui appartenait à ma mère et que j'ai toujours adorée. J'ai refusé de la prendre, mais, je ne sais comment, il a réussi à la cacher dans un des sacs que j'avais apportés avec moi. Je ne l'ai découverte qu'une fois rentrée.

Les épaules de Jake s'affaissèrent.

— Comme vous vous en souvenez peut-être, dit l'agent, quand votre père a accepté les conditions de son assignation à résidence, il a signé des documents stipulant qu'il ne donnerait aucune de ses possessions. Ni à vous ni à personne.

— Je pense vraiment qu'elle a besoin d'un avocat à présent, insista Jake.

— C'était un bijou de famille, qui appartenait à ma mère. J'essayais de trouver un moyen de la lui rendre sans lui causer d'ennuis.

Jake inspira puis alla se poster à la fenêtre. Il semblait de plus en plus distant.

— Votre père n'était pas en position de vous donner quoi que ce soit — comme je vous l'ai expliqué à plusieurs reprises, et en détail. N'est-ce pas ? dit l'agent.

— Oui, murmura-t-elle.

— Donc, vous saviez que vous auriez dû nous téléphoner immédiatement. N'est-ce pas ?

— Oui.

— Puis-je le voir, ce cadeau ?

Lentement, elle se leva et alla dans sa chambre. Au bout de quelques minutes, elle revint avec la boîte laquée. L'agent l'ouvrit, puis lui tendit la broche d'un geste impatient, avant d'inspecter la boîte. Il la retourna, la secoua.

— Il n'y a rien dedans, dit-elle.

Ce fut alors que l'agent ouvrit un compartiment secret et en retira une enveloppe contenant un papier de soie.

— Rien, dites-vous ?

Il déplia le papier. Dedans, des centaines de diamants étincelèrent.

— Rien ? répéta l'agent avant d'émettre un sifflement. Des pierres de première qualité, on dirait.

En la fixant d'un air réprobateur, il remit les pierres dans leur cachette. Puis il lui retira la broche des mains et la replaça dans la boîte.

Bouleversée par la tournure que prenait la situation, elle se tourna vers Jake. Mais il regardait toujours par la fenêtre. C'est pourtant à lui, et non à l'agent, qu'elle s'adressa :

— Je savais que je n'aurais pas dû garder la broche, Jake, et comme je te l'ai dit, je ne comptais pas la garder. Mais j'ignorais qu'il y avait des diamants dans cette boîte. Je te le jure !

— Je suis certain que votre père dirait la même chose, commenta l'agent en refermant le couvercle.

— Ne dis pas un mot à cet homme, Alicia. Pas sans la présence de mon avocat.

Mais l'agent ne sembla pas du tout perturbé par l'attitude agressive de Jake.

— Bonne journée, madame Claiborne. Nous vous contacterons très bientôt.

Il hocha la tête en direction de Jake.

— Monsieur Claiborne, je présuppose que vous n'étiez au courant de rien, et je vous accorde le bénéfice du doute.

Le regard glacé de Jake passa sur elle.

— Bien sûr qu'il ignorait tout ! s'exclama Alicia. Il voulait que je rompe tout lien avec mon père.

— Eh bien, madame, vous auriez dû écouter votre mari.

Le cœur meurtri, Alicia affronta le regard de Jake. Mais elle ne reconnu pas les yeux aussi bleus et aussi froids qu'un glacier qui la fixaient avec mépris.

— Jake, je t'assure que je ne savais pas que les diamants étaient là.

— Epargne-moi tes explications, assena-t-il.

— Toute ma vie, j'ai voulu que mon père m'aime. Je voulais croire qu'il s'était adouci… que, peut-être, ce cadeau d'anniversaire signifiait vraiment quelque chose. Tout comme je croyais que l'Alaska signifiait quelque chose.

— Tu es incroyable ! Tu sais quoi ? Tu as presque réussi à me faire croire que l'Alaska signifiait quelque chose, à moi aussi. A présent, je ne sais plus quoi penser. Quand les gens mentent, il est difficile de savoir où s'arrête le mensonge et où commence la vérité. Tout ce que je sais, c'est que je veux mettre fin à ce mariage.

Elle accusa le coup, mais continua à se défendre.

— Mon père savait à quel point j'aimais ma mère, et à quel point j'allais chérir cette broche, dit-elle d'une voix brisée. Je comptais vraiment la rendre.

— Même si tu ne l'as pas aidé consciemment, ton père voulait se servir de toi pour cacher des pierres précieuses, et tu as accepté. Tu l'as laissé se servir de toi.

— Tu as raison, c'est vrai. J'aurais dû rendre cette broche le jour même.

Son ventre était si noué qu'elle avait du mal à parler.

— Peut-être… qu'au fond… je savais que le fait qu'il ait caché cette broche signifiait à quel point il était malhonnête. Mais il restait mon père. J'ai passé toute ma vie à essayer de le croire.

— Je ferai ce que je peux, j'engagerai les meilleurs avocats pour t'aider à sortir de ce bourbier. Mais je déménage.

— Quand ?

— Sur-le-champ.

Sans la regarder, il se dirigea vers l'escalier.

Une vague de douleur la submergea, si vive qu'elle crut défaillir.

Jake la quittait. Pour toujours. Elle ne voulait pas qu'il s'en aille. Mais comment l'en empêcher ?

Quand il revint, il portait une valise.

— Jusqu'à ce que notre mariage se termine officiellement, nous vivrons séparés, dit-il. Tu avais raison, notre mariage n'a rien de réel.

Lui tournant le dos, il se dirigea vers la cuisine. En silence, elle regarda ses larges épaules disparaître dans le couloir. Leur mariage était fini, et tout était sa faute.

Une porte s'ouvrit et se ferma. Puis, elle fut seule.

A l'idée de vivre sans lui, elle eut la gorge si serrée qu'elle eut le sentiment d'étouffer.

— Je ne peux pas y penser maintenant, s'avisa-t-elle en se serrant les bras autour de la taille. Il faut que je sois forte, pour notre bébé.

Soudain, elle perçut un minuscule mouvement dans son ventre, comme les ailes d'un papillon.

Le bébé. Elle venait de sentir son bébé bouger.

Quand leur précieux enfant donna un autre coup de pied, elle sourit. Pour la première fois de cette longue et interminable jounée.

— Vous n'avez pas bonne mine, patron, observa Vanessa en laissant tomber une pile de dossiers sur son bureau.

— Qu'est-ce que c'est ? demanda Jake en prenant un dossier en main.

— Peut-être que vous devriez appeler votre femme, dit-elle, ignorant sa question. Elle non plus ne semble pas en forme.

Jake avait accordé une prime à Vanessa pour qu'elle rende visite à Alicia chaque jour et qu'elle lui fasse un rapport. Etait-ce pour cette raison qu'elle croyait avoir la permission d'interférer dans sa vie ?

— Vous aviez dit qu'elle allait bien.

— Vous lui manquez.

— Et comment le savez-vous ?

— Je le sais, voilà tout. Elle a le cœur brisé, et je suis fatiguée de voir son visage blême et ses yeux cernés. Elle semble épuisée, et elle m'en veut… de ne pas être vous.

En dépit de ses réticences, il se laissa aller à la confidence.

— Elle a franchi la ligne jaune. Elle n'est pas la femme que j'avais crue.

— D'accord, son père a caché quelques diamants

dans un cadeau qu'il a glissé dans son sac. Elle ne vous a rien dit, car vous lui aviez interdit de le voir. Etant donné votre comportement de goujat, à sa place, je ne vous aurais rien dit non plus.

— Si elle dit la vérité, elle aurait dû appeler la police dès qu'elle a découvert cette broche. Des tas de gens pensent sans doute que j'étais au courant pour les diamants. Je n'ai plus aucune crédibilité à présent.

— Et elle ? Elle ignorait comme vous ce que tramait son ordure de père, parce que ce n'est pas une criminelle. D'abord, elle apprend que ce vaurien l'a trahie, et voilà que vous l'abandonnez, vous aussi.

— Bon sang ! Ce n'est pas ce qui s'est passé ! C'est moi qui paie ses avocats, je vous signale. Pourquoi ne pourriez-vous pas, juste pour une fois, être de mon côté ?

— Mais je suis de votre côté. C'est pourquoi je vous conseille de régler vos différends.

— J'ai une meilleure idée. Cessez de fourrer votre nez dans ma vie personnelle, et remettons-nous au travail.

En guise de réponse, elle haussa les épaules et sortit.

Ces quatre derniers jours avaient été particulièrement pénibles. Non seulement Vanessa lui donnait du fil à retordre, mais, en plus, il avait passé quatre nuits exécrables sur la péniche de Bos.

S'il était parti si loin, c'était parce qu'il avait craint, en restant dans la même ville qu'elle, de ne pas être capable de garder ses distances avec Alicia.

Elle l'avait trahi et, en plus, elle l'avait transformé en un homme dépendant et idiot.

Au fond, il se moquait qu'elle lui ait menti et qu'elle l'ait trahi. Les nuits sans elle sur le bateau avaient été encore pires que les deux jours qu'il avait passés seul en Alaska.

Oui, il avait Alicia dans la peau. Elle l'avait pris dans ses filets, et il avait beau essayer de se libérer, les filets ne faisaient que se resserrer autour de lui.

C'était ce qu'il avait toujours redouté — que l'amour lui tombe dessus de nouveau et le détruise, comme autrefois. Sauf que, cette fois, c'était mille fois pire.

Alicia était une menteuse et une tricheuse. Pourquoi ne pouvait-il l'oublier ?

Il avait dit qu'il la quittait. Alors qu'il n'arrivait même pas à passer une heure sans se languir d'elle.

Tout cela, il le savait. Tout comme il savait qu'il mettrait du temps à s'en remettre. Mais une chose était sûre : jamais il retournerait vers elle.

A travers la jungle de palmiers nains et de tupelos, Jake distingua une silhouette élancée pagayant avec grâce sur les eaux sombres des marais, en direction de la péniche.

— Alicia ?

— Non, ce n'est que moi, répondit Cici. Qui d'autre serait assez folle pour te suivre dans les marais infestés d'alligators ?

— Logan sait que tu es là ? demanda-t-il quand elle fut à sa hauteur.

— J'aime laisser planer le mystère, dit-elle, rejetant ses boucles blondes en arrière. C'est à ça que servent les épouses, non ?

— Tant que tu ne m'attires pas d'ennuis avec Logan.

— C'est ton frère.

— C'est vrai. La loyauté familiale et toutes ces sottises sont de rigueur dans le Sud, ironisa-t-il.

— Plus que nous le mesurons parfois. Tu es revenu, non ? Et moi aussi.

Sans rien ajouter, elle lui jeta son amarre, et il tira le kayak jusqu'à la péniche. Puis il l'aida à descendre.

— Tu veux boire quelque chose ? proposa-t-il.

— Non. J'ai juste envie de discuter.

Elle marqua une pause.

— Tu te caches beaucoup… depuis ton mariage avec Alicia.

— Je préférerais ne pas parler d'elle.

— Cela ne m'étonne pas.

Elle eut encore un temps d'hésitation.

— Vanessa m'a téléphoné, finit-elle par dire. Alors je suis passée voir Alicia.

— Vanessa est une insupportable fouine.

— Alicia est tout aussi malheureuse que toi.

— Mais je ne suis pas malheureux !

— C'est ça. Regarde-toi. Quand as-tu vu un rasoir pour la dernière fois ? La seule façon de mettre un terme à votre malheur mutuel, c'est que tu retournes auprès d'elle.

Cette fois le regard qu'il lui lança était parfaitement hostile.

— Elle m'a menti.

— Tu lui as menti, toi aussi… à propos de tes sentiments pour elle. Lui as-tu jamais donné l'impression que tu avais envie de l'épouser ? N'a-t-elle pas eu à te supplier ? Elle a eu une enfance solitaire. Peut-être est-elle fatiguée de supplier les gens de l'aimer.

— C'est son problème.

— Alors pourquoi as-tu une mine si horrible ?

— Merci, c'est gentil. Tu es radieuse, au fait.

Elle balaya ce compliment d'un geste de la main.

— Alicia t'aime, et tu l'aimes. Tu la fais terriblement souffrir, parce que tu es décidé à être fort et dur, et à ne jamais t'attacher à personne. Tu ne veux pas qu'on soit assez proche de toi pour te faire du mal… comme moi je t'ai fait du mal. Je suis désolée, d'ailleurs…

Il ne répondit pas.

— Mais toi et moi, c'est de l'histoire ancienne. Alors qu'Alicia et votre enfant… Ça ne te fait rien de savoir que tu les fais souffrir ? Elle m'a dit que le bébé avait bougé.

Malgré lui, il tressaillit. Il avait manqué cela.

— Tu ne t'es jamais dit que tu gâchais peut-être ta seule chance de connaître le vrai bonheur ? Jake, je sais ce que tu as traversé dans le passé. Crois-le ou non, j'ai été blessée, moi aussi. J'ai fui durant des années, comme toi, parce que je n'arrivais pas à composer avec cette douleur. Mais j'ai appris qu'il vient un temps où l'on doit cesser de fuir, sinon, on est condamné à mener une existence vide et dénuée de sens. Tu vas être père. Il est manifeste pour tous ceux qui te connaissent que tu as besoin d'Alicia. Si tu oubliais ta fierté et ta crainte de souffrir ? Pour une fois dans ta vie, Jake, fonce !

- 17 -

— Alicia !

Les pas de Jake résonnèrent sur les marches tandis qu'il montait l'escalier en criant son prénom. Jamais sa maison ne lui avait semblé aussi affreusement vide. D'habitude, Gus venait l'accueillir, au moins. Mais pas cette fois.

Où était sa femme ? Et son maudit chat ? Aussitôt un doute affreux l'assaillit : peut-être était-elle partie à Londres ?

Il ouvrit violemment la porte arrière, et s'arrêta net, en poussant un long soupir de soulagement. Alicia était là, mince petite silhouette qui plantait une fleur dans la terre aussi délicatement qu'une mère poserait son bébé dans son berceau. Elle portait une chemise rouge et un jean, et sa longue chevelure brune tombait sur ses épaules comme un voile de soie. Elle était si belle ! A côté d'elle, Gus, allongé sur ses pattes, observait un papillon jaune et agitait vivement la queue.

Il laissa la porte claquer derrière lui, pour manifester sa présence. Alicia se retourna, et écarquilla les yeux. Ils se regardèrent longtemps. Aucun d'eux ne semblait pouvoir détourner les yeux.

Quand Alicia se leva, ses joues prirent une

jolie teinte rosée. Ses yeux étaient si brillants et son sourire si doux qu'il fut envahi par une vague d'émotion. Une sensation qui ne le quittait plus, depuis que Cici était venue le trouver sur sa péniche et lui avait ouvert les yeux.

L'aimait-elle encore ? Si oui, il accueillerait son amour et le chérirait comme un trésor inestimable. Sans elle, il mourrait. Elle lui donnait le sentiment d'être vivant, et heureux — heureux comme il ne l'avait jamais été.

Elle joignit ses mains dans un geste maladroit, et sa fragilité, sa vulnérabilité le bouleversèrent. D'un pas rapide, il franchit les derniers mètres qui les séparaient et l'enveloppa dans une étreinte étouffante.

— Alicia, tu m'as tant manqué.

— J'espérais, contre toute logique, que tu reviendrais, avoua-t-elle.

Il la fit taire d'un baiser.

— Je regrette de t'avoir abandonnée.

— Ton comportement était parfaitement compréhensible en ces circonstances.

— Faux, et tu le sais. Tu me pardonnes ?

Elle le regarda longuement avant de répondre :

— Je t'ai pardonné dès que je t'ai vu.

Elle sembla hésiter.

— Je t'aime, dit-elle enfin.

— Alicia, je ne peux pas vivre sans toi. Je t'aime plus que tout au monde.

— Je crois que j'ai attendu toute ma vie d'éprouver un tel bonheur, répondit-elle les yeux brillants de larmes.

Il blottit son visage contre son cou et respira son parfum sucré.

Ils restèrent un long moment enlacés, puis elle lui prit la main et la posa sur son ventre, pour qu'il puisse sentir leur bébé donner de petits coups de pied.

— Incroyable, murmura-t-il.

Tous ses doutes s'étaient envolés. Alicia était sa femme, son amour, son monde. Et il était impatient de lui montrer à quel point il l'aimait.

— J'ai quelque chose pour toi, dit-il en lui tendant un écrin de velours noir.

Elle l'ouvrit, et haleta de surprise.

— La broche de ma mère ! Comment l'as-tu eue ?

Avec délicatesse, elle caressa chaque branche de l'étoile étincelante.

— Disons juste que cela m'a coûté une petite fortune pour la racheter à la vente aux enchères de la police fédérale. Mais tu le mérites. Et puis, la police va te laisser tranquille. Il a fallu négocier durement, mais nous avons trouvé un accord.

— Oh, Jake, murmura-t-elle, serrant la broche contre son cœur.

Il sortit de sa poche un autre écrin en velours.

— Ça aussi, c'est pour toi.

— Qu'est-ce que c'est ?

— Les boucles d'oreilles de ma grand-mère. Tu ne voulais pas les prendre quand ma famille te les a offertes pour ton anniversaire.

Elle rit.

— Je ne pouvais pas les accepter quand je pensais que notre mariage était une mascarade.

Elle se jeta dans ses bras et le serra fort.

— Alicia, je veux créer une maison avec des tas de chambres… pour que nous ayons de la place pour d'autres enfants.

Elle resta muette, mais une telle émotion brillait dans son regard qu'il sut qu'elle était heureuse.

Un bonheur qu'ils partageaient et qu'ils partageraient encore tout le reste de leur vie…

Passions

— Le 1er juillet —

Passions n°271

Le défi d'une McCord - Teresa Hill

D'abord agacé de surprendre une intruse sur ses terres, Travis Foley ne tarde pas à succomber aux charmes de cette jeune femme aux cheveux roux et aux ensorcelants yeux verts. Jusqu'à ce qu'il découvre qu'elle n'est autre que Paige McCord, la fille de son pire ennemi...

Désirs inavouables - Maureen Child

Lorsqu'elle apprend que Tanner King, son nouveau voisin, qu'elle n'a encore jamais rencontré, s'est plaint d'elle et menace de la faire expulser, Ivy est folle de rage. Bien décidée à dire ses quatre vérités à ce goujat, elle se précipite chez lui. Et se retrouve face à l'homme le plus séduisant, le plus impressionnant qu'elle ait jamais rencontré...

Passions n°272

Un mariage imprévu - Crystal Green

Holly est plus que surprise par la demande en mariage de Bo Clifton. Quel homme en effet accepterait d'épouser une femme qu'il connaît à peine et qui, en plus, attend l'enfant d'un autre ? Mais a-t-elle seulement le choix ?

Séduite malgré elle - Maxine Sullivan

Jenna a toujours détesté les hommes comme Adam Roth : riches, sûr d'eux et arrogants. Mais si elle veut aider son frère à sortir de l'ornière, elle va devoir côtoyer cet homme d'affaires sans scrupules, et, pire, elle va devoir accepter son odieuse proposition : jouer le rôle de sa maîtresse pour quelques semaines...

Passions n°273

L'enfant secret d'un prince - Yvonne Lindsay

Le prince Benedict del Castillo n'aurait jamais imaginé revoir Mia Parker, la jeune femme en compagnie de laquelle il a passé, quatre ans plus tôt, l'une des semaines les plus incroyables de sa vie. Pourtant, c'est bien elle qui se tient devant lui, toujours aussi belle, toujours aussi séduisante. Et qui porte dans les bras un adorable petit garçon...

Au piège de la passion - Laura Wright

Même si elle se méfie un peu de ce genre de séducteur, Olivia est incapable de résister à la brûlante attirance qu'éveille en elle le beau Mac Valentine. Jamais en effet elle ne s'est sentie aussi bien que dans les bras de cet homme, attentionné et sexy. Mais sa joie est de courte durée, car, très vite, elle découvre la terrible vérité : Mac ne l'a séduite que pour se venger de sa famille...

Passions n°274

Orageuses retrouvailles - Jules Bennett

Travailler aux côtés de Cole Marcum ? Pour Tamera, il n'en est pas question. Car elle n'a jamais pardonné à Cole la manière dont il l'a brutalement quittée, dix ans plus tôt. Mais, hélas, si elle veut sortir l'entreprise familiale de l'impasse, elle va tout de même devoir accepter cette insupportable collaboration...

Cette attirance entre nous - Christine Rimmer

Zoe est folle de joie à l'idée de devenir l'assistante du célèbre journaliste Dax Girard. Une chose cependant l'inquiète : Dax n'a-t-il pas la réputation de séduire toutes ses assistantes avant de leur briser le cœur ? Déterminée à ne pas tomber dans le piège de ce don Juan, elle décide donc de se montrer la plus froide et la plus distante possible avec lui...

Passions n°275

L'amant aux yeux verts - Lois Faye Dyer

Dès qu'elle croise le troublant regard vert de Cade Coulter, Mariah comprend que cet homme sombre et ténébreux la déteste et la prend pour une intrigante. Révoltée par une telle injustice, elle s'efforce pourtant de se montrer aimable avec lui, car Cade est son nouveau patron, et elle ne peut pas se permettre de perdre son travail...

Un sentiment inattendu - Catherine Mann

Si elle veut obtenir la garde de sa petite filleule, Phoebe n'a d'autre choix que d'aller trouver Kyle Landis, le père biologique de l'enfant, afin de lui demander son accord. Mais alors qu'elle est persuadée que ce riche héritier à la réputation sulfureuse refusera de s'occuper d'une enfant de onze mois, elle a la surprise de découvrir que Kyle Landis, bouleversé par l'annonce de sa paternité, semble au contraire bien décidé à l'assumer...

Best-Sellers n°470 • suspense

Ombres sur Black Falls - Carla Neggers

Hannah Shay est enfin parvenue à montrer aux habitants de Black Falls, le petit village de montagne où elle est née, ce dont elle est capable : le café qu'elle y a ouvert est un succès et elle va bientôt devenir magistrate. Mais quand son établissement se retrouve au cœur d'une enquête sur une série de crimes violents perpétrés dans le domaine montagneux des Cameron, Hannah est pétrifiée d'angoisse. D'autant plus que Bowie, son ami d'enfance est soupçonné par la police d'être mêlé à ce cauchemar… Hannah refuse d'y croire, et les soupçons de Sean Cameron, revenu à Black Falls pour tenter de démasquer l'assassin de son propre père, l'une des victimes, n'y changeront rien. Sean… Un homme intrépide qu'adolescente, elle aimait en secret, et qui tente aujourd'hui de la convaincre de participer à ses recherches. Que faire ? Car tout comme Sean, Hannah sent que le tueur va bientôt frapper… et il pourrait bien se trouver plus près d'eux qu'ils ne le pensent.

Best-Sellers n°471 • suspense

Face au danger - Brenda Novak

Traumatisée par la violente agression dont elle a été victime trois ans auparavant, Skye Kellerman a mis du temps à surmonter ses angoisses. Ce n'est que depuis peu qu'elle reconstruit son existence autour de l'association d'aide aux victimes qu'elle a créé en Californie avec deux amies. Mais quand elle apprend que son agresseur, Olivier Burke, est sur le point d'être libéré pour bonne conduite, bien avant la fin de sa peine, toutes ses peurs ressurgissent brutalement : comment oublier que c'est son propre témoignage qui a permis d'envoyer cet homme derrière les barreaux ? Lui n'a certainement pas oublié qu'il a tout perdu par sa faute. Le temps presse et Skye n'a qu'une solution : faire ce qu'il faut pour que Burke ne sorte pas de prison, en commençant par prouver son implication dans trois affaires de meurtres survenues à l'époque de son agression, et qui n'ont jamais été résolues... Heureusement, elle peut compter sur l'aide et le soutien inconditionnel de l'inspecteur David Willis, qui est venu la trouver. Car lui aussi en est convaincu : Burke n'en restera pas là.

Best-Sellers n°472 • thriller

La proie du silence - Karen Rose

L'incendie criminel de Minneapolis dans lequel Tracey, une adolescente atteinte de surdité, a trouvé la mort en pleine nuit, est un véritable choc. Ecœurée par le sort de cette toute jeune fille que son handicap a sans doute empêché de fuir suffisamment tôt, l'inspectrice Olivia Sutherland se sent prête à tout pour retrouver les coupables. D'autant plus que ses recherches l'orientent rapidement vers d'autres agissements sinistres : ceux d'un maître chanteur qui n'hésite pas à tuer les proies qui lui résistent. Perturbée par son enquête, Olivia l'est encore plus quand elle doit interroger David Hunter, le pompier qui a risqué sa vie lors de l'incendie pour tenter de sauver Tracey. David, un homme secret et mystérieux qu'elle a aimé autrefois, et qui lui a brisé le cœur. Elle accepte pourtant l'aide qu'il lui propose pour mettre la main sur ce criminel cynique et calculateur. Un criminel toujours proche mais jamais visible – et qui sème la mort sur son passage.

Best-Sellers n°473 • roman

Le printemps des rêves - Debbie Macomber

Séparée de son mari depuis peu, Rosie a bien du mal à prendre un nouveau départ. Non seulement Zach revendique la garde de ses enfants, mais les deux adolescents tumultueux lui mènent la vie dure. Heureusement, son métier d'institutrice la passionne et elle peut compter sur l'aide et la compréhension de son entourage. D'autant qu'elle n'est pas la seule à traverser une période de doute et de remise en question : Grace, qui habite non loin de là, essaye elle aussi de prendre un nouveau départ, même si elle a encore du mal à s'y retrouver dans sa vie sentimentale depuis la disparition brutale de son mari. Elle-même sait pouvoir compter sur sa meilleure amie Olivia, qui semble vouloir donner une nouvelle chance à sa relation avec Jack. Ainsi que sur sa fille aînée Maryellen qui, après des relations houleuses avec Jon, vient de mettre au monde une merveilleuse petite Katie. Bref, c'est tout un univers chaleureux qui aide Rosie à prendre en main son avenir et celui de ses enfants. Un univers où les gens finissent toujours par se retrouver car, à Cedar Cove, on n'est jamais très loin les uns des autres…

Best-Sellers n°474 • paranormal

Le papillon des ténèbres - Gena Showalter

Gideon, ténébreux guerrier mi-ange mi-démon, possède le pouvoir de détecter le mensonge et la tromperie. Pourtant, quand l'immortelle Scarlet se présente à lui, couronnée de sa chevelure d'ébène, il perd tous ses moyens. Envoûté par son parfum d'orchidée, captivé par tant de beauté, il écoute son incroyable histoire, incapable de savoir si elle lui dit la vérité. Mais comment la croire quand elle lui affirme qu'elle a un jour été sa femme alors qu'il n'a aucun souvenir d'elle ? Et surtout, comment la protéger sans mettre en danger ses compagnons et sans se détourner de sa propre quête, celle qu'il poursuit comme prince des seigneurs de l'ombre ? Une force irrésistible le pousse néanmoins à vouloir connaître la vérité et comprendre ce qui l'attire en elle. Car bien au-delà du désir, Gideon sent qu'un lien très particulier l'unit à Scarlet. Un lien qui, s'il le découvrait, pourrait détruire celle qu'il commence à aimer…

Best-Sellers n°475 • thriller

Piège de neige - Lisa Jackson

Prisonnière du criminel pervers qu'elle traque depuis des semaines dans l'hiver glacial du Montana, l'inspecteur Regan Pescoli n'a plus qu'une obsession : s'échapper coûte que coûte. Aussi essaie-t-elle, dans le cachot obscur et froid où elle est enfermée, de dominer la terreur grandissante qui menace de la paralyser. Car ce n'est pas seulement sa vie qui est en jeu, mais également celle d'autres captives, piégées comme elles et promises à la mort.

Pour les sauver, autant que pour retrouver ses enfants et Nate Santana, l'homme qu'elle aime, Regan est déterminée à découvrir le point faible du tueur. Pour cela, il lui faudra aller au bout de son courage, de sa résistance physique… Et vaincre définitivement ce maniaque, avant qu'il ne soit trop tard.

BestSellers

Best-Sellers n°476 • historique
Lady Secret - Nicola Cornick

Angleterre, Yorkshire, 1805.

A la seconde où elle est entrée dans la somptueuse salle de bal de Cole Court, Marina a senti son regard posé sur elle. Le regard d'un homme sûr de lui, déterminé à percer ses secrets. Et, dès qu'il s'est avancé, elle a su que cet homme sombre et arrogant était le mystérieux inconnu de Londres. Celui qu'elle a embrassé dans la taverne, quelques mois plus tôt. Un baiser enivrant dont le seul souvenir suffit à faire naître en elle un délicieux frisson.

Pourquoi est-il ici ? A-t-il découvert sa véritable identité ? Les questions fusent dans l'esprit de Marina tandis que l'inconnu approche, un sourire prédateur aux lèvres. Car si cet homme venait à découvrir les raisons de son séjour à Londres, il ne tarderait pas à déchirer le voile de mensonges derrière lequel elle se cache depuis des années…

Best-Sellers n°477 • roman
L'été des secrets - Susan Wiggs

Quand elle aperçoit les premiers rayons du soleil scintiller sur le lac des Saules, Claire Turner, une jeune infirmière, est envahie par un sentiment de bien-être presque irréel. Venue pour prendre soin de George Bellamy, un vieux monsieur qu'elle adore, elle ne s'attendait pas un instant à se retrouver, le temps d'un été, dans ce cadre enchanteur. Malgré tout, sa mission s'avère délicate. Elle a en effet promis à George de l'aider à réaliser son rêve de toujours : se réconcilier avec son frère sur les lieux de leur enfance, là où, cinquante ans plus tôt, s'est joué le drame qui les a conduits à se perdre de vue. Heureusement pour Claire, Ross Bellamy, le petit-fils de George, semble prêt à tout pour aider son grand-père à réaliser ses souhaits les plus chers. Ross qui hante ses rêves depuis le jour de leur rencontre. Même si, hélas, elle sait que de terribles obstacles liés aux secrets de son passé se dresseront, quoiqu'il arrive, entre elle et lui.

Composé et édité par les
éditions Harlequin
Achevé d'imprimer en France (Malesherbes)
par Maury-Imprimeur
en mai 2011

Dépôt légal en juin 2011
N° d'imprimeur : 163716